Silke Mahrt

Das Leben ist kalt

\-

Wenn jede Hilfe fehlt

Roman

Buchbeschreibung:
Ein Lockdown verändert das Leben von sechs Frauen. Nichts ist mehr wie es war. Unter dem Druck von Distanz und Einsamkeit zerbröseln Beziehungen und lieb gewonnene Routinen. Jede ist gefangen zwischen einem vergangenen Alltag und neuen Herausforderungen. Nach wenigen Wochen stehen sie vor den Scherben ihres bisherigen Lebens.

Auf sich allein gestellt schlittern sie hilflos auf eine Katastrophe zu. Doch sie kämpfen für ihre Träume, Familien und Werte.

Ein Buch über Krisen und ihre Ursachen, über starke Frauen und ihren Mut zur Veränderung.

Lang, lang ist's her (Friedas Lied)
Irische Volkslied (18. Jh.)

Über die Autorin:
Silke Mahrt studierte Politikwissenschaft und Germanistik in Braunschweig und Hamburg. Heute lebt, arbeitet und schreibt sie in Bad Oldesloe. Ihre Themen sind starke Frauen und gesellschaftliche Anforderungen, die das Leben jeder Einzelnen prägen.
Kontakt: silke.mahrt@web.de

Silke Mahrt

Das Leben ist kalt

-

Wenn jede Hilfe fehlt

Roman

Bibliografische Informationen der Deutschen Nationalbibliothek: Die
Deutsche Nationalbibliothek verzeichnet diese Publikation in der
Deutschen Nationalbibliografie, detaillierte bibliografische Daten
sind im Internet über http://dnb.dnb.de abrufbar.

© 2020 Silke Mahrt
Herstellung und Verlag:
BoD - Books on Demand, Norderstedt

ISBN: 978-3-7526-0575-4

An einem Freitag im März

Charlotte

Charlotte bückte sich und reichte ihrer Tochter die Sandalen.

„So, Mia. Die Schuhe kannst du dir allein anziehen. Die haben Klettverschlüsse. Das schaffst du." Sie stöhnte und richtete sich langsam auf. Ihr Rücken brannte. Die Muskeln waren steinhart. Sie warf einen Blick auf ihren Sohn Jakob. Er war auf dem Weg vom Auto zur Kita im Buggy eingeschlafen und schnarchte leise. Sie hatte ihn vor zwanzig Minuten aus der Krippe abgeholt. Er war total übermüdet. Sie schafften es dort nicht, dass er mittags vernünftig schlief. Nachmittags nickte er ständig kurz ein und war nörgelig. Abends war er überdreht und wollte nicht ins Bett. Jeden Tag dasselbe Theater. Sie strich sich die verschwitzten Haare aus der Stirn.

„Frau von Mülensiefen, bitte denken Sie daran, dass Sie unbedingt mit Mia basteln und regelmäßig Schwungübungen machen. Sie spielt sehr schön mit den anderen Kindern, aber an ihrer Feinmotorik müssen Sie wirklich arbeiten. Sie kann immer noch keine Schleife binden und auch beim Ausschneiden benötigt sie viel Unterstützung."

Frau Fischer, Mias Erzieherin, stand vor ihr. Charlotte hatte ihr Kommen nicht bemerkt. Sie zuckte zusammen und schlug die Augen nieder. Sie war wieder sechs Jahre alt und hatte geträumt anstatt den Erwachsenen zuzuhören. Am liebsten hätte sie wie Mia eine Schnute gezogen.

„Das habe ich Ihnen ja alles bereits beim letzten Elterngespräch erklärt. Mia kommt im Sommer in die Schule, da wird das verlangt. Bitte üben Sie mit ihr. Ich habe Ihnen hier einige Materialien zusammengestellt."

Mit diesen Worten drückte Frau Fischer Charlotte einen Stapel Zettel in die Hand.

„Wir wissen ja nicht, wann wir wieder öffnen dürfen. Vorschularbeit ist extrem wichtig. Also jeden Tag fleißig üben." Die Erzieherin strich Mia über die blonden Locken und warf Charlotte einen mahnenden Blick zu. „Auf Wiedersehen. Und bleiben Sie gesund."

Sie stolzierte weiter zur nächsten Mutter und überhäufte diese mit Ratschlägen.

Charlotte hörte nicht, welche Probleme das andere Kind hatte und welche Aufgaben Frau Fischer hier zuteilte. Auf jeden Fall überreichte sie ein Buch und viele Blätter Papier.

Charlotte schüttelte den Kopf. Frau Fischer erklärte ihr bei jeder Gelegenheit, was sie falsch machte. Sie gab ungefragt Erziehungstipps und mischte sich in Dinge ein, die sie nichts angingen. Charlotte schwieg, hörte zu und nickte brav. Später ärgerte sie sich, weil sie sich alles gefallen ließ. Im Beruf war sie anders. Sie wehrte sich und setzte sich durch. Im Kindergarten wurde sie wieder zum Kind. In der Schule bei Emilie, ihrer älteren Tochter, war das genauso. Lehrerinnen und Erzieherinnen lähmten sie und machten sie sprachlos. Bestimmt irgendein Kindheitstrauma.

Charlotte fröstelte. Trotz der frühlingshaft frischen Temperaturen klebte die Bluse an ihrem Körper und der Schweiß sammelte sich zwischen ihren Brüsten. Den Blazer hatte sie im Auto gelassen. Ein Fehler, denn so sah jeder die Schweißflecken unter ihren Achseln. Sicher müffelte sie ordentlich. Zu Hause musste sie als Erstes raus aus den verschwitzten Klamotten, diese blöden Pumps ausziehen und duschen. An der Ferse hatte sie eine dicke Blase. Ihr Kopf pochte seit dem hastigen Mittagessen und ihr Rücken schmerzte. In den letzten Tagen hatte sie die Übungen aus ihrem Pilates-Kurs vernachlässigt und war vor lauter Stress nicht zum Joggen gekommen.

Ihre Gedanken wanderten zurück. Der ganze Tag war die reinste Katastrophe gewesen. Kurz vor der Mittagspause war ihr Chef in ihr Büro gestürmt. Die Regierung hatte angekündigt, dass ab Montag Schulen und Kinderbetreuungseinrichtungen auf unbestimmte Zeit geschlossen würden. Außerdem verhängte sie eine strikte Ausgangssperre. Alle durften ihre Wohnungen nur zum Einkaufen und für Arztbesuche verlassen. Ausnahmen gab es lediglich für diejenigen, die in lebensnotwendigen Berufen arbeiteten.

Kaum hatte der Chef die Ankündigungen der Regierung bekannt gegeben, war Chaos ausgebrochen. Alle redeten durcheinander, jeder hatte irgendwelche Ideen, Vorschläge oder Probleme. Niemand wusste, wie das funktionieren sollte. Charlotte war Leiterin der Marketingabteilung eines namhaften Kosmetikherstellers und traf ständig Entscheidungen. Heute jedoch war ihr alles über den Kopf gewachsen. Viele ihrer Mitarbeiterinnen hatten kleine Kinder und würden parallel im Homeoffice arbeiten. Sie klärte die technischen Voraussetzungen mit der IT, motivierte und beruhigte die Kolleginnen und teilte die Aufgaben neu ein. Dabei blieb keine Zeit für ihre eigene Planung. Das rächte sich jetzt. Sie war mit ihren Nerven am Ende.

Auch sie würde ab Montag von zu Hause arbeiten. Sie hatte die Unterlagen des aktuellen Projekts zusammengestellt und an ihren privaten Account gemailt. Auf die Daten des Betriebs hatte sie keinen Zugriff mehr. Hoffentlich hatte sie nichts vergessen.

Kurz vor Arbeitsende hatte sie ihren Mann Leon angerufen. Er war Unternehmensberater und würde ebenfalls im Homeoffice arbeiten. Sie würden sich die Kinderbetreuung teilen. In Gedanken stellte sie bereits einen festen Plan auf, um alles zu organisieren. Planung war das halbe Leben, nicht nur im Beruf, sondern auch bei der Organisation des Familienalltags mit drei Kindern. Gemeinsam würden sie es schaffen.

„Frau von Mülensiefen. Haben Sie noch eine Frage? Ich will jetzt abschließen."

Charlotte zuckte zusammen. Da stand sie herum und guckte Löcher in die Luft.

„Nein, alles gut. Entschuldigen Sie. Ich war in Gedanken."

Jetzt entschuldigte sie sich schon bei Frau Fischer. Was war heute mit ihr los?

Sie musste dringend einkaufen. Die Geschäfte sollten ab morgen lediglich stundenweise öffnen. Was machte eigentlich Mia die ganze Zeit? Suchend sah sie sich nach ihrer Tochter um.

Mia saß träumend auf der Bank. Sie hatte sich die Sandalen falsch herum angezogen.

„Mia, nun beeil dich. Das sind Entenfüße! Das musst du doch selber merken."

Charlotte biss sich auf die Zunge. Erst vergaß sie die Zeit, träumte herum und danach ließ sie ihren Frust an ihrer Tochter aus.

„Entschuldige, Mäuschen. Ich helfe dir."

Sie half Mia, Sandalen und Jacke anzuziehen und schnappte sich den Kinderrucksack.

„Mia, komm! Wir müssen los."

Sie griff mit einer Hand nach dem Buggy, in dem Jakob zum Glück weiter friedlich schlief, mit der anderen zerrte sie Mia hinter sich her. Die Kleine hatte Mühe, ihr zu folgen. Sie zog eine Schnute.

„Ich will mit Sophie spielen. Kann Sophie mit zu uns kommen?"

Sophie war Mias beste Freundin und die beiden spielten regelmäßig nachmittags zusammen.

„Mäuschen, heute nicht. Wir fahren jetzt noch schnell zum Einkaufen. Wir müssen uns beeilen."

In Mias Augen sammelten sich Tränen. Sie schluckte. Zum Glück holte Leon ausnahmsweise Emilie vom Hort ab, der an ihre Grundschule angeschlossen war. So musste sie bloß Jakob und Mia mitnehmen. Im Autoradio war von Hamsterkäufen berichtet worden. Es war besser, sofort zu fahren.

„Ich kann nicht so schnell!"

Mia hängte sich mit ihrem ganzen Gewicht an Charlottes Arm.

„Wo ist überhaupt das blöde Auto?"

„Nun komm schon. Beeil dich. Du bist doch ein großes Mädchen."

Charlotte atmete tief ein. Ruhig bleiben. Nur nicht einen von Mias regelmäßigen Bockanfällen provozieren. Von wegen, die Trotzphase endet irgendwann. Bei Mia hatte sie das Gefühl, dieser Entwicklungsabschnitt würde ewig dauern und direkt in die Pubertät übergehen.

Endlich erreichten sie das Auto. Charlotte hob den schlafenden Jakob in den Kindersitz und schnallte ihn an. Mia kletterte in den Sitz.

„Mama, hilfst du mir?"

Mias Stimme klang weinerlich. Sie kämpfte mit dem Gurtverschluss. Charlotte seufzte. Die Feinmotorik mussten sie wirklich üben. Im Grunde war das die Aufgabe der Erzieherinnen. Was machten die den ganzen Tag mit den Kindern? Zügig schnallte sie Mia an. Üben konnten sie ein anderes Mal. Heute war dafür keine Zeit. Sie stieg ins Auto und sank in den Sitz.

„Und dann hat der Julian die Sophie ..."

Mia plapperte vor sich hin. Charlotte hörte nur mit halbem Ohr zu. Hatte sie die Blumen gegossen? Wer weiß, wann sie wieder ins Büro kam. Sie schüttelte den Kopf. War das überhaupt wichtig? Mist, sie hatte sich gar keine Gedanken über ihren Einkauf gemacht. Samstags kaufte sie erst in Ruhe auf dem Wochenmarkt ein. Anschließend fuhr sie zum Bioladen und trank dort zusammen mit ihrer Freundin Martina in dem kleinen Café einen Latte macchiato. Die restlichen Besorgungen erledigte sie bei Rewe. Am liebsten bummelte sie durch die Läden und suchte nach Leckereien, auf die sie gerade Appetit hatte, die besonders frisch und köstlich aussahen. Viel brauchten sie in der Woche nicht. Die Kinder aßen in Schule und Kita, Leon und sie in der Kantine oder mit Kollegen beim Italiener in der Stadt. Aber heute war alles anders. Drei Mahlzeiten für eine fünfköpfige Familie, das musste sie planen. Wann konnte sie überhaupt das nächste Mal einkaufen? Charlotte hasste Unsicherheit. Sie liebte ihren geplanten, geregelten Alltag. Am besten, sie kaufte Fertiggerichte, Müsli und Aufbackbrötchen.

„Mama, wann fahren wir denn endlich los?"

Charlotte zuckte zusammen. Sie hatte schon wieder die Zeit vergessen. Beinah wäre sie eingeschlafen. Was war nur mit ihr los? Sie warf einen Blick in den Rückspiegel. Ihre langen blonden Haare hingen strähnig herunter. Unter den Augen hatte sie dunkle Ringe. Waren da die ersten Fältchen? Sie fühlte sich alt und ausgelaugt.

Ihr neuer Chef hatte alles umgekrempelt. Hoffentlich wurde es im Homeoffice ruhiger. Immerhin musste sie nicht mehr täglich persönlich bei ihm Meldung machen. Oder erwartete er den Bericht jetzt per Mail? Bestimmt würde er ihre Arbeit pedantisch überwachen. Er war ein totaler Kontrollfreak. Zum Abschied hatte er einen blöden Spruch losgelassen, von wegen Arbeitsleistung mit drei Kindern.

10

Sie startete das Auto. Viel Verkehr heute. Am besten fuhr sie einfach schnell zu Rewe.

Frieda

„Ach, hier bist du, Mama. Ich habe dich überall gesucht."
Frieda zuckte zusammen. Irritiert schaute sie sich um. Wo war sie? Langsam kam die Orientierung zurück. Sie saß auf der Bank hinter dem Seniorenheim und war eingeschlafen. Sie richtete sich auf.

„Was machst du denn hier, Karin. Du kommst doch immer am Samstag. Ist heute schon Samstag?"
Frieda zog die Strickjacke enger um ihren dünnen Körper. Trotz der Sonne fröstelte sie. Sie rieb sich die Augen und sah ihre Tochter verwundert an. War diese unscheinbare Frau tatsächlich ihr Kind? Karin könnte sich ruhig jugendlicher und moderner kleiden. Diese gedeckten Farben und die ausgeleierten Stoffhosen machten sie alt. Dabei war sie schlank mit Rundungen an den richtigen Stellen. Sie hatte eine tolle Figur, obwohl sie in den letzten Monaten ein bisschen zugenommen hatte, aber das war normal in den Wechseljahren. Trotz ihres beschaulichen Lebens sah Karin alt und abgespannt aus.

„Ich dachte, ich komme heute noch mal kurz vorbei. Hast du nicht gehört? Ab morgen gilt ein Besuchsverbot, überhaupt eine Ausgangssperre. Dann kann ich nicht mehr kommen."
Karin ließ sich neben ihrer Mutter auf die Bank fallen. Sie verschränkte die Arme vor ihrem Körper.

„Das kannst du dir nicht vorstellen, was heute los ist."
Sie stöhnte. Ohne Frieda zu beachten, redete sie weiter.

„Ich habe zwei Stunden zum Einkaufen gebraucht, dabei war ich bloß beim Edeka um die Ecke. Die Straßen sind verstopft, überall in den Läden drängeln sich die Leute. Manche sind richtig aggressiv. Und alle kaufen Toilettenpapier.

Mehl natürlich auch, alles, was haltbar ist. Ich bin total fertig. Was das noch alles werden soll? Naja, du hast es ja gut hier. Du brauchst dich um nichts zu kümmern."

Karin kniff die Lippen zusammen. Sie sah aus, als wolle sie gleich anfangen zu weinen. Frieda schüttelte den Kopf. Karin fand immer einen Grund zum Jammern.

„Ach, hier sind auch alle verrückt. Erst wollten sie mich gar nicht mehr aus dem Haus lassen. Stell dir das mal vor! Ich musste versprechen, auf dem Gelände zu bleiben. Das ist doch hier kein Gefängnis! Ich zahle hier viel Geld. Emma und ich wollten einen ausgiebigen Spaziergang machen. Das durften wir nicht. Dann ist ihr Sohn gekommen, und ich habe mich alleine auf die Bank gesetzt. Ich bin wohl eingeschlafen. Wie spät ist es denn?"

Frieda setzte sich aufrecht hin und sah ihre Tochter an.

„Gleich halb sechs. Es wird langsam kalt. Wollen wir nicht lieber reingehen?"

Karin rutschte auf der Bank nach vorn.

Frieda verdrehte die Augen.

„Ach Kindchen, lass uns noch ein bisschen draußen sitzen. Es ist warm genug. Vielleicht lassen sie mich morgen wirklich nicht mehr vor die Tür."

Karin lehnte sich wieder zurück und schloss die Augen. Frieda schaute resigniert in den Himmel. So war es immer. Sie redeten aneinander vorbei. Stille breitete sich aus.

„Und Birte, geht es ihr gut?", erkundigte sich Frieda nach einer ganzen Weile, um das Schweigen zu brechen.

„Naja, wie es Frauen am Ende der Schwangerschaft geht. Sie hat schon 25 Kilo zugenommen, zu viel, sagt ihr Arzt. Jonas darf nicht mit ins Krankenhaus. Stell dir vor, sie muss ganz allein entbinden. Man kann es mit der Vorsicht auch übertreiben."

Entrüstet schüttelte Karin den Kopf.

Frieda hielt lieber den Mund. Sie hatte ihre Tochter ohne die Unterstützung ihres Mannes zur Welt gebracht. Väter hatten bei einer Geburt nichts zu suchen. So ein neumodischer Kram. Das konnte sie Karin allerdings schlecht sagen und ihrer Enkelin Birte erst recht nicht.

Beide schwiegen. Dieses Mal durchbrach Karin die Stille. „Hoffentlich ist der Spuk in zwei Wochen vorbei. Sonst dürfen wir Birte und unser Enkelkind nicht in der Klinik besuchen. Ich habe zu meinem Chef gesagt, wenn mein Enkelkind kommt, brauche ich frei. Ich muss meine Tochter unterstützen, habe ich gesagt. Hoffentlich klappt das. Ab Montag habe ich zwangsfrei. Und wenn ich Urlaub brauche, heißt es bestimmt: Geht nicht, ist zu viel liegen geblieben."

Sie sah Frieda empört an. Wieder schwiegen beide.

Ein Spatzenpärchen landete vor der Bank und suchte eifrig nach Kekskrümeln. Sofort kamen weitere Spatzen angeflogen. Frieda öffnete ihre Handtasche. Vielleicht hatte sie noch ein paar Kekse. Die Vögel waren so possierlich.

„Sind schon komische Zeiten im Moment. Und bei dir, alles klar? Was hast du die Woche gemacht?"

Karins Stimme verscheuchte die Spatzen.

Frieda überlegte. Viel passierte im Heim nicht und Karin interessierte sich gewiss nicht dafür, wie Emma ihren Mann kennengelernt hatte. Diese Geschichte hatte Emma ihr schon hundert Mal erzählt. Sie hörte gar nicht mehr zu. Dass Herr Hoop letzte Woche im Schlafanzug zum Frühstück erschienen war, würde sie ihrer Tochter nicht erzählen. Das zeigte nur, in welchem Irrenhaus sie lebte. Da fiel ihr etwas ein.

„Wir proben mit dem Chor im Moment Frühlingslieder von Rolf Zuckowski. Den fand Birte als Kind doch so toll. Wart ihr nicht sogar mal auf einem Konzert? Jedenfalls kenne ich im Gegensatz zu Emma die meisten Melodien. Sie hat ja keine Enkel. Wir wollen am Donnerstag vor Ostern in den Kindergarten fahren und den Kindern ein Ständchen bringen.

Als Dankeschön. Sie kommen doch alle zwei Wochen mit ihrer Kindergärtnerin vorbei und singen für uns. Da haben wir gedacht, wir revanchieren uns mal."

Die Worte sprudelten aus Frieda heraus.

Karin reagierte nicht. Sie saß mit geschlossenen Augen auf der Bank. Ob sie eingeschlafen war?

„Karin?", fragte Frieda und stieß ihre Tochter in die Seite. „Schläfst du?"

Karin seufzte.

„Ach, ich mache mir solche Sorgen! Wie soll das nur alles werden, mit der Ausgangssperre und so?"

Ihre Stimme klang weinerlich und kraftlos.

Typisch Karin. Sie hatte sich schon als Kind ständig um alles gesorgt, alles negativ gesehen und grundlos gegrübelt. Ihre Tochter war voller Angst und traute sich kaum etwas zu. Dabei hatte sie sich bemüht, sie abzuhärten, sie auf das Leben vorzubereiten.

„Das geht bestimmt schnell vorbei. Wirst schon sehen. Nächsten Samstag sitzen wir hier wieder zusammen auf der Bank oder trinken oben im Saal gemütlich einen Kaffee. Ausgangssperren, das hat sich nicht mal Hitler getraut. Natürlich durften wir nicht raus, wenn die Bomben fielen. Aber wegen einer Krankheit? Nach dem Krieg gab es eine Grippewelle und Typhus ging um. Auf die Idee mit der Ausgangssperre ist da niemand gekommen."

Karin reagierte nicht. Hörte sie ihr überhaupt zu? So ging das jedes Mal, wenn sie versuchten, sich zu unterhalten. Eine redete und die andere schwieg. Sie hatten sich seit Jahren nichts mehr zu sagen. Frieda überlegte. Hatten sie jemals richtig miteinander geredet? Wie war das damals gewesen, als Karin noch ein Kind war?

Schweigen breitete sich aus. Die Spatzen kehrten zurück und suchten erneut nach Kekskrümeln.

„Ach, hier sind Sie!"

Frieda schreckte auf. Die Vögel flogen davon. Schwester Birgit stand vor ihnen.

„Hätte ich mir ja denken können, dass Sie bei dem schönen Wetter hier draußen sitzen. Es ist längst Abendbrotzeit."

Die Altenpflegerin schmunzelte, aber das Lächeln erreichte ihre Augen nicht.

„Hallo Frau Schrader", wandte sie sich an Karin. „Ihre Mutter zieht es immer nach draußen. Man merkt ihr an, dass sie früher viel im Freien gearbeitet hat. Wollen wir hoffen, dass das in den nächsten Wochen noch gestattet ist."

Sie zog die Schultern hoch und fröstelte.

„Leider dürfen Sie nicht mehr mit rein, Frau Schrader. Verabschieden Sie sich bitte hier draußen von Ihrer Mutter."

Kaum hörbar fügte sie hinzu: „Wer weiß, wann Sie sich wiedersehen."

Diskret drehte sie sich um und eilte zurück ins Haus.

Frieda und Karin standen auf. Verunsichert strich Karin ihrer Mutter über den Arm. Es kam selten vor, dass sich die beiden Frauen berührten.

„Mach's gut Mama und pass auf dich auf."

Frieda trat einen Schritt zurück. So nah war sie ihrer Tochter schon lange nicht mehr gekommen.

„Sei nicht so sentimental, Karin. Bis nächsten Samstag, und grüß Birte von mir."

Frieda zog die Strickjacke fest um ihre Schulter und hastete zurück ins Heim, ohne sich noch einmal umzudrehen. Sie hatte richtigen Hunger.

Karin

Karin schlenderte zum Parkplatz. Die Sonne war hinter den Bäumen verschwunden. Es wurde kalt.

Geschafft. Dieser Tag zog sich unendlich hin. Wenigstens den Besuch bei ihrer Mutter konnte sie auf ihrer To-do-Liste abhaken. Erleichtert öffnete sie die Autotür und setzte sich hinter das Steuer. Sie verschränkte die Arme und legte ihren glühenden Kopf auf die kühlen Hände. Sie fröstelte. Gleichzeitig durchströmte Hitze ihren Körper. Hoffentlich die Wechseljahre und nicht das Virus.

Zum Glück musste sie ihre Mutter in absehbarer Zeit nicht wieder besuchen. Eine Verpflichtung weniger. Die wöchentlichen Pflichtbesuche zerrten an ihren Nerven. Eine Stunde die Woche. Das hatte sie sich fest vorgenommen, als Frieda vor zwei Jahren in die Senioreneinrichtung gezogen war, weil sie nicht mehr ohne Betreuung leben konnte. Frieda vergaß ihre Tabletten und hatte sich mehrmals verlaufen. Sogar die Polizei hatte sie einmal aufgegriffen. Karin musste ihr bei fast allen Dingen des Alltags helfen, sich dauernd um irgendetwas kümmern. Nichts schaffte Frieda ohne Unterstützung. Sie rief ständig wegen irgendwelcher Kleinigkeiten an. Karin fragte sich immer öfter, was da falsch gelaufen war. Die Mutter hatte sie zur Selbständigkeit erzogen, um nicht zu sagen gezwungen, und nun verlangte Frieda in einem fort nach Hilfe. Friedas Hausärztin diagnostizierte eine beginnende Demenz und sprach von Einsamkeit. Ihre Mutter brauche Menschen und Anregungen um sich. Karin bekam sofort ein schlechtes Gewissen. Dabei verbrachte sie viel zu viel Zeit mit ihrer Mutter. Frieda hatte ständig etwas an ihr auszusetzen und verunsicherte sie total. In ihrer Gegenwart fühlte sie sich klein und unscheinbar.

Seit Frieda im Heim wohnte, war es besser. Wie es Frieda damit ging, wusste Karin nicht. Über Gefühle sprachen sie nicht. Allerdings fingen mit dem Umzug die anstrengenden Besuche an. Eine Stunde die Woche, das musste sein. Im Normalfall blieb sie eine halbe.

Sie hatten sich nichts zu sagen. Bereits während Karins Kindheit lebten sie auf zwei verschiedenen Planeten. Frieda verstand sie nicht. Ihre Worte erreichten sie nicht. Wenn sie sich mit ihr unterhielt, hatte sie das Gefühl, sie redete gegen eine Wand oder in einer fremden Sprache. Früher sehnte sie sich nach einem netten Wort, nach Anteilnahme und Berührung. Stattdessen stellte Frieda Anforderungen und lobte nie. Die Mutter war ein Eisklotz. In ihrer Nähe fror Karin ständig, selbst heute noch. Doch jetzt machte ihr das nichts mehr aus. Sie hatte ihr eigenes Leben, einen lieben Mann, eine wohlgeratene Tochter und bald ihr erstes Enkelkind. Frieda war nicht weiter wichtig.

Karin hatte Bücher über verwaiste Eltern gelesen. Dabei ging es nicht nur um Eltern, die ein Kind durch den Tod verloren hatten, sondern auch um Kinder, die den Kontakt zu ihren Eltern vollständig abbrachen. In vielen Schilderungen hatte sie sich wiedererkannt. Vor einigen Jahren hatte sie eine Therapie gemacht, um die Erinnerungen an ihre Kindheit, ihre Erfahrungen mit Frieda aufzuarbeiten. Sie wollte die Fehler ihrer Mutter nicht bei ihrer Tochter wiederholen. Geholfen hatten die Gespräche mit der Therapeutin kaum. Ihren Rat, das Gespräch mit ihrer Mutter zu suchen, konnte sie nicht umsetzen. Sie hatte damals ernsthaft darüber nachgedacht, einen endgültigen Schlussstrich zu ziehen, sich nicht mehr um Frieda zu kümmern, jede Begegnung zu vermeiden. Doch den Gedanken hatte sie wieder verworfen. Zu anstrengend. Was sollten die anderen denken, besonders Rolf und Birte. Sie hätte viel erklären müssen. Es war bequemer, die verantwortungsbewusste Tochter zu spielen. Vielleicht war sie auch einfach nur zu feige.

Wenn sie ihre Mutter im Seniorenheim besuchte, unterhielten sie sich über Belanglosigkeiten, redeten über das Wetter. Meistens schwiegen sie. In der letzten Zeit erzählte sie von Birte und dem ungeborenen Enkelkind. Über ihre Gefühle sprachen sie nie. Auch nicht über die Vergangenheit, ihr gemeinsames Leben. Karin fühlte sich nach jedem Treffen ausgelaugt, als hätte Frieda alle Kraft aus ihrem Körper und ihrer Seele gezogen.

Die Mutter hatte mit neunzehn geheiratet. Bestimmt nicht aus Liebe. Karin hatte ihre Eltern nie zärtlich miteinander umgehen sehen. Sie umarmten sich nicht, küssten sich nicht. War Frieda gefühlskalt, so hatte Karl, ihr Vater, Temperament. Zu viel, schien es ihr oft. Mitunter hatte sie den Verdacht, dass er die Mutter schlug. Frieda hatte oft blaue Flecke, sprach von Ungeschicklichkeit. Etwas, das überhaupt nicht zu ihr passte. Selbst im Sommer trug sie hochgeschlossene Kleider, Blusen mit langen Ärmeln. Das sei ihr Stil, antwortete sie, als Karin ein einziges Mal ihren Mut zusammennahm und sie darauf ansprach. Karin fragte nie wieder.

Ihr Vater war 15 Jahre älter als die Mutter und er trank zu viel. Anfangs entschuldigte Karin ihn damit, dass das Leben mit Frieda anders nicht auszuhalten war. Später war das Trinken ebenfalls ein Grund dafür, dass sie so schnell wie möglich von zu Hause ausgezogen war. Sie hätte nach dem Abitur gerne studiert, aber dann hätte sie weiter in ihrem Elternhaus wohnen müssen, in diesem hochexplosiven Kühlschrank. Also machte sie eine Ausbildung beim Finanzamt. Die Tätigkeit interessierte sie nicht, aber ihre Lehrer hatten ihr geraten, etwas mit Zahlen zu arbeiten. Die Ausbildungsvergütung war gut. Sie suchte sich zusätzlich eine Putzstelle. So schnell wie möglich zog sie von zu Hause aus in eine winzige Einzimmerwohnung. Das erste Mal im Leben hatte sie ihre Ruhe, wurde nicht dauernd kritisiert, musste sich nicht verstellen. Kurze Zeit später lernte sie Rolf kennen. Sie heirateten nach wenigen Monaten. Bald darauf kam Birte zur Welt. Karin blieb einige Jahre zu Hause, dann ging sie wieder arbeiten. Mehr Kinder wollte sie nicht. Beim Finanzamt arbeitete sie bis heute.

Der Vater war schon vor Jahren gestorben. Frieda war nach seinem Tod richtig aufgeblüht. Sie trug ausgeschnittene

Kleidung, schminkte sich und war einige Jahre viel unterwegs. Karin erinnerte sich genau an den Tag, an dem die Mutter sie anrief.

„Dein Vater ist die Treppe hinuntergefallen. Ich glaube, er ist tot. Ich habe den Rettungswagen gerufen." Unbewegt hatte Frieda geklungen, kühl und sachlich. Ohne ein weiteres Wort hatte sie aufgelegt.

Der Vater starb nicht sofort. Er lag drei lange Monate im Koma, wachte nicht mehr auf. Am Ende hatte Frieda entschieden, dass die Maschinen abgestellt werden sollen.

Es hatte eine polizeiliche Untersuchung gegeben. Frieda hatte den Rettungsdienst erst eine halbe Stunde nach dem Unfall angerufen. Bei früherer Hilfe hätte der Vater vielleicht gerettet werden können.

Frieda hatte für alles eine Erklärung. Sie sei geschockt gewesen, unfähig, einen klaren Gedanken zu fassen, geschweige denn zu handeln. Karin glaubte ihr nicht. Die rationale, planende, gut organisierte, gefühlskalte Frieda, unfähig zu handeln?

Sie hatten nie darüber gesprochen.

Karin hob den Kopf. Was waren das heute für komische Überlegungen?

Es war ein eigenartiges Gefühl gewesen, Frieda zu berühren. Wie war sie nur auf die Idee gekommen? In diesem Moment war ihr die Mutter klein und zerbrechlich vorgekommen, irgendwie geschrumpft. Wie sie so dastand, in ihrer viel zu großen, abgenutzten Strickjacke und den wenigen grauen Locken auf dem Kopf. Wo war die Frieda, die wie eine Riesin über ihrer Kindheit thronte, geblieben?

Karin zog ihr Handy aus der Tasche. Sie musste dringend auf andere Gedanken kommen. Eilig wählte sie die Nummer ihrer Tochter. Birte nahm das Gespräch sofort an.

„Na Mama, wie war es bei Oma? Habt ihr euch wieder gestritten?"

Karin schüttelte den Kopf, antwortete jedoch schnell. Schließlich konnte Birte sie nicht sehen.

„Nein, nein. Wir streiten nie, das weißt du doch. Eher schweigen wir uns an. Aber jetzt muss ich ja erst mal nicht mehr hin. Das ist das einzig Gute an dem Virus. Wie geht es dir denn? Warst du schon zum Einkaufen? Oder soll ich dir was vorbeibringen?"

„Lieb, das du fragst. Dennis ist gerade los. Meinst du, ich soll Oma mal anrufen? Wie lange darf sie denn keinen Besuch bekommen?"

„Ach, lass mal. Sie wird hier gut versorgt. Du hast genug mit dir selbst zu tun. Sehen wir uns morgen? Oder ist das nicht mehr erlaubt?"

Karin stockte. Bisher war ihr gar nicht klar gewesen, dass sie nicht nur ihre Mutter nicht mehr besuchen konnte, sondern auch ihre Tochter.

„Ich fürchte, wir können uns nicht mehr treffen." Klang Birte erleichtert oder bildete sie sich das ein. Hätte sie anstelle ihrer Mutter doch lieber ihre Tochter besucht!

„Aber wir können ja jeden Tag telefonieren. Du, ich muss Schluss machen. Dennis ruft gerade an. Bestimmt hat er Fragen zum Einkauf. Er will noch die letzten Sachen für das Baby besorgen."

Bevor Karin etwas erwidern konnte, hatte Birte aufgelegt. Sie seufzte. Bestimmt war Birte im Stress. Ihr Verhältnis war gut, nicht so wie zwischen Frieda und ihr.

Sie steckte den Schlüssel ins Zündschloss und ließ den Motor an. Genug Gefühlsduselei und sinnlose Gedanken. Rolf kam gleich nach Hause und sie musste noch kochen. Der Besuch bei ihrer Mutter hatte ihr den ganzen Tag verdorben.

Ohne einen Blick zurück verließ Karin den Parkplatz des Seniorenheims.

Anna

„Frau Kuczinski, bitte Kasse besetzen, Frau Kuczinski, bitte."

Anna setzte sich stöhnend auf. Sie hatte bis vor wenigen Minuten Ware in die leeren Regale geräumt und war in den Pausenraum geflohen. Seit einer Stunde hatte sie Feierabend, doch sie kam einfach nicht weg. Die Menschen strömten in den Laden und kauften, als würde es morgen nichts mehr geben. Seitdem die Regierung die Ausgangssperre verkündet hatte, bildeten sich Schlangen vor dem Geschäft. Der Filialleiter Herr Hausen hatte bereits einen Sicherheitsdienst bestellt, weil die aufgebrachten Menschenmassen sich vor der Tür drängelten. Jeder wollte noch schnell einkaufen.

Am Nachmittag hatte es um ein Haar eine Schlägerei gegeben. Zwei Kundinnen stürzten sich gleichzeitig auf das letzte Paket Mehl. Es gab ein Schubsen und Drängeln, bis die Tüte riss. Das Mehl rieselte auf den Boden, und die beiden Furien waren mit Mehlstaub bedeckt. Trotzdem zeterten sie weiter. Herr Hausen versuchte, sie zu beruhigen und wurde ebenfalls eingemehlt. Anna musste sich ein Lachen verkneifen.

Zum Glück hatte sie ihre Einkäufe bereits am Morgen erledigt. Das machte sie jeden Freitag. Freitag war Haupteinkaufstag, Großkampftag, wie Julia, ihre Freundin und Kollegin, betonte. So etwas wie heute hatte sie allerdings in ihrem ganzen Leben als Verkäuferin noch nicht erlebt.

„Frau Kuczinski, bitte."

Selbst durch den öffentlichen Lautsprecher klang Herrn Hausen gereizt. Die Lautsprecherdurchsagen hatte er vor zwei Monaten eingeführt, gleich nachdem er als Filialleiter angefangen hatte. Durchsagen waren bei Aldi normalerweise nicht üblich. Anfangs fanden ihre Kolleginnen und sie das hilfreich. Die Arbeit konnte besser eingeteilt und organisiert werden. Inzwischen zuckten alle zusammen, sobald die

Stimme von Herrn Hausen durch die Filiale schallte. Er hatte es im Gefühl. Jedes Mal, wenn sich eine von ihnen einen Moment ausruhen wollte, zur Pause oder auf die Toilette ging, wurde sie ausgerufen. Sie hatten den Verdacht, heimlich überwacht zu werden. Nicht ausgeschlossen, dass er Kameras installiert hatte. Zuzutrauen wäre es ihm. Für Pausen blieb heute keine Zeit. Entweder saßen sie an der Kasse oder räumten Ware in die leeren Regale. Es kam Anna vor, wie Sand von einem Haufen auf den anderen zu schaufeln. Kaum hatte sie Artikel nachgefüllt, war wieder alles weg. Teilweise rissen ihr die Kunden die Sachen direkt aus der Hand, bevor sie die Kartons vollständig geöffnet hatte. Vor allem Produkte, die lange haltbar waren, wurden in Massen gekauft. Und Toilettenpapier.

„Frau Kuczinski an die Kasse!"

Das „bitte" sparte sich Hausen mittlerweile. Anna zog ihr Handy aus der Tasche. Sie musste Ben anrufen, bevor sie sich wieder an die Kasse setzte, selbst wenn Hausen noch so drängelte. Beim Kassieren blieb dafür keine Zeit. Ihr Sohn war heute Nachmittag nach der Schule mit seinem Freund zum Fußballtraining gefahren. Das Training war längst zu Ende. Er würde gleich nach Hause kommen. Normalerweise wäre sie um diese Zeit bereits da. Hoffentlich hatte er seinen Schlüssel dabei. Hastig drückte sie die Tasten.

„Nun geh schon ran, Junge", murmelte sie. Sie wollte gerade auflegen, da meldete sich Ben endlich.

„Hallo Mama, keine Sorge. Ich bin noch mit zu Torre gefahren. Wir wollen noch ein bisschen bolzen. Nicht böse sein. Ich wollte dir gerade eine Nachricht schicken. Stell dir vor, die Schule fällt Montag aus. Wir haben ganz viele Aufgaben bekommen. Da musst du mir unbedingt helfen. Mathe verstehe ich schon in der Schule nicht. Und beim Training heute hat der Trainer gesagt, wenn ich weiter so gut dribbele, dann komme ich vielleicht in die Auswahl. Ich muss mich nur richtig reinhängen."

Es sprudelte aus Ben nur so heraus. Anna presste das Handy ans Ohr. Nervös zuckte sie mit dem Fuß. Ben litt darunter, dass sie so wenig Zeit für ihn hatte. Bens Vater zahlte keinen Unterhalt und kümmerte sich auch sonst nicht um seinen Sohn. Sie war für alles verantwortlich, für das Finanzielle und für die Zuwendung. Je älter Ben wurde, desto schwieriger fand sie es, ihm gerecht zu werden.

„Mama, wenn ich mich anstrenge, darf ich nächsten Monat mit zum Sondertraining. Dafür brauche ich aber endlich die neuen Fußballschuhe."

Seine Stimme überschlug sich vor Aufregung. Oder kam er bereits in den Stimmbruch?

Anna zuckte zusammen. Die Schuhe kosteten über hundert Euro. Eigentlich brauchte sie dringend eine neue Sommerjacke. Das würde nichts werden. Fußballschuhe waren wichtiger. Es knackte im Lautsprecher. Sie holte tief Luft.

„Stopp Ben. Da sprechen wir drüber, wenn wir zu Hause sind. Ich muss an die Kasse. Kannst du noch einen Moment bei Torre bleiben? Ich weiß nicht, wann ich hier endlich loskomme. Julia muss auch länger arbeiten. Hier ist heute echt der Teufel los. Ist Kay da?"

Kay war Julias Lebenspartner. Anna freute sich, dass Ben in Torre, dem Sohn von Julia, einen guten Kumpel gefunden hatte. Die Jungen hatten dieselben Interessen, besuchten dieselbe Klasse und spielten gemeinsam im Verein Fußball. Sie waren unzertrennlich.

„Klar, Kay ist schon lange da. Der muss nicht so viel arbeiten wie du."

Anna hörte den Vorwurf in Bens Stimme. Sie schluckte.

„Du weißt genau, warum ich so viel arbeite. Denk an die Fußballschuhe. Du, ich muss mich beeilen. Der Hausen drängelt schon. Gibst du mir mal Kay?"

Kay war Zimmermann und hatte freitags oft früher Feierabend. Er versprach, sich um die beiden Jungen zu kümmern. Sie würden „Männeressen" zum Abendbrot holen: halbe Hähnchen mit Pommes. Erleichtert steckte Anna das Handy in ihre Tasche. Für Ben war gesorgt.

„Frau Kuczinski, so geht das nicht. Sie wissen genau, privates Telefonieren während der Arbeitszeit ist verboten." Herr Hausen stand vor ihr und starrte auf sie herunter. Er überragte Anna um mindestens zwei Köpfe. Neben ihm kam sie sich schrecklich klein vor. Eigentlich sah er ganz gut aus mit seinen blauen Augen und den ersten grauen Strähnen im Haar. Wenn er bloß nicht immer so biestig gucken würde. Annas Herz klopfte bis zum Hals. Es war so ungerecht. Sie nahm ihren ganzen Mut zusammen.

„Herr Hausen, ich habe seit einer Stunde Feierabend, ich bin alleinerziehend und mein Sohn ist erst zehn. Ich bleibe ja länger, aber ich muss das organisieren. Dafür habe ich mit meinem Sohn telefoniert. Es war sozusagen dienstlich. Und jetzt gehe ich an die Kasse. Das Regal mit den Nudeln ist übrigens schon wieder leer. Eine Stiege ist noch im Lager, mehr nicht."

Mit diesen Worten stolzierte sie erhobenen Hauptes an Herrn Hausen vorbei. Ihre Hände waren schweißnass. Ihr Herz hüpfte. Ein Lächeln umspielte ihre Lippen. Aus den Augenwinkeln sah sie, wie er verblüfft den Kopf schüttelte.

Puh, dass sie sich das getraut hatte. Julia, die die Szene zufällig beobachtet hatte, reckte den Daumen in die Höhe und grinste.

Beschwingt öffnete Anna ihre Kasse. Erleichtert fiel sie auf ihren Stuhl und lächelte die wartenden Kunden an. Es hatte sich eine lange Schlange gebildet. Überall verkniffene Gesichter. Endlich hatte sie sich mal gewehrt. Sie ließ sich viel zu viel gefallen. Das war seit ihrer Kindheit ihr Problem.

24

Für gewöhnlich fluchte sie innerlich, wenn sie kassieren musste. Das war ihr zu eintönig. Die Waren über den Scanner ziehen, abkassieren, der Nächste bitte. Hier bei Aldi in der Stadt gab es so gut wie nie Gespräche mit den Kunden. Gerne sah Herr Hausen das sowieso nicht. Bei Edeka, wo sie ihre Ausbildung gemacht hatte, war das anders gewesen. Die Arbeit hatte ihr Spaß gemacht. Sie kannte viele Kundinnen mit Namen und plauderte und scherzte mit ihnen. Tratsch gehörte dazu. Die alten Leute kamen jeden Tag zum Einkaufen, damit sie andere Menschen trafen und quatschen konnten. Verkäuferin war für Anna ein sozialer Beruf. Sie wäre gerne Kindergärtnerin oder Krankenschwester geworden. Doch dafür reichte ihr Hauptschulabschluss nicht. Deshalb achtete sie sehr darauf, dass Ben ordentlich für die Schule lernte. Er sollte seinen Beruf später frei wählen können.

Seit sie bei Aldi arbeitete, zog sie die Waren über den Scanner und nannte am Ende den Betrag. Das war es. Beim Auspacken der Ware konnte sie wenigstens mit den Kolleginnen quatschen. Heute tat ihr der Rücken vom ständigen Heben und Bücken weh, und sie war froh zu sitzen. Der Stuhl an der Kasse drückte im Kreuz, ihre Füße reichten nicht bis zum Boden, und ihre Arme kribbelten. Trotzdem war die geänderte Körperhaltung eine Erleichterung.

Nach kurzer Zeit wünschte sich Anna, sie würde wieder Regale einräumen. Die Schlange an der Kasse nahm kein Ende. Es wurde geschubst, gepöbelt und gedrängelt. Alle guckten verkniffen, Eltern schimpften mit ihren Kindern, Männer brüllten ihre Frauen an und diese zischten zurück.

Annas Kopf pochte. Ihre Hände zitterten und es fiel ihr zunehmend schwerer, die Waren über das Band zu ziehen. Zweimal gab sie das Wechselgeld falsch heraus. Hoffentlich stimmte nachher die Kasse.

Josefine

Josefine hob Angelina hoch und versuchte, sie in den Buggy zu setzen. Die Kleine machte sich steif und klammerte sich am Arm ihrer Mutter fest.

„Los, Motte! Sei nicht so bockig. Wir müssen los."

„Laufen", schmollte Angie.

„Morgen wieder. Heute hab' ich es eilig. Wir müssen noch zur Tafel. Die machen morgen dicht, wegen dem Virus. Und dann kommt Tante Willomeit. Ich muss noch aufräumen. Mann, für so was habe ich jetzt echt keine Zeit." Josie drückte ihre Tochter in den Buggy und versuchte, die Arme unter die Gurte zu schieben. „Nun hilf doch mal mit!", schnauzte sie Angelina an. Mit einem Lächeln wandte sie sich an ihre Freundin, die ihren Sohn ebenfalls aus der Kita abholte. „Tschüss Cindy, bis Montag. Drück mir die Daumen, dass die Willomeit heute gute Laune hat."

Frau Willomeit war Angies Erziehungsbeistand. Sie sollte Angies Interessen vertreten. Josie verstand nicht, worum es dabei ging. Schließlich war sie Angelinas Mutter. Aber egal. Die Willomeit kam jeden Dienstag für eine Stunde vorbei, setzte sich aufs Sofa und guckte sich in der Wohnung um. Dann wollte sie sehen, wie Josie sich mit Angie beschäftigte. Was gab es da groß zu glotzen? Jeden Dienstag dieselben blöden Fragen: Was isst Angelina? Wann geht Angelina ins Bett? Wann waren sie das letzte Mal auf dem Spielplatz, und all so einen sinnlosen Kram. Josefine konnte direkt die Stimme der Alten in ihrem Kopf hören. Frau Willomeit schrieb alles in eine dicke Akte, die sie stets dabei hatte. Am Ende strich sie Angie übers Haar und forderte Josie auf, ihrer Tochter täglich vorzulesen und mehr mit ihr zu reden. Angie war fast vier und sprach kaum. Wenn, dann nur einzelne Worte. Josie war das egal. Wenn Angie sprechen wollte, würde sie schon sprechen.

Hatten ja schließlich alle irgendwann gelernt. Ansonsten war Josie froh, dass die Kleine sie nicht die ganze Zeit vollquatschte. Cindys Kevin war da anders. Der war jünger als Angie, sabbelte jedoch in einer Tour. Und was der alles wissen wollte! Da war Josie ihre schweigsame Angie lieber.

Heute Morgen hatte die Willomeit angerufen und sich für 18 Uhr angekündigt, dabei war nicht Dienstag, sondern Freitag. Das ging gar nicht, einfach kurzfristig vorbeikommen. Da die Willomeit immer dienstags kam, räumte Josie montags auf. Damit alles ordentlich war. Sie hatte schließlich auch ihre Verpflichtungen. In der letzten Zeit fiel es ihr sowieso schwer, sich zu irgendetwas aufzuraffen. Sie war ständig müde und nachts schlief sie kaum. Da brauchte sie einen festen Plan.

„Frau Wern, denken Sie daran. Ab Montag haben wir geschlossen. Wegen des Virus. Angie muss dann zu Hause bei Ihnen bleiben."

Plötzlich stand Angies Erzieherin vor ihr und sah sie auffordernd an.

Josefine stöhnte. Überall ging es um diesen Virus. Klar, in Spanien und Italien und so waren Leute gestorben. Das war blöd, aber was ging sie das an. Wenn es denn überhaupt stimmte. Der Mike hatte gesagt, das wäre alles Fake. Das würden sie bloß erzählen, um von der Erhöhung der GEZ-Gebühren abzulenken und von den vielen Flüchtlingen, die wieder über die Grenze kamen. Wenn wegen dem Virus die Kita schloss und die Tafel dicht machte, wie sollte sie dann über die Runden kommen? Naja, egal. Heute hatte die Tafel auf jeden Fall noch auf und sie musste los.

„Jaja. Tschüss bis Montag. Schönes Wochenende."

Sie nickte Cindy und der Erzieherin zu und drückte Angie, die weiter herumzappelte, fest in den Buggy. Fluchtartig verließ sie die Kita. Jetzt bloß keine blöden Sprüche mehr. Der Tag war schlimm genug.

Mit energischen Schritten schob Josie den Buggy die Straße entlang zur Ausgabestelle der Tafel. Mann, war die Schlange lang. Jeden Freitag standen hier eine Menge Menschen, die alten Omis, viele von den Ausländern und alleinerziehende Mütter mit ihren Kindern wie sie. Heute hatte sie jedoch das Gefühl, die halbe Stadt hatte sich auf den Weg gemacht. Flüchtig begrüßte sie einige Bekannte.

Es ging nur langsam vorwärts. Josie wackelte von einem Fuß auf den anderen und ruckelte am Buggy. Angie quengelte. Josie schob die Karre vor und zurück. Dabei fuhr sie der Frau vor ihr in die Hacken. Die drehte sich um und starrte sie böse an. Josie steckte ihr die Zunge raus. Sie zog ihr Smartphone aus der Jackentasche und schaute auf die Uhr. Sie musste unbedingt aufräumen, bevor Frau Willomeit kam. Sonst gab es gleich Meckerei. Endlich konnte sie die Ausgabetheke sehen. Was war denn das für ein Mist? Frau Höppner, die normalerweise geduldig die mitgebrachten Taschen nach Wunsch sorgfältig füllte, reichte einfach jedem einen Plastikbeutel über den Tresen. Wer weiß, was da drin war!

Hoffentlich gab es in der Tüte Nudeln. Nudeln konnte Josefine kochen. Das ging schnell. Wenn keine Nudeln in der Tüte waren, musste sie welche kaufen. Angie aß am liebsten Nudeln, Pizza und Chips. Wie viel Geld hatte sie überhaupt noch im Portemonnaie? Sie brauchte dringend Zigaretten und Bier. Ein Wochenende ohne ging nicht, jedenfalls nicht, wenn sie den ganzen Tag mit der Lütten in der Bude hocken musste und nicht rauskam. In der Woche trank sie nicht und rauchte weniger. Aber am Wochenende wollte sie sich etwas gönnen. Andere 19-Jährige gingen auf Partys.

Angie quengelte immer noch. Josie durchsuchte ihre Jackentasche.

„Hier Motte, ein Bonbon."

Sie drückte ihrer Tochter die klebrige Süßigkeit in die Hand.

Angie steckte sie in den Mund und schmatzte zufrieden.

Endlich kam Josefine an die Reihe.

„Bitte Frau Wern. Ich habe Ihnen extra viel frisches Obst eingepackt für die Kleine. Wer weiß, wann es wieder was gibt?"

Frau Höppner reichte ihr die Tüte mit einem verschwörerischen Lächeln.

„Vielen Dank!", flötete Josefine. Sie wusste schließlich, was von ihr erwartet wurde. Zwar war sie mit fünfzehn von der Schule weg, weil sie mit Angie schwanger war, aber blöd war sie nicht. Die hier bei der Tafel machten das alles ohne Geld, für Gotteslohn oder so. Wer freundlich war und nicht meckerte, der kriegte die besten Sachen. Wer motzte, der wunderte sich in der nächsten Woche über zermatschte Tomaten und überreife Bananen.

„Ich wünsche Ihnen ein schönes Wochenende. Bis nächste Woche", verabschiedete Josie sich.

Kaum wandte sich Frau Höppner dem nächsten Kunden zu, luscherte Josie in die Tüte. Äpfel, Mohrrüben, ein Salatkopf, Milch, Joghurt. Keine Spur von Nudeln. Mist. Sah aber gut aus, wenn die Willomeit kam. Die laberte ständig über gesunde Ernährung.

Josie verstaute die Sachen unten im Buggy und schob den Wagen zu Aldi, der gleich um die Ecke lag. Angie quengelte schon wieder. Aus dem Buggy stieg ein strenger Geruch auf. Mist, Windel voll. Angie war die einzige Vierjährige in der Kita, die Windeln trug. Bei der Tafel hatte sie keine bekommen. Blöd, dass sie vergessen hatte zu fragen. Vielleicht lagen noch welche im Schrank?

Halb sechs. In einer halben Stunde kam Frau Willomeit. Josie sauste durch die Gänge: Ein 6er Träger Bier, Nudeln gab es nicht, eine Tüte Chips und zwei Schachteln Zigaretten. Ach ja, die Windeln. Hoffentlich reichte das Geld.

Natürlich eine Schlange an der Kasse. Josie wechselte von einem Bein auf das andere, Angie quengelte lauter. Die Leute glotzten. Endlich war sie dran.

„21 Euro 86", die Kassiererin stöhnte und griff nach einer Wasserflasche.

Josie öffnete ihr Portemonnaie. Mist, nur ein 20-Euro-Schein. Sie kramte in ihrer Hosentasche. Kein Cent. Hinter ihr murrten die anderen Kunden. Bestimmt hatte sie noch Windeln im Schrank.

„Die Windeln bitte zurück", forderte sie die Kassiererin auf und gab ihr gleichzeitig ihr letztes Geld.

Die Kassiererin klatschte ihr das Wechselgeld in die Hand und murmelte etwas Unverständliches. Josie zeigte ihr den Mittelfinger, aber so, dass es keiner sah.

In zehn Minuten kam Frau Willomeit. Das konnte heiter werden. Im Laufschritt eilte Josefine zu ihrer Wohnung. Angie jammerte inzwischen lautstark. Josie parkte den Buggy im Flur. Bestimmt würde die Olle aus dem 2. Stock wieder meckern. Aber der Fahrstuhl war immer noch kaputt. Sollte sie das Teil etwa in die 4. Etage schleppen? Im Haus roch es nach gekochtem Kohl. Das war ja schlimmer als der Geruch aus Angies Windel. Josie rümpfte die Nase. Sie klemmte sich die Einkäufe unter den einen, das protestierende Kind unter den anderen Arm und machte sich auf den Weg, vier Treppen nach oben.

Angie zappelte und schrie lauthals. Josie stöhnte. Der Weg nahm und nahm kein Ende. Angie war wirklich langsam zu schwer. Sie setzte die Kleine ab, griff ihren Arm und zog sie hinter sich her. Angie konnte alleine laufen.

Rein in die Wohnung, Kind aufs Sofa, Bier und Zigaretten in den Schrank. Mist, die Kleine müffelte. Wo waren die Windeln?

Da klingelte es an der Tür. Schnell drückte Josie Angie einen Apfel in die Hand. Das sah gut aus. Sie öffnete die Tür.

„Hallo Frau Willomeit, wie schön, dass Sie kommen."

Jana

Erschöpft streifte Jana den Mund-Nasen-Schutz ab und öffnete den Plastikkittel. Das war knapp. Gemeinsam mit Dr. Prill hatte sie einen jungen Mann an das Beatmungsgerät angeschlossen. Der 36-Jährige war heute Morgen mit leichten Symptomen von sich aus in der Klinik erschienen. Er gab an, seinen Skiurlaub in Tirol verbracht zu haben. Sie hatten ihn dabehalten und vorsorglich getestet.

Seit Tagen drängten sich in der Notaufnahme Menschen, die husteten oder einen Schnupfen hatten und einen Test machen wollten. Es gab einen regelrechten Testtourismus. Die Menschen ließen sich in verschiedenen Krankenhäusern testen. Bei einem negativen Ergebnis glaubten sie der Aussage nicht und suchten, kaum dass sie den Befund erhalten hatten, die nächste Klinik auf.

Jana seufzte. Diese Unvernünftigen machten ihnen nur Arbeit. Oft wurden sie auch noch ausfallend, wenn sie warten mussten. Dabei hatten sie genug mit den wirklich Erkrankten zu tun.

Es gab strikte Regeln. Nur wer sich in einem Risikogebiet aufgehalten hatte oder Kontakt zu einem Infizierten nachweisen konnte, wurde getestet. Zusätzlich musste man eindeutige Symptome haben. Die Tests waren knapp und teuer, was sie den Menschen dort draußen verschwiegen.

Seit heute Morgen war es in der Notaufnahme ruhiger. Die schrecklichen Bilder aus Italien gestern in der Tagesschau hatten dafür gesorgt, dass niemand mehr freiwillig in ein Krankenhaus ging. Es kamen kaum noch Patienten mit Schlaganfall oder Herzinfarkt. Die Angst, sich hier anzustecken, war inzwischen riesig, auch bei den Kolleginnen und Kollegen.

Jana zog ihre Einmalhandschuhe aus und warf sie zusammen mit der Schutzmaske und dem Kittel in den Beutel für kontaminiertes Material. Diese Teile würde sie nicht ein zweites Mal benutzen. Der Patient war infiziert und die Sachen damit unbrauchbar. Sie wusch sich gründlich Hände und Unterarme. Das sollte eigentlich reichen. Bei direktem Kontakt desinfizierte sie lieber zusätzlich. Erst danach strich sie sich die schweißnassen Haare aus dem Gesicht. Während der Arbeit band sie ihre dunkelbraunen Locken zu einem Pferdeschwanz zusammen, doch inzwischen hatten sich mehrere Strähnen gelöst.

Selten hatte sie gesehen, dass sich der Zustand eines Menschen so schnell verschlechterte, ohne dass sie etwas tun konnten. Bei einem Unfall mit inneren Verletzungen kam das vor, aber nicht bei einer Infektion. Vor einer knappen Stunde hatte der Patient kaum noch Luft bekommen, der Sauerstoffsättigungsgrad seines Blutes sank rapide, die Sauerstoffgabe schlug nicht mehr an. Am Ende hatten sie ihn an ein Beatmungsgerät angeschlossen und sein Zustand hatte sich stabilisiert. Hoffentlich blieb das so, sonst mussten sie ihn in die Uniklinik verlegen. Hier waren ihre Möglichkeiten erschöpft.

Sie hoffte, dass heute Nacht keine Verschlechterungen eintraten oder weitere Infizierte dazu kamen. Alle Beatmungsplätze waren belegt und die neuen Geräte, die vorgestern gekommen waren, noch nicht betriebsbereit.

Jana sank auf den Stuhl vor dem Überwachungsmonitor. Alles in Ordnung. Sie schloss die Augen. Endlich ein Moment Ruhe. Ihr Magen knurrte. Sie konnte sich nicht erinnern, wann sie das letzte Mal etwas gegessen hatte.

Es war erstaunlich, wie schnell das mit den Geräten geklappt hatte. Schutzmasken und Kittel wurden knapp, und alle Pflegekräfte waren von der Pflegedienstleitung aufgefordert worden, die Teile möglichst mehrfach zu benutzen. Gestern Abend hatten ihr Mann Ruben, der ebenfalls hier im Krankenhaus arbeitete, und sie Masken zu Hause im Backofen sterilisiert. Jana kam es vor wie zu jener Zeit, als sie zusammen mit Ruben und Dr. Prill für „Ärzte ohne Grenzen" in Mali gearbeitet hatte. Da mussten sie jeden Tag improvisieren. Ein Lächeln huschte über ihr Gesicht. In Mali hatte sie Ruben kennengelernt. Sie waren ein tolles Team. Sie würden auch diese Herausforderung gemeinsam meistern.

In der Mittagspause hatte Jana gesehen, wie zwei Kolleginnen Schutzmasken und Desinfektionsmittel heimlich in ihrem Spind versteckten. Keine Ahnung, was sie damit wollten. Legten sie sich einen Vorrat für die kommenden schweren Zeiten an oder nahmen sie die Sachen mit nach Hause, um sie auf eBay meistbietend zu verkaufen? Jana hatte sich umgedreht und hastig den Umkleideraum verlassen. Gemeldet hatte sie die beiden nicht.

„Schwester Jana, gehen Sie nach Hause. Es hat keinen Sinn, wenn Sie mir aus den Latschen kippen. Ich brauche Sie morgen früh frisch und munter wieder hier."

Jana zuckte zusammen. Sie hatte nicht gemerkt, wie Dr. Prill den Raum betreten hatte, so tief war sie in Gedanken versunken. Er war länger bei ihrem Patienten geblieben, um die Beatmung zu überwachen.

Sie sah den erfahrenen Internisten an. Er hatte dunkle Ringe unter den müden Augen, die Haut schimmerte im Licht der Neonlampen durchsichtig und er schwankte leicht.

„Sie müssen unbedingt Pause machen."

Fürsorglich legte sie eine Hand auf seinen Arm. Seit Mali arbeiteten sie eng und vertraut zusammen.

Dr. Prill seufzte.

„Ich schaue noch mal nach unseren Patienten und dann lege ich mich im Ärztezimmer aufs Ohr. Vielleicht wird es nächste Woche besser. Am Montag kommen hoffentlich die Schläuche für die neuen Geräte und auch Schutzmasken sollen geliefert werden. Endlich hat die Regierung Kindergärten und Schulen geschlossen und eine Ausgangssperre verhängt. Mit etwas Glück bekommen wir die Infektionen damit in den Griff und uns bleiben italienische Verhältnisse erspart." Trotz der aufmunternden Worte klang die Stimme von Dr. Prill müde und angespannt. Jana wusste, dass er die aktuelle Gesundheitspolitik seit Jahren kritisierte. In Italien entschieden inzwischen die Ärzte, wer leben durfte und wer sterben musste. Die Beatmungskapazitäten reichten nicht aus. Das dortige Gesundheitssystem war nach der Finanzkrise 2008 kaputtgespart worden. Auch in Deutschland hatte es in den letzten Jahren gravierende Einsparungen gegeben. Krankenhäuser wurden privatisiert, Pflegekräfte wegrationalisiert. Die technische Ausstattung war jedoch weiterhin hervorragend.

Bevor Jana antworten konnte, ging der Alarm los. Energisch griff sie nach Mundschutz und Kittel, doch Dr. Prill hielt sie zurück.

„Lassen Sie, das schaffe ich allein und ich habe meine Schutzkleidung noch nicht entsorgt. Sie gehen jetzt nach Hause und Ruben nehmen Sie mit. Machen Sie sich einen gemütlichen Abend. Das Schlimmste kommt erst noch."

Mit diesen Worten verschwand der Chefarzt im Beatmungszimmer. Die Müdigkeit war ihm nicht mehr anzumerken.

Jana sah ihm zweifelnd hinterher. Kam er wirklich allein zurecht? Sie straffte sich und machte sich auf den Weg zur Chirurgie. Hier arbeitete Ruben als Stationspfleger. Dr. Prill hatte Recht. Sie brauchte eine Pause.

Auf der chirurgischen Station war es gespenstisch still. Alle vermeidbaren Operationen waren schon vor zwei Wochen abgesagt worden. Darüber hatte es viele Diskussionen gegeben. Hier im Haus, aber auch in der Öffentlichkeit. Welche Operationen waren vermeidbar? Wer mit starken Schmerzen auf seine lang geplante Hüft- oder Bandscheibenoperation wartete, hielt seinen Eingriff für unaufschiebbar. Krebspatienten hofften auf Heilung oder auf die Verlängerung des Lebens. Die Ärzte wollten nicht auf ihre Sonderzahlungen und Honorare verzichten, die von den durchgeführten Eingriffen abhingen. Das Krankenhaus finanzierte sich über Fallpauschalen, die jetzt wegfielen. Jana hatte dazu geschwiegen. Die Diskussionen erschienen ihr so unsinnig. Sie war Krankenschwester geworden, um zu helfen. Sie wollte nicht entscheiden, wer ihre Hilfe am meisten verdiente.

Sie fand Ruben im Stationszimmer, wo er mit einer Kollegin Kaffee trank. Jana stieß die Luft aus. Auf der Internen und auf der Intensivstation arbeiteten alle am Limit und die beiden saßen beim Kaffeeklatsch. Dabei ging draußen gerade die Welt unter.

„Kommst du?!", rief sie in den Raum und wandte sich schnell wieder um. Nur nicht aufregen, das hatte keinen Sinn.

Ruben verabschiedete sich von seiner Kollegin.

„Ich erzähle dir dann, wie es war. Bestimmt bist du auch bald dran."

Jana drehte sich um und runzelte die Stirn.

„Ich bin versetzt", erklärte er ihr. „Morgen und übermorgen muss ich zur Schulung und arbeite parallel auf der Inneren. Die Kollegen von da sollen zu euch auf die Intensiv. Dr. Ubanik meint, spätestens Montag geht es richtig los. Dann sind auch die neuen Beatmungsgeräte einsatzbereit. Da können wir nur hoffen, dass genug Schutzkleidung für alle da ist. Ich habe auf jeden Fall meine benutzten Sachen eingesammelt. Die packen wir zu Hause wieder in den Backofen."

Er grinste und legte seinen Arm um Janas Schulter. Sie lehnte den Kopf an seine Brust und atmete seinen Duft ein. Sofort wurde sie ruhiger.

„Kopf hoch, Engelchen. Wir schaffen das. Bei uns wird es nicht so schlimm werden wie in Italien, glaub mir. Denk an Mali, was wir dort alles geschafft haben."

Zuversichtlich schaute er sie an. Seine blauen Augen wirkten müde. Jana lächelte zaghaft. Sie teilte seinen Optimismus nicht, doch sie liebte seine positive Sicht auf die Welt. Bei ihm war jedes Glas halb voll, ganz egal, was andere darin sahen.

Charlotte

Wie befürchtet war der Parkplatz bei Rewe voll. Vor der Eingangstür des Supermarktes hatte sich eine lange Schlange gebildet. Das durfte doch nicht wahr sein! Charlotte trommelte mit den Fingern auf das Lenkrad. Mehrmals umrundete sie den Platz, bevor ein Fahrzeug direkt vor ihr ausparkte, natürlich weit vom Eingang entfernt.

Sie weckte Jakob, der sofort anfing zu quengeln. Mia plapperte noch immer vor sich hin. Gemeinsam mit den Kindern suchte sie einen freien Einkaufswagen. Die Schlange hatte sich inzwischen aufgelöst. Im Laden erkannte Charlotte schnell den Grund. Die Regale waren leergeräumt. Tiefkühlpizza war ebenso weg wie Spaghetti und Dosentomaten. Mehl gab es nicht mehr. Wollten sich in der nächsten Woche alle von Pizza ernähren? Frisches Obst und Gemüse waren reichlich vorhanden, auch Milch gab es noch. Müsli war ausverkauft. Sie ergatterte zwei Pakete völlig überzuckerter Cornflakes. Die Kinder würden sich freuen. Vielleicht hätte sie lieber zum Bioladen fahren sollen. Doch jetzt war es zu spät. Sie sehnte sich nach zu Hause und einer heißen Dusche. Sie kaufte ein paar Konserven. Am besten bestellten sie die ganze Woche Essen. Aus dem, was da in ihrem Einkaufswagen lag, konnte sie kaum eine vernünftige Mahlzeit kochen. Jakob quengelte weiter vor sich hin. Mia starrte mit großen Augen auf die leeren Regale und sagte kein einziges Wort.

Vor ihr stritten sich zwei Typen, beide Anzugträger, mit hochrotem Kopf laut um das letzte Paket Toilettenpapier. Hatten sie eigentlich noch genug im Haus? Egal, Toilettenpapier gab es nicht, nicht einmal mehr das feuchte. Küchenrollen und Papiertaschentücher waren ebenfalls ausverkauft. Dabei handelte es sich gar nicht um ein Magen-Darm-Virus. Frustriert schob Charlotte ihren halbleeren Wagen zur Kasse. Inzwischen hatte sich hier eine lange Schlange gebildet. Jakob jammerte immer lauter und Mia wackelte von einem Bein auf das andere.

„Mama, ich muss mal."

Auch das noch. Warum hatte sie die Kleine nicht in der Kita auf die Toilette geschickt? Klar, sonst waren sie ja in zehn Minuten zu Hause. Jetzt waren sie bestimmt schon zwei Stunden unterwegs.

Ihr Smartphone klingelte. Leon.

„Wo bleibst du denn? Bist du etwa noch beim Einkaufen? Kannst du bitte Toilettenpapier mitbringen? Emilie und ich haben mit der letzten Rolle eine Mumie gebaut."

Charlotte stöhnte. Wenn Leon sich um die Kinder kümmerte, hatten die vier zwar einen riesigen Spaß, für das anschließende Aufräumen war jedoch sie zuständig. Meistens sah die Wohnung danach aus, als wäre eine wilde Herde Elefanten durch sie hindurch getrampelt. Sie konnte sich gut vorstellen, was die beiden mit Toilettenpapier und Wasser angerichtet hatten. Und das heute, wo sie nur noch duschen und schlafen wollte.

„Leon, du glaubst nicht, was hier los ist. Toilettenpapier ist ausverkauft, Nudeln auch. Die Menschen kaufen ein, als gäbe es morgen nichts mehr. Fahr doch bitte mit Emilie noch schnell zu Aldi. Toilettenpapier, Pizza, Nudeln, Mehl, kauf einfach alles, was du kriegen kannst. Und beeil dich, bevor da auch alles weg ist. Ich muss Schluss machen, ich bin endlich an der Kasse und Mia muss mal."

Bevor Leon protestieren konnte, beendete sie das Gespräch. Hoffentlich machte er sich gleich auf den Weg. Zügig packte sie ihre Waren auf das Band. Mia jammerte.

„Mama, ich muss ganz, ganz dringend."

„Ich auch Pipi", mischte sich Jakob ein. Zum Glück trug er noch eine Windel.

„Gleich Mia, erst muss ich bezahlen. Hilf mir beim Einpacken, dann geht es schneller."

Die Kassiererin zog die Waren über den Scanner, ohne sie anzusehen. Sie sah genauso erschöpft aus, wie Charlotte sich fühlte, allerdings ungepflegter. Es war doch wirklich nicht zu viel verlangt, sich morgens vor der Arbeit die Haare zu waschen. Auch als Verkäuferin.

Die Ware türmte sich auf, eine Dose fiel zu Boden. Warum mussten die auch immer so schnell machen? In dem Tempo konnte sie die Sachen nicht einpacken, schon gar nicht mit zwei Kindern. Mia stand mehr im Weg, als dass sie half.

„78,83."

„Mit Karte, bitte."

„Haben Sie eine Payback Karte?"

„Nein."

„Sammelpunkte?"

„Nein."

Die Kassiererin drehte das EC-Terminal zu Charlotte um. Kaum hatte sie die Geheimzahl eingegeben, rutschten die Einkäufe der nächsten Kundin über das Förderband.

Sie warf die letzten Sachen unsortiert in den Wagen. Jakob klatschte in die Hände und hielt das Ganze für ein neues Spiel. Mia jammerte lauter.

„Ich muss mal!"

Kurzentschlossen setzte Charlotte sie in den Einkaufswagen und schob ihn Richtung Ausgang. Vor dem Kunden-WC hatte sich eine Schlange gebildet. Das würde zu lange dauern. Außerdem hatten die Planer mal wieder nicht an Mütter mit Kindern gedacht. Wie sollten sie da zu dritt samt Wagen überhaupt reinpassen?

Beim Auto angekommen, hob sie Mia aus dem Wagen, schnallte rasch Jakob in seinem Sitz an und verstaute die Sachen im Kofferraum. Man wusste ja nie. Die Stimmung war so gereizt, sie konnte sich glatt vorstellen, dass jemand versuchte, ihre Einkäufe zu stehlen. Anschließend zog sie Mia hinter das Fahrzeug.

„Komm, Mäuschen, hier kannst du Pipi machen."

Mia schluchzte auf und protestierte, doch kaum hatte Charlotte ihr Hose und Unterhose heruntergezogen, floss der Urin. Prompt wurden die neuen Sandalen nass. Mia schrie los. Aus Solidarität mit seiner Schwester fing Jakob im Auto an zu weinen. Ein paar Tropfen fielen auf Charlottes Pumps. Ob sie die wohl noch mal anziehen konnte? Egal, die drückten sowieso. Sie hatte sich heute eine gewaltige Blase gelaufen. Sie hielt die Luft an und wandte das Gesicht ab. Jetzt nur nicht meckern.

Ein Kerl kam mit seinem Hund vorbei und motzte sofort los.

„Eklig, so was, in aller Öffentlichkeit. Dass Sie sich nicht schämen."

Mia heulte noch lauter, während sich der Köter des Typen in Ruhe hinsetzte und mitten auf den Parkplatz kackte. Hund und Herrchen stapften seelenruhig weiter, ohne sich um die Hinterlassenschaften zu kümmern. Von dem Geruch wurde Charlotte übel. Ihr Kopf pochte. Kurz wurde ihr schwindelig und vor ihren Augen flimmerte es. Hoffentlich kein Migräneanfall.

Sie schüttelte sich und half der schluchzenden Mia ins Auto. Selten hatte sie sich so auf ihre Wohnung gefreut.

Leon bog gleich hinter ihr auf dem Parkplatz vor dem Haus ein.

„Klopapier gab es nicht mehr", rief er schon von weitem. „Aber ich habe eine Flasche Sekt mitgebracht. Und Chips", ergänzte er mit Blick auf die Kinder. „Da können wir die vorzeitigen Osterferien richtig groß feiern."

„Ich habe keine Ferien", protestierte Emilie altklug. „Ich habe Homeschooling, hat Frau Martens gesagt. Ich habe ganz viele Zettel mitbekommen und du Mama, kriegst jeden zweiten Tag eine Mail. Mit neuen Aufgaben!"

Sie strahlte ihre Mutter an. Mia schluchzte noch immer leise und bearbeitete ihre nassen Sandalen mit dem Jackenärmel. Jakob war eingeschlafen.

Leon sah sie grinsend an und legte ihr den Arm um die Schulter.

„Krieg ich heute Abend keinen Kuss?"

Er zog einen Schmollmund. Er fühlte sich mal wieder unwiderstehlich.

Charlotte verdrehte sie Augen. Was sollte das bloß werden?

Einen Vorgeschmack bekam sie am selben Abend. Leon hatte den Pizza-Service angerufen, denn es war wirklich zu spät zum Kochen. Nun warteten sie bereits seit einer Stunde auf das Essen. Wahrscheinlich hatte die halbe Nachbarschaft Pizza bestellt. Charlottes Magen knurrte.

Das Wohnzimmer sah aus wie damals, als sie renoviert und die alten Tapeten mit sehr viel Seifenlauge von der Wand gelöst hatten. Emilie und Leon hatten für die Mumie reichlich Wasser benutzt. Toilettenpapierschnipsel klebten auf dem Parkett und unter Charlottes Füßen. Konnte man aus Wasser und Toilettenpapier Kleister herstellen?

Emilie hatte ihre Schulunterlagen auf dem Wohnzimmertisch ausgebreitet und erklärte ihrem Vater mit roten Wangen und leuchtenden Augen, was sie alles erledigen musste. Leon staunte angemessen. Die beiden waren völlig in die Aufgaben vertieft. Und das schon seit dem Anruf beim Lieferservice.

Das größte Chaos im Wohnzimmer hatte Charlotte inzwischen beseitigt. Nebenbei hatte sie Mia getröstet, die mit Tränen in den Augen und mit nicht nachlassendem Eifer versuchte, ihre Sandalen zu reinigen. Emilies Spruch „Igitt, die stinken ja wie unser Schulklo!", hatte bei Mia zu einem Weinkrampf geführt.

Jakob sauste mit seinem Playmobil-Hubschrauber in der Hand schreiend über den Flur ins Wohnzimmer und wieder zurück in sein Kinderzimmer.

Charlottes Kopf drohte zu platzen. Die hochhackigen Schuhe hatte sie ausgezogen, die Bluse klebte weiterhin an ihrem Körper. Schweiß sammelte sich zwischen ihren Brüsten und sie roch selbst, wie sehr sie müffelte. Zeit zum Duschen hatte sie noch nicht gefunden.

„Jakob, nun sei doch endlich mal ruhig."

Sie packte ihren Sohn am Arm.

„Jetzt ist Schluss!"

Sie hob Jakob hoch und setzte ihn in seinen Hochstuhl. Er machte sich steif und schlug um sich. Nur mit Mühe gelang es ihr, ihn anzuschnallen.

„Will nicht, runter!", schrie er.

„Nun lass ihn doch. Wer weiß, wann die Pizza endlich kommt."

Leon sah kurz von Emilies Aufgaben auf und vertiefte sich wieder in das Gespräch mit seiner Tochter.

Im Badezimmer polterte es. Alarmiert drehte sich Charlotte um und stürzte los. Zu spät. Mia hatte versucht, einen großen Eimer im Waschbecken mit Wasser zu füllen. Beim Versuch ihn herausheben, war er ihr aus der Hand gerutscht. Badeschaum ergoss sich über den Fußboden.

„Ich wollte nur die Sandalen einweichen. Das hast du doch auch immer gemacht, wenn Pipi in meiner Hose war. Ich habe extra viel Seife genommen, damit sie schön riechen."

Mias Mundwinkel zuckten verdächtig. Dabei lächelte sie Charlotte vorsichtig an.

Jakob schrie. Hatte sie ihn wirklich im Hochstuhl angeschnallt?

Da klingelte es an der Tür. Der Pizza-Service.

„Leon, machst du bitte mal die Tür auf."

Charlotte warf einen Blick in den Badezimmerspiegel. Die Haare hingen ihr wirr ins Gesicht, ihre Füße waren nass und sie hatte Schaum auf der Nase. So konnte sie nicht einmal dem Pizzaboten die Tür öffnen.

Es klingelte erneut.

„Leon, nun geh schon endlich!"

Charlotte hielt ihre Arme unter kaltes Wasser. Zuweilen half das gegen ihre Kopfschmerzen.

Zehn Minuten später saßen sie mehr oder weniger erschöpft am Esstisch und aßen ihre Pizza. Charlottes Kopf pochte. Das kalte Wasser hatte nicht geholfen. Alles drehte sich. Jetzt spielte auch noch ihr Kreislauf verrückt.

Leon produzierte irgendwelche Fratzen und brachte Emilie damit zum Lachen. Jakob gluckste fröhlich, verzog das Gesicht und winkte mit beiden Armen. Dabei schmierte er Tomatensoße auf seinen Pullover und ließ die Hälfte seiner Pizzastücke auf den Boden fallen. Charlottes Kopf hämmerte. Inzwischen war ihr übel und trotz des knurrenden Magens bekam sie kaum etwas hinunter.

Erleichtert atmete sie auf, als endlich alle fertig waren.

„Ich bringe Emilie ins Bett", erklärte Leon und zwinkerte seiner Tochter zu. „Wir müssen noch das Kapitel über die Mumien zu Ende lesen."

Emilie liebte Sachbücher. Sie war wissbegierig und Leon förderte sie, wo er konnte. Manchmal fühlte Charlotte sich ausgeschlossen, so eng waren die beiden. Außerdem war es ungerecht. Emilie war schon fast neun. Sie würde sich allein fertig machen und Leon würde ihr in aller Ruhe etwas vorlesen, während sie sich mit den Kleinen abmühte.

Emilie war bereits aufgesprungen und zog ihren Vater hinter sich her.

„Erste", rief sie. Damit hatte die beiden das Kinderbadezimmer für sich.

Charlotte strich sich die Schweißtropfen von der Stirn. Hatte sie Fieber?

„So, kleiner Mann, dann ziehen wir jetzt erst mal den Schlafanzug an und du, Mia", wandte sie sich an ihre Tochter, „gehst in dein Zimmer und ziehst dich alleine um. Du darfst unser Bad benutzen. Wenn Jakob fertig ist, komme ich und lese dir noch was vor. Zähneputzen nicht vergessen. Jakob darf seine Zähne heute ausnahmsweise mal in der Küche putzen."

Mia zog eine Schnute. Gleich würde sie wieder weinen. Charlotte sah ihre Tochter mit gerunzelter Stirn an.

„Du kommst im Sommer in die Schule. Da musst du dir auch alleine deine Sportsachen anziehen. Also, husch, husch."

Mia schluchzte auf und schlich mit gesenktem Kopf in ihr Kinderzimmer.

Charlotte seufzte. Mia war so empfindlich. Klar, Leon und Emilie waren ein eingespieltes Team, und Jakob brauchte noch viel Hilfe. Da blieb oft nicht genug Aufmerksamkeit für Mia.

Sie hob ihren Sohn, der sich heftig wehrte, aus dem Hochstuhl.

„Nicht schlafen, spielen!"

Der Kinderkörper wog schwer in ihren Armen. Charlotte trug den zappelnden Jakob ins Kinderzimmer. Das Umziehen war ein einziger Kampf. Ihr Herz hämmerte mit ihrem Kopf um die Wette. Endlich hatte sie ihm die Zähne geputzt, nicht so gründlich wie sonst, aber sie hatte keine Kraft mehr. Sie war unendlich müde. Noch beim ins Bett legen kämpfte Jakob gegen sie an. Kaum zugedeckt, schnappte er sein Schnuffeltuch und den Teddy und strahlte sie an. Wie konnte sich ein kleiner Teufel so schnell in einen Engel verwandeln? Sie strich ihm durch die blonden Locken und pustete ihm auf die Stirn. Liebe durchströmte sie und trotz der Kopfschmerzen lächelte sie. Zärtlich streichelte sie ihm über den Arm. Selbst mit fast drei Jahren brauchte er noch Körperkontakt, um einzuschlafen. Nach kurzer Zeit atmete er gleichmäßig, seine Augen fielen immer wieder zu.

„Mama", Mia stand in der Tür. „Ich krieg den Knopf nicht zu."

Jakob saß aufrecht im Bett.

„Mia, spieln?", fragte er begeistert.

Auch das noch, nun würde er lange nicht einschlafen. Das kannte Charlotte. Sie holte tief Luft. Jetzt nur nicht schimpfen. Dann würde alles noch länger dauern.

„Darf ich heute bei Jakob schlafen?"

Mia sah sie mit großen Augen an.

„Mia hier schlafen."

Jakob klatschte in die Hände und strahlte über das ganze Gesicht. Charlotte stieß die Luft aus.

„Okay, ausnahmsweise. Morgen können wir ja ausschlafen. Aber erst ins Bad, richtig anziehen und Zähne putzen. Ich helfe dir. Und Jakob: Du bleibst hier liegen und keinen Mucks. Sonst darf Mia nicht hier schlafen."

Spielerisch drohte sie mit dem Zeigefinger.

Schnell half sie Mia beim Umziehen und Zähneputzen. Feinmotorik üben, fiel ihr dabei wieder ein und sie setzte es gedanklich auf ihre To-do-Liste.

Beide Kinder kuschelten sich in Jakobs Bett friedlich aneinander. Sie stellte ihnen eine CD an. Zum Vorlesen fehlte ihr die Kraft. Mit einem Kuss und einem liebevollen Blick auf die blonden Lockenköpfe verließ Charlotte das Kinderzimmer.

Fünf Minuten später stand sie unter der heißen Dusche. Der ganze Stress des Tages fiel von ihr ab. Obwohl es in ihrem Kopf hämmerte, hatte sie das Gefühl, dass erste Mal seit heute Morgen zur Ruhe zu kommen. Sie rieb sich eine Haarkur in ihre langen Haare. Sie musste unbedingt zum Friseur. Hatte sie schon einen Termin gemacht? Noch etwas für ihre To-do-Liste. Ob das überhaupt möglich war?

Nach dem Abtrocknen rieb sie ihren Körper mit Wildrosenöl ein. Sie war noch genauso schlank wie vor den Geburten der Kinder, mit ein paar Rundungen an den richtigen Stellen. Doch heute fühlte sie sich nicht wie 35, sondern mindestens wie 53. Sie zog ihr Nachthemd an und warf die getragene Kleidung in den Korb. Waschen musste sie auch mal wieder. Noch ein Punkt auf der Liste. Sie war so müde.

Leon stand bereits vor der Badezimmertür. Er hatte sich inzwischen umgezogen und trug anstelle des Anzugs Jeans und T-Shirt. Scheinbar hatte er sich im Kinderbadezimmer frisch gemacht, denn er roch nach Rasierwasser. Der Duft stieg ihr unangenehm in die Nase.

„Süße, da bist du ja endlich. Ich habe schon mal mit dem Sekt angefangen." Er hob sein Glas und reichte ihr ein zweites. „Jetzt machen wir es uns so richtig gemütlich. Die Kinder schlafen nach der Aufregung bestimmt tief und fest." Er zwinkerte ihr zu. „Wollen wir den Sekt gleich mit ins Bett nehmen? Im Fernsehen gibt es eh nur Sondersendungen zum Virus."

Charlotte platzte fast der Kopf. Sie stellte das Sektglas ab. Leons anzügliches Grinsen, das sie früher so verführerisch gefunden hatte, konnte nur eins bedeuten: Noch mehr Arbeit.

Frieda

„Ach Frieda, es ist alles so schrecklich. Wenn mein Junge nun gar nicht mehr kommen darf."

Emma schüttelte den Kopf. Ihr ganzer Körper bebte. Das Brot auf ihrem Teller hatte sie nicht angerührt. Tränen rannen ihr über das faltige Gesicht. Ihre Augen waren rot, die Lippen zitterten. Die Finger hatte sie im Schoß um ein Taschentuch verkrampft.

Frieda stöhnte. Emma könnte sich wirklich mal zusammenreißen. Die Freundin interpretierte ihren Seufzer scheinbar falsch. Sie griff nach Friedas Hand.

„Es war doch schön, dass Karin heute extra gekommen ist. Sicher wird sie dir auch ganz schrecklich fehlen. Zum Glück haben wir ja uns."

Emma strich über Friedas Finger. Diese zog rasch ihre Hand weg. Das ging zu weit.

„Und wenn mein Junge sich nun ansteckt? Er macht sich ja so viele Sorgen um mich. Aber wir sind hier ja sicher. Für ihn ist es gefährlich. Er arbeitet bei der Versicherung, da trifft er viele Menschen."

Emmas runzelte die Stirn und schluchzte leise auf. In den Händen knetete sie ihr durchnässtes Taschentuch.

Frieda konnte es nicht mehr hören. All das erzählte Emma bereits zum dritten Mal. Wurde sie langsam vergesslich? Frieda setzte sich aufrecht hin und griff sich mit der Hand an die Stirn.

„Ich habe solche Kopfschmerzen. Es war alles ein bisschen viel heute. Ich gehe schon mal in mein Zimmer. Isst du deinen Apfel noch?"

Frieda war eigentlich noch hungrig, doch die Trauerstimmung im Speisesaal und Emmas Gejammer waren kaum auszuhalten. Das Personal hatte eine Leidensmiene aufgesetzt, schlurfte langsam von Tisch zu Tisch und sprach kaum. Überall wurde gejammert und lamentiert. Es war nicht zum Aushalten.

„Du kannst ihn gerne mitnehmen. Ich habe heute gar keinen Appetit. Trinkst du nicht noch deine zweite Tasse Tee? Gerade bei Kopfschmerzen musst du viel trinken."

Emma griff erneut nach Friedas Hand. Frieda schüttelte den Kopf, schnappte sich den Apfel und erhob sich von ihrem Stuhl. Nur weg hier.

In ihrem Zimmer angekommen, fiel Frieda in ihren Sessel und starrte aus dem Fenster. Sie seufzte. Ihre Schultern bebten. Ihre Gedanken drehten sich im Kreis. Die Zeit nach dem Abendessen bis zum Schlafengehen zog sich endlos.

Der Tag war anstrengend gewesen. Emma hatte Recht. Es war schön, dass Karin heute gekommen war. Im Heim gab es kaum Abwechselung. Ein Tag war wie der andere. Und doch war sie erleichtert gewesen, als Karin wieder aufbrach. Die Zeit verging nur langsam, und sie merkte jedes Mal, wenn Karin auf die Uhr schaute. Oft schwiegen sie. Es war kein gutes, kein einvernehmliches Schweigen. Es lastete noch Stunden später auf ihrer Seele. Besonders heute. Wer weiß, wann Karin das nächste Mal kam. Manchmal hatte sie Angst, dass Karin nie mehr wiederkam. So viel Unausgesprochenes stand zwischen ihnen. Doch sie wusste nicht, wie sie den Abgrund überwinden sollte.

In ihrem Zimmer hatte sie ihre Ruhe. Sie musste nachdenken. In ihrem Kopf herrschte das reinste Chaos. In den letzten Wochen hatte sie oft das Gefühl, ihren Gedanken nicht mehr folgen zu können. Sie irrten umher, wechselten ständig Raum und Zeit, verschwanden, um schlagartig wieder aufzutauchen. Sie ließen sich einfach nicht festhalten.

Es war schön, dass Karin sie berührt hatte, nur ungewohnt. Am liebsten hätte sie ihre Tochter weggeschoben. Lange hatte sie niemand mehr zärtlich angefasst. Wann war das letzte Mal gewesen? 1960 vielleicht. Damals war die Angst größer als die Freude. Frieda liebte ihre Tochter, jede Mutter liebte ihr Kind. Trotzdem ertrug sie Karins Anwesenheit nur schwer. Heute war es besser. Früher, als Karin ein Kind war, musste sie sich regelrecht zwingen, sie zu berühren. Sie merkte, wie die Kleine unter ihrer Zurückweisung litt, aber sie konnte nicht aus ihrer Haut. Alles an der Tochter erinnerte sie an ihn, an den verhängnisvollen Abend und daran, was er ihr angetan hatte. Die Kleine war ihrem Vater wie aus dem Gesicht geschnitten, die gleichen vollen Lippen, die klaren blauen Augen. Zum Glück hatte sich das inzwischen verwachsen. Nichts an der unscheinbaren Frau ähnelte dem reizenden, vorlauten Kind.

Frieda schüttelte sich. Was war heute los mit ihr? Wieder spürte sie Emmas Hand auf deren ihren. Wenn die Freundin es wüsste, ob sie dann auch nach ihrer Hand gegriffen hätte? Frieda war gefangen in einem falschen Leben, in einem falschen Körper. Heute waren die Zeiten anders, die Menschen offener. Vielleicht könnte sie jetzt mit jemanden darüber sprechen, nicht mit Emma, aber möglicherweise mit Karin. Manchmal hatte sie den Verdacht gehabt, ihre Tochter würde genauso empfinden wie sie, wäre auch in einem falschen Körper geboren. Dann hatte Karin geheiratet, ein Kind geboren. Sie wirkte zufrieden und glücklich. Wahrscheinlich hatte sie sich getäuscht. Oder hatte ihre Tochter das Gleiche erlebt wie sie? Wirkte sie deshalb wie eine vertrocknete Jungfrau? Ein Schauder lief über Friedas Rücken. Sie wusste nichts über ihre Tochter.

Friedas Leben war besser geworden, seit Karl tot war. Nach seinem Tod hätte sie mit Karin sprechen sollen, ihr alles erzählen, die Lügen aus dem Weg räumen, gestehen, was sie getan hatte. Einen kurzen Moment war das Bedürfnis, reinen Tisch zu machen, überwältigend gewesen. Zum Glück verschwand dieser Moment genauso schnell, wie er gekommen war.

Frieda sah sich in ihrem Zimmer um. Es war karg eingerichtet, glich einer Gefängniszelle. Kaum persönliche Gegenstände hatte sie mitgebracht, als sie hier eingezogen war, um auf den Tod zu warten. Ein Bett, ein Tisch, ein Nachtschrank und ein alter Sessel. Kein Nippes, kein Krimskrams, keine sentimentalen Erinnerungen. Die wenigen glücklichen Momente ihres Lebens waren in ihrem Inneren versteckt, ausschließlich für sie sichtbar. In der letzten Zeit hatte sie oft Angst, die Erinnerungen nicht mehr greifen zu können. Was sollte dann aus ihr werden?

Emmas Zimmer sah anders aus. Es war vollgestopft mit Häkeldeckchen und Reiseandenken. Überall standen Bilder ihres Sohnes vom Babyalter bis heute und natürlich Fotos von ihrem verstorbenen Mann. In Friedas Zimmer gab es nur ein einziges Bild von Birte, ihrer Enkelin.

Sie liebte Birte, hätte sie nach ihrer Geburt gerne mit all ihren sinnlos gewordenen Gefühlen überhäuft, die sie Karin nicht hatte schenken können. Doch ihre Tochter kam nur selten mit der Kleinen vorbei, allein kam Birte nie. Frieda konnte sich nicht erinnern, dass sie je bei ihr übernachtet hatte oder dass sie etwas zusammen unternommen hatten. Hier im Heim besuchte Birte sie einmal im Monat. Manchmal rief sie nur an.

Ein Zittern durchlief ihren Körper. Sie hatte alles falsch gemacht, ein falsches Leben gelebt. Nun würde Birte eine Tochter zur Welt bringen, ihre Urenkelin. Hoffentlich war das Schicksal ihr gnädiger.

Gedanken kreisten in ihrem Kopf, Bilder tauchten auf und verschwanden wieder. Sie als Kind an der Hand ihrer Mutter, als junges Mädchen mit ihrer besten Freundin Thea. Thea und Frieda, die siamesischen Zwillinge wurden sie genannt. Thea, immer wieder Bilder von Thea. Frieda seufzte. Es war still. Leise sang sie vor sich hin.

„Sag mir das Wort, das dereinst mich betört. Lang, lang ist's her, lang, lang ist's her ..."

Wieder tauchten Bilder von Thea vor ihrem inneren Auge auf. Thea in ihrem geblümten Sommerkleid, die langen Haare wehten im Wind. Thea, eine Zigarette im rot geschminkten Mund, ein verruchtes Lächeln im Gesicht. Warum hatte sie kein Foto von ihrer Geliebten? Ihre Hände zitterten. Andere Bilder erschienen vor ihrem inneren Auge, Bilder von Karl. Er hatte die Fotos vernichtet. Er zerriss sie, spuckte auf die einzelnen Schnipsel, trampelte auf den Resten herum. Sie sah ihn vor sich, seine wutverzerrte Grimasse, die erhobene Faust. Sie spürte wieder den Schmerz, den körperlichen, den seine Schläge auslösten. Stärker waren die psychischen Qualen, dass Gefühl, das Liebste verloren zu haben, ihren Stolz, ihren Willen, alle wunderschönen Erinnerungen an Thea.

Mühsam erhob sich Frieda aus dem Sessel und schwankte zum Bett. Sie war alt. Immer öfter ließ ihr Gedächtnis sie im Stich. Was für ein Glück. Endlich vergessen.

Noch in ihren Kleidern legte sie sich zum Schlafen hin. Ihre einzige Hoffnung waren schöne Träume.

Anna

Es war kurz vor 21 Uhr, als Anna die Stimme von Herrn Hausen hinter sich hörte. Sie saß noch immer an der Kasse. Alles tat ihr weh. Das erste Mal seit Stunden stand kein Kunde vor ihr.

„Frau Kuczinski, Sie können Feierabend machen. Wir sind fast leergekauft. Wir schließen. Frau Hinz und ich räumen auf. Bitte seien Sie morgen bereits um sechs Uhr hier. Ich hoffe, es

50

kommt heute Nacht noch die angekündigte Ware, die muss vor Ladenöffnung in die Regale."

Anna atmete erleichtert auf. Herr Hausen klang zwar etwas angefressen, aber immerhin ließ er sie endlich gehen. Sie hatte die ganze Zeit befürchtet, er würde sie aufgrund ihres Ausbruchs vorhin schikanieren und sie aus reiner Rachsucht bis zum bitteren Ende arbeiten lassen.

Müde erhob sie sich und entfernte die Kasse aus der Lade. Sie verzog ihr Gesicht. Der Rücken war total steif, ebenso ihr Nacken. Der Kopf pochte und kurz wurde ihr schwindelig.

Herr Hausen musterte sie besorgt.

„Geht es? Stellen Sie die Kasse einfach in mein Büro. Ich mache dann gleich die Abrechnung. Heute war wirklich der Teufel los. So einen Umsatz hatten wir noch nie."

„Danke", stammelte Anna. Die menschliche Seite an Herrn Hausen war ganz ungewohnt.

„Ist aber die Ausnahme", murmelte er und schaute an ihr vorbei. „Nun sehen Sie mal zu, dass Sie nach Hause kommen. Ihr Sohn wartet bestimmt schon."

Das ließ sich Anna nicht zweimal sagen.

Im Umkleideraum traf sie auf Julia, die bis zum Schluss Ware eingeräumt hatte.

Julia stöhnte.

„Puh, mein Rücken tut weh, meine Arme spüre ich nicht mehr und seit heute Mittag habe ich Kopfschmerzen. Selbst die Ibu hat nicht geholfen. Ich bin total fertig."

Julias Kittel war voller Flecken und ihre dunklen Haare klebten ihr auf der Stirn.

„Und morgen noch ´ne Stunde früher anfangen. Ich fasse es nicht. Musst du auch früher kommen?"

Sie sah Anna fragend an. Die nickte.

„Ja, wenigstens hat er mich jetzt weggelassen. Nach der Aktion vorhin hatte ich schon Angst, ich bin heute die letzte."

Im Gegensatz zu Julia mit ihrem verschwitzten, geröteten Gesicht war Anna kalt. Sie fröstelte und zog die Schultern hoch. Die Kälte kam nicht bloß vom langen Stillsitzen. Den ganzen Tag über waren ihre Gedanken um eine einzige Frage gekreist. Eine Lösung hatte sie nicht gefunden, obwohl sie sich das Gehirn zermartert hatte. Inzwischen stand sie kurz vor einer Panikattacke. Das Atmen fiel ihr schwer. Sie musste sich endlich Luft machen.

„Mensch Julia, ich weiß gar nicht, wie ich das machen soll. Dann ist Ben schon morgen so lange allein. Ab Montag ist keine Schule mehr. Was soll ich da nur mit ihm machen? Mal drei, vier Stunden allein, das schafft er schon. Aber den ganzen Tag?! Ich kann doch nicht aufhören zu arbeiten. Ich brauche das Geld. Wie machst du das denn? Lässt du Torre allein zu Hause?"

Anna atmete tief durch. Endlich hatte sie ihre Sorgen ausgesprochen. Julia zuckte mit den Schultern.

„Kay muss ab Montag nicht mehr arbeiten. Kurzarbeit erst mal. Hoffentlich verliert er nicht seinen Job. Für Torre ist das natürlich klasse, aber das Geld wird knapp. Meinst du, wir kriegen die Überstunden bezahlt oder eine Gefahrenzulage oder so was?"

Julia zog ihren Kittel aus und ließ sich auf den Stuhl neben Anna fallen. Sie streckte die Beine aus und kreiste mit den Schultern.

„Ben kann zu uns kommen. Für Kay ist das sogar praktischer, dann braucht er sich nicht so sehr um Torre zu kümmern. Die beiden haben in der letzten Zeit oft Stress. Die Jungs beschäftigen sich doch gut allein, auch wenn sie wohl nicht mehr raus zum Bolzen dürfen."

„Meinst du wirklich, das geht?"

Anna sah ihre Freundin zweifelnd an.

„Klar, Kay wird gar nicht gefragt. Das beschließen wir beiden Frauen jetzt einfach."

„Das meine ich gar nicht. Die Ausgangssperre, wenn Ben die Wohnung nicht verlassen darf, wie soll er da zu euch kommen?"

Anna hielt die Luft an. Julia fand immer eine Lösung. Dieses Mal wurde sie enttäuscht.

„Mist, daran habe ich gar nicht gedacht. Irgendwas werden die sich doch überlegt haben, die von der Regierung. Wenn wir Frauen arbeiten sollen, müssen die Kinder betreut werden. Das geht doch Vielen so. Bestimmt sagen sie morgen in den Nachrichten, wie das gehen soll. Sicher gibt es eine Notbetreuung in der Schule. Wirst schon sehen."

Julia griff nach ihrem Smartphone.

„Und jetzt rufe ich Kay an. Der soll mich abholen. Ich kann heute keinen Schritt mehr laufen. Sollen wir dich mitnehmen?"

Anna schüttelte den Kopf.

„Nee, lass mal. Lieb gemeint. Ich bin mit dem Fahrrad da und das brauche ich ja morgen wieder. So früh fährt noch kein Bus. Kann ich Ben zu euch schicken? Morgen gilt die Ausgangssperre ja noch nicht."

„Ach was. Pass auf, ich habe eine bessere Idee. Ben kann doch gleich bei uns schlafen. Torre freut sich und du kannst heute Abend die Beine lang machen. Das hast du dir nach diesem Tag nun wirklich verdient. Ich mache heute auch nichts mehr. Kay kann sich um die Jungs kümmern. Und wer weiß, was in den nächsten Tagen auf uns zukommt. Leichter wird es bestimmt nicht."

„Geht das für euch echt in Ordnung?"

„Klar, kein Problem."

„Dann ruf ich Ben an, ob das für ihn in okay ist."

Ihr Sohn war begeistert. Eine außerplanmäßige Übernachtung bei Torre war für ihn der Höhepunkt der Woche. Anna spürte eine leichte Enttäuschung. Waren die Freunde für Ben jetzt schon wichtiger als sie? Der Junge wurde viel zu schnell selbstständig. Verwundert schüttelte sie den Kopf. Was war bloß mit ihr los? Anstatt sich auf den entspannten Abend zu freuen, machte sie sich wieder unnötige Gedanken.

Sie hängte den Kittel in den Schrank und zog ihre Jacke über.

„Na, dann geh ich mal."

„Ich bleibe noch einen Moment hier sitzen. Kay ist bestimmt noch nicht da. Hier ist es bequemer als draußen." Julia erhob sich und stemmte die Arme in den Rücken.

„Los, lass dich mal drücken und dann ab nach Hause mit dir. Mach dir einen gemütlichen Abend."

Die beiden Freundinnen umarmten sich.

Anna fuhr mit dem Fahrrad durch die Frühlingsnacht. Die Sterne glänzten am Himmel und der Mond spendete helles Licht. Die ersten Meter fielen ihr schwer. Alle Muskeln waren verkrampft. Sie atmete flach und ihr Kopf dröhnte. Ihre Gedanken drehten sich im Kreis. Sie musste zur Arbeit, für Ben keine Schule und kein Hort. Wie sollte das gehen? Irgendjemand musste sich doch etwas überlegt haben. Die Regierung konnte nicht wirklich wollen, dass sie ihren Sohn allein zu Hause ließ. Er war noch zu jung. Das war verboten. Direkt nach der Trennung von Bens Vater hatte sie Kontakt zum Jugendamt gehabt. Seitdem verfolgte sie die Angst, jemand könnte ihr Ben wegnehmen.

Nach der Hälfte der Strecke fiel die Last langsam von ihren Schultern. Sie entspannte sich. Julia hatte Recht, sie machte sich zu viele Gedanken. Sie war doch nicht die Einzige, die arbeiten musste und ein Kind zu Hause hatte. Bestimmt gab es Notgruppen in der Schule.

Vor dem Mietshaus, in dem sie erst seit einem halben Jahr mit Ben wohnte, angekommen, schloss sie ihr Fahrrad sorgfältig an. Vor einigen Monaten war ihr Rad gestohlen worden. Für ein neues hatte sie lange gespart. Dabei hatte sie es bei einer Versteigerung des Fundbüros günstig bekommen. Kay hatte ihr bei den notwendigen Reparaturen geholfen. Jetzt war sie endlich wieder mobil und musste nach Feierabend nicht mehr auf den Bus warten. Wenn das Wetter gut bliebe, könnte sie mit Ben ja am Sonntag eine Fahrradtour machen.

Damals, in ihrer früheren Wohnung, hatte die alte Frau Meyer oft nach Ben gesehen, wenn sie länger arbeiten musste. Sie war wie eine Oma für Ben. Hier kannte sie niemanden. Die meisten Nachbarn waren Ausländer. Die Wohnung war günstiger und hatte drei Zimmer, doch die vertraute Nachbarschaft fehlte ihr.

Stöhnend quälte sie sich die Treppe hoch und öffnete die Wohnungstür. Der Rücken schmerzte und der Kopf pochte. Die frische Luft hatte nicht lange geholfen. Wie still es war. Sie vermisste Ben. Vielleicht hätte sie doch nicht erlauben sollen, dass er bei Torre schlief.

Sie schlurfte in ihre winzige Küche und kochte sich eine Tasse Tee. Mit der Tasse in der Hand ließ sie sich im Wohnzimmer auf das Sofa fallen und griff nach der Fernbedienung. Nach der Arbeit war sie oft so aufgedreht, dass sie nicht gleich schlafen gehen konnte. Vielleicht gab es ja eine Nachrichtensendung und sie erfuhr, wie die Betreuung der Kinder ab Montag geregelt war.

Auf allen Programmen liefen Sondersendungen. Überall äußerten sich Experten über den Verlauf der Pandemie, über die Belastungen der Pflegekräfte, über Homeoffice und Homeschooling. Niemand sprach über die Betreuung der Kinder von Alleinerziehenden. Anna seufzte. Wie so häufig im Leben fühlte sie sich von allen Menschen alleingelassen.

Sie trank ihren Tee aus und schaltete den Fernseher ab. Mühsam erhob sie sich vom Sofa und schlurfte ins Badezimmer. Schnell Zähne putzen und ab ins Bett. Die Augen fielen ihr schon zu und sie konnte nicht mehr richtig denken.

Trotzdem konnte sie lange nicht einschlafen. Später hatte sie Albträume. Sie sah sich an der Kasse sitzen, die Schlangen nahmen einfach kein Ende. Herr Hausen stand hinter ihr und brüllte sie an. In der Hand hielt er eine Reitpeitsche. Ben irrte allein durch die Straßen und rief ihren Namen. Sie lief durch die Stadt und suchte ihr Kind, doch die Menschen schubsten sie zur Seite und drängten sie ab. Sie kam nicht voran und konnte Ben nicht finden. Immer wieder glaubte sie, ihn zu erkennen, aber wenn sie näher herankam, war es ein anderer Junge. Schweißgebadet wälzte sie sich von einer Seite auf die andere. Erst weit nach Mitternacht fiel sie in einen traumlosen Schlaf.

Josefine

„Also, Frau Wern, können Sie noch mal zusammenfassen, was wir besprochen haben?" Frau Willomeit sah Josefine an.

Sie saßen seit über einer Stunde zusammen im Wohnzimmer. Josie hatte hastig die schmutzige Wäsche eingesammelt. Frau Willomeit hatte sich naserümpfend umgesehen und ihr zum hundertsten Mal einen Vortrag darüber gehalten, wie wichtig Ordnung und Sauberkeit waren. Gerade, wenn Mutter und Kind in einer beengten Ein-Zimmer-Wohnung lebten. Sie erklärte Josie, dass das alles eigentlich kein Zustand sei und ermahnte sie, sich endlich um eine neue Wohnung zu bemühen. Das brauchte sie Josie wirklich nicht jedes Mal wieder zu erzählen. Schon vor zwei Jahren hatte sie beim Jobcenter einen Antrag auf eine größere Wohnung gestellt, am liebsten zweieinhalb Zimmer. Damit jede ihren eigenen Bereich hatte. Der Antrag war bewilligt worden. Eine passende Wohnung hatte sie dadurch nicht bekommen. Am Anfang hatte sie sich echt bemüht, hatte bei mehreren Wohnungsgesellschaften vorgesprochen und regelmäßig die Aushänge bei Aldi durchgeguckt. Wenn sie mal eine bezahlbare Wohnung gefunden hatte, hatten die Vermieter gleich abgewunken, wenn sie hörten, alleinerziehende 17-jährige ohne Einkommen mit Hartz4. Zweimal hatte sie es bis zur Wohnungsbesichtigung geschafft. Zwei-Zimmer mit Schimmel an den Wänden im 5. Stock ohne Fahrstuhl. Da hatte sie dankend abgelehnt. Die andere Wohnung war toll, der private Vermieter echt nett. Doch dann musste sie die ganzen Zettel fürs Amt ausfüllen, alles einreichen, hatte irgendwas falsch angekreuzt, im Servicecenter war ständig besetzt gewesen. Als sie endlich die Zettel vom Amt zurück hatte, war die Wohnung weg. Da hatte Josefine aufgegeben. Also lebte sie weiter mit Angie in einem einzigen Zimmer mit Kochnische.

Glücklicherweise hatte sie noch ein halbes Paket Windeln im Bad gefunden. Frau Willomeit hatte gleich gerochen, dass Angie müffelte. Sie hatte die Nase gerümpft und Josie einen Vortrag über Sauberkeitserziehung, konsequentes Handeln und Verantwortung als Mutter gehalten. Josie hatte genickt und in Windeseile die Windeln gewechselt. Seitdem saßen sie auf dem Sofa, Frau Willomeit laberte und Angie jammerte kaum hörbar vor sich hin. Josie sehnte sich nach einer Zigarette.

„Frau Wern!"

Sie zuckte zusammen. Ach ja, sie sollte alles wiederholen, was die Willomeit ihr befohlen hatte. Das war wie früher in der Schule. Das hatte sie da schon gehasst. Sie ließ sich nicht gerne kontrollieren.

„Okay", murmelte sie genervt. „Mindestens eine warme Mahlzeit am Tag, am besten was mit Gemüse. Regelmäßiger Tagesablauf, mit Angie spielen und ihr was vorlesen. Nicht fernsehen, wenn sie im Zimmer ist."

Wie stellte Frau Willomeit sich das vor? Sie und Angie schliefen zusammen auf der Ausklappcouch. Wo sollte sie denn hin, wenn ihre Tochter schlief? Was sollte sie abends machen außer fernsehen? Die Willomeit konnte klug reden. Josefine wusste, dass die Sozialarbeiterin mit ihrer Familie in einem

Reihenhaus mit Garten am Stadtrand wohnte. Bestimmt hatte dort jeder sein eigenes Zimmer.

„Gut, Frau Wern, und bitte rauchen Sie nicht in der Wohnung. Angelina hatte gerade erst wieder einen schlimmen Husten. Wenn Sie unbedingt rauchen müssen, dann bitte am offenen Fenster." Frau Willomeit holte tief Luft, bevor sie ihre Predigt fortsetzte. Josefine dröhnte es in den Ohren. Hatte Frau Willomeit schon immer so eine schrille Stimme?

„Überhaupt, Angelina gefällt mir nicht. Sie macht keine Fortschritte. Haben Sie noch mal mit dem Kinderarzt und der Erzieherin gesprochen, wie Sie das Kind fördern können?"

Josie seufzte. Jedes Mal die gleiche Leier, seit Angies Geburt. Die Kleine war acht Wochen zu früh gekommen, war ein richtiger winziger Mickerling. Doch was hatten denn alle erwartet? Sie war selbst noch ein Kind gewesen.

Im Krankenhaus hatten sie den Winzling sofort in ein Wärmebettchen gelegt. Josie durfte drei Tage später nach Hause, aber Angie musste weitere sechs Wochen im Krankenhaus bleiben. Josie hatte damals noch bei ihrer Mutter gelebt. Den ganzen Tag hatte sie geweint, so sehr hatte sie sich nach der Kleinen gesehnt. Als Angelina dann endlich nach Hause kam, war der Stress losgegangen. Angie hatte in einem fort gebrüllt, genau wie Josefines Mutter, die von ihrem frühen Enkelkind überhaupt nicht begeistert war. Ständig hatte sie Josie Vorwürfe gemacht und sie beschimpft. Getrunken hatte die Mutter auch viel mehr als sonst. Einmal hatte sie Josie mit einem Holzlöffel geschlagen, den sie zufällig in der Hand hatte. Josie war so froh gewesen, dass es ein Holzlöffel war. Nicht auszudenken, wenn es eine Bratpfanne oder ein Messer gewesen wäre. Sie hatte sich nicht gewehrt, dass tat sie nie.

Zu dritt in der Zwei-Zimmer-Wohnung war schon schwer gewesen, aber dann hatte ihre Mutter mal wieder einen neuen Kerl angeschleppt. Von da an ging es bergab. Der Typ baggerte

Josie in einer Tour an und begrabschte sie, wenn die Mutter nicht da war. Aber die bemerkte es natürlich trotzdem und pöbelte rum. Allerdings brüllte sie nicht ihren Macker an, sondern Josie. Angie schrie in dieser Zeit noch mehr, und der Kerl schmiss leere Bierflaschen durch die Wohnung. Josie hatte echt Angst gehabt, dass er das Baby traf. Immer öfter flüchtete sie mit Angie aus der Wohnung, doch draußen wurde es kalt und die Leute guckten schon, wenn sie mit der schreienden Kleinen durch die Straßen rannte. Irgendjemand rief dann das Jugendamt.

Die Mitarbeiterin vom Jugendamt war jung, nicht so ein vertrockneter Besen wie die Willomeit. Sie fand schnell einen Platz für Josefine und Angelina in einer Mutter-Kind-Einrichtung. Die Monate dort waren die besten in Josefines Leben. Sie wurde bei der Betreuung von Angie unterstützt, und endlich zeigte ihr jemand, wie sie mit dem kleinen Wurm umgehen musste. Sie hatte regelmäßig freie Zeit für sich und konnte zweimal im Monat abends mit den anderen jungen Müttern in die Disco. In der Gruppe hatte sie Cindy kennengelernt, ihre beste und einzige Freundin. Josefine hatte sogar versucht, doch noch einen Schulabschluss zu machen.

Angie entwickelte sich nicht wie die anderen Kinder. Während die längst sitzen konnten oder versuchten zu robben, lag Angie nur schreiend auf dem Rücken und wollte ständig herumgetragen werden. Entwicklungsverzögert, sagten die Sozialpädagogen. Josie musste mit ihr zur Krankengymnastik, zur Ergotherapie, zum Spezialisten. Da blieb keine Zeit für die Schule und den Kopf hatte sie dafür auch nicht mehr frei.

Als Angie 18 Monate alt war, mussten sie aus der Wohngruppe ausziehen. Josefine fand nur diese armselige Wohnung. Sollte ja bloß vorübergehend sein. Pustekuchen, zweieinhalb Jahre wohnte sie nun hier und seit zweieinhalb Jahren kam einmal in der Woche Frau Willomeit. Es half keiner.

Zur Krankengymnastik und zur Ergotherapie ging sie schon lange nicht mehr mit Angie. Hatte ja alles nicht geholfen und sie konnte sich die vielen Termine gar nicht merken. Abends war sie total kaputt, obwohl sie sich nicht erinnern konnte, was sie den ganzen Tag gemacht hatte. Zu ihrer Mutter hatte sie keinen Kontakt mehr, wer der Vater von Angie war, wusste sie nicht. Natürlich war sie sich sicher, wer der Vater war. Sie war schließlich keine Nutte, auch wenn ihre Mutter das immer behauptet hatte. Aber der Kerl hatte alles abgestritten. Er wirkte total überzeugend und redete in einem fort auf sie ein. Da kam sie ganz durcheinander.

Am Ende war er zusammen mit seinem Vater bei ihnen zu Hause aufgetaucht, hatte der Mutter ein paar Scheine in die Hand gedrückt, von denen sie nie welche abbekommen hatte. Angie auch nicht. Das bedeutete doch wohl, dass er der Erzeuger war, oder? Danach wurde das Thema Vater nicht mehr angesprochen. Den Typen hatte sie seitdem nicht mehr gesehen.

Sie war immer mit ihrer Tochter zusammen. Irgendwie auch, wenn die in der Kita war. Während dieser Zeit lag sie auf dem Sofa oder saß auf dem Stuhl am Fenster und starrte nach draußen. Wenn Cindy sie nicht regelmäßig vorher anrufen würde, hätte sie sicher manchmal vergessen, die Kleine aus der Kita abzuholen. Dabei hatte sie Angie lieb, sie war das Einzige, was sie hatte auf der Welt.

„... ist es wirklich wichtig, gerade in diesen schweren Zeiten Routinen zu entwickeln."

Frau Willomeit laberte und laberte und Josefine sehnte sich nach einer Zigarette.

„So, Frau Wern. Nun haben wir alles besprochen. Ich weiß nicht, wann ich wieder vorbeikommen kann. Ich muss mich um meine Familie kümmern, jetzt, wo Kita und Schulen geschlossen sind. Ich arbeite ab Montag im Homeoffice. Ich weiß gar nicht, wie das werden soll mit meinen Kindern zu Hause."

Frau Willomeit sah Josefine an, als müsste sie die Antwort auf die Frage wissen.

„Außerdem gibt es ja die Ausgangssperre. Ich rufe auf jeden Fall übernächsten Dienstag an, und wenn etwas Wichtiges sein sollte, habe ich Ihnen hier eine Notfallnummer aufgeschrieben."

Sie reichte Josie einen Zettel.

„Packen Sie ihn gut weg, damit Sie ihn im Notfall finden."

Mit diesen Worten stand Frau Willomeit endlich auf und strich Angie, die sich seit einiger Zeit vergeblich bemühte, zwei Duplo-Steine ineinanderzustecken, zum Abschied über das Haar.

Josefine brachte Frau Willomeit erleichtert zur Tür. Kaum schloss sich die Tür hinter der Sozialarbeiterin, zog sie eine Schachtel Zigaretten aus der Jackentasche und steckte sich eine an. Gierig inhalierte sie den Rauch. Das tat gut. Endlich Ruhe.

„Mama, Hunger."

Angie zupfte sie am Arm. Solange Frau Willomeit da gewesen war, hatte sie friedlich gespielt und kaum was gesagt, nur ganz leise vor sich hingemurmelt. Wahrscheinlich wurde sie von der Schnepfe genauso eingeschüchtert wie ihre Mutter.

Josie nahm ihre Tochter auf den Arm. „Komm, Motte, jetzt machen wir es uns gemütlich."

Sie setzte die Kleine auf das Sofa und holte aus der Küche eine Flasche Bier und eine Tüte Chips. Angie hatte schließlich bereits einen gesunden Apfel gegessen und kochen konnte sie heute nicht mehr. Dazu war der Tag zu anstrengend gewesen.

Sie stellte den Fernseher an und ließ sich erleichtert auf das Sofa fallen. Der Zettel mit der Notfallnummer segelte auf den Fußboden.

Auf allen Programmen redeten sie über diesen blöden Virus, als gäbe es nichts Wichtigeres auf der Welt.

Angie steckte den Daumen in den Mund und nuckelte daran herum. Sie sah richtig zufrieden aus. Josie legte den Arm um ihre Tochter, nahm ihren Daumen in den Mund und saugte daran. Gar nicht schlecht das Gefühl. Sie fühlte sich plötzlich nicht mehr so allein.

Sie stellte den Fernseher aus und das Radio an. Auch hier nur Gesabbel über den Virus. Die Menschen sollten sich darauf einstellen, in den nächsten Wochen die Wohnungen nicht mehr zu verlassen. Alle wurden aufgefordert, die Regelungen einzuhalten. Ansonsten musste man mit einer Geldstrafe rechnen. Langsam bekam es Josefine mit der Angst zu tun. Sie konnte unmöglich mit Angie die ganze Zeit hier in der Wohnung bleiben. Sie brauchte Luft zum Atmen, sie brauchte auch einmal ihre Ruhe.

Angie war inzwischen eingeschlafen. Ihr Gesicht sah ganz friedlich aus. Sie lächelte im Schlaf. Josie holte tief Luft. Würde schon klappen. Lange konnte das mit dem Virus ja nicht dauern.

Jana

Arm in Arm schlenderten Jana und Ruben zum Auto. Die Last der letzten Stunden fiel von Janas Schultern. Sie stieg auf der Beifahrerseite ein und war eingeschlafen, bevor sie den Parkplatz verlassen hatten.

Sie erwachte, als Ruben zum Supermarkt abbog und ruckartig bremste. Es herrschte Verkehrschaos. Autos kurvten auf der Suche nach einem freien Stellplatz kreuz und quer durcheinander. Menschen hasteten mit vollen oder auffallend leeren Einkaufswagen dazwischen herum. Vor dem Eingang hatte sich eine Schlange gebildet. Die Atmosphäre war angespannt und hektisch.

Jana stöhnte.

„Mensch Ruben, das kann doch nicht wahr sein. Da willst du dich nicht wirklich noch anstellen, oder?"

Ruben öffnete die Fahrertür. Jana hielt ihn am Arm fest.

„Schau mal, die kommen mit halbleeren Wagen da raus. Lass uns morgen früh einkaufen. Heute habe ich echt keinen Nerv mehr."

Er zögerte.

„Und was essen wir heute Abend? Ich habe keine Lust auf Kochen. Ich dachte, wir holen uns ausnahmsweise ein Fertiggericht."

Ruben war in ihrer Beziehung für das Essen zuständig. Er kochte gern und lecker. Dass er keine Lust zum Kochen hatte, zeigte, wie gestresst er war.

„Ich glaube, wir haben noch Pizza in der Kühltruhe. Ausnahmsweise kannst du die auch mal essen."

Jana griente und knuffte Ruben in die Seite.

„Muss ja nicht zur Gewohnheit werden. Ich esse auch lieber, was du frisch gekocht hast, aber ich habe Hunger und keine Lust auf das Gedränge."

Ihr Magen knurrte laut.

Ruben seufzte theatralisch.

„Fertigpizza nach so einem Tag. Denk doch mal an die vielen Kalorien. Können wir uns das leisten?"

Er streckte seinen nicht vorhandenen Bauch heraus. Jana boxte ihn gegen die Schulter. Er hob die Arme.

„Ich ergebe mich. Dein Wunsch ist mir Befehl."

Er setzte sich wieder in den Wagen und gab ihr einen Kuss.

„Aber du machst nachher den Abwasch."

Zu Hause angekommen, sprangen beide unter die Dusche. Sie schäumten sich gegenseitig ein und rubbelten sich mit den Badehandtüchern trocken. Das war ein liebgewonnenes Ritual, wenn sie gemeinsam Feierabend hatten, was selten genug der Fall war.

Sie versuchten, so wenig wie möglich aus der Klinik mit nach Hause zu bringen. Das galt für Keime ebenso wie für Sorgen, Nöte und Ängste. Eine Trennung von Beruf und Privatleben war ihnen beiden wichtig, zumal sie im selben Krankenhaus arbeiteten.

Anschließend wärmten sie sich die Pizza auf. Sie aßen schweigend. Ruben warf Jana ab und zu einen düsteren Blick zu. Die ausgelassene Stimmung nach dem Duschen war verflogen. War er sauer wegen des Fertigessens oder machte er sich Sorgen? Ruben war in der Regel fröhlich, unkompliziert und optimistisch. Es war ungewohnt, ihn so schweigsam zu sehen.

Sie räumten wortlos den Tisch ab und setzten sie sich mit einem Glas Wein auf das Sofa. Jana legte ihre Füße auf Rubens Schoß. Er zog ihr die Wollstrümpfe aus und begann ihre Zehen zu kneten. Bei seiner Fußmassage entspannte sie normalerweise sofort. Doch heute drehte sich das Gedankenkarussell weiter.

Kaum schloss sie die Augen, sah sie das Gesicht des 36-jährigen Mannes am Beatmungsgerät vor sich. Hatte er sich stabilisiert? Würde er überleben? Hätte sie besser bei Dr. Prill bleiben sollen? Die Krankheit war heimtückisch, der Zustand der Patienten änderte sich blitzartig. Sie wussten noch viel zu wenig. Eine 82-jährige Frau war heute auf der Intensivstation am Virus gestorben. Alte Menschen ließen sich furchtbar schwer beatmen. Oft hatten sie Vorerkrankungen. Bei ihnen ging es noch schneller. Sie hatten kaum eine Chance.

Jana atmete tief ein und brach das Schweigen.

„Meinst du wirklich, wir schaffen das?"

Sie sah Ruben an. Sie brauchte dringend etwas von seiner Zuversicht. Die Anspannung wollte einfach nicht weichen.

Er griff nach seinem Weinglas und trank einen Schluck. Nachdenklich blickte er in sein Glas.

„Engelchen, ich weiß, was du hören möchtest, aber ehrlich: Ich weiß es nicht. Die Bilder aus Italien gehen mir nicht mehr aus dem Kopf. Die Ärzte wissen so gut wie nichts über das Virus. Das ist anders als alles, was wir bisher erlebt haben. Denk an die letzte Grippewelle. Das war schlimm, aber da wussten wir, was wir tun mussten. Wir kannten den Verlauf. Seit damals in Mali habe ich mich nicht mehr so hilflos gefühlt."

Er legte einen Arm um ihre Schulter. Sie kuschelte sich an ihn.

„Wir sind auf so eine Situation nicht vorbereitet. Ich habe zufällig gehört, dass wir im Haus nicht mal einen aktuellen Pandemieplan haben. Wir improvisieren nur. Denk an unseren Backofen."

Er runzelte die Stirn.

„Ich hätte nie gedacht, dass es das in Deutschland mal geben würde. Das Pflegepersonal desinfiziert Schutzmasken im heimischen Backofen. Das widerspricht allen Hygienevorschriften." Er schüttelte den Kopf. „Jetzt werden wir auch noch Weltmeister im Improvisieren."

Jana nickte.

„Ja, es läuft alles anders. Die Routine fehlt. Ich musste heute auch oft an die Zeit in Mali denken. Zum einen ist der Zusammenhalt richtig gut. Die Ärzte behandeln uns viel aufmerksamer. Wir sind in der Öffentlichkeit plötzlich Helden. Auf der anderen Seite haben sich bereits einige krank gemeldet. Alle haben Angst vor einer Ansteckung."

Ruben drückte sanft ihre Schulter. Er legt die Hand unter ihr Kinn und sah ihr in die Augen.

„Und du? Hast du Angst?"

Jana dachte nach.

„Ich weiß es ehrlich gesagt nicht. Natürlich macht mir das Virus Angst. Die Krankheitsverläufe sind unberechenbar. Wenn ich arbeite, denke ich nicht an die Gefahr, sonst könnte ich die

Arbeit nicht machen. Doch wenn ich zur Ruhe komme, so wie jetzt, und anfange nachzudenken, dann habe ich Angst. Und du?"

Ruben küsste sie zärtlich.

„Bis heute Nachmittag war das alles weit weg für mich. Ich habe mir Sorgen um dich gemacht. Ich weiß ja, dass es dir schwerfällt, mit deinen Kräften hauszuhalten. Ich hatte weniger Angst, dass du dich ansteckst, als vielmehr, dass du dich überarbeiten könntest."

Er schwieg einen Moment.

„Nachdem ich erfahren hatte, dass ich auf der Inneren arbeiten soll, bin ich auf die Station gegangen. Was ich dort gesehen habe, Jana, das hat mich zum Nachdenken gebracht. Plötzlich war das Virus ganz nah. Dir brauche ich das nicht zu erzählen, du weißt, wie es dort aussieht. Aber für mich war das neu. Da liegt Angst in der Luft, Angst bei den Patienten und Angst bei den Kollegen. Es herrscht eine Atmosphäre, wie ich sie in meinem bisherigen Berufsleben noch nicht erlebt habe. Das war auch anders als in Mali. Dort gab es Hoffnung und wir wussten, was wir taten."

Er trank einen Schluck Wein.

„Doch, Jana, ich habe Angst. Angst um dich, Angst um all die Menschen da draußen, Angst, was das Virus mit unserer Gesellschaft macht. Und ja, ich habe Angst, mich anzustecken."

Jana fröstelte. Sie kuschelte sich enger an Ruben. Sie legte ihren Arm um seine Schulter und strich ihm zärtlich die Haare aus der Stirn. Beide schwiegen. Es war alles gesagt.

Eine halbe Stunde später gingen sie ins Bett. Eng umschlungen lagen sie noch lange wach. Jana sah die Bilder aus Italien vor ihrem inneren Auge. Dazwischen die Gesichter, von Ruben, von Dr. Prill, das Gesicht des jungen Patienten am Beatmungsgerät. Sie lauschte Rubens gleichmäßigem Atem. Erst nach einer ganzen Weile fiel sie in einen unruhigen Schlaf.

Zwei Wochen später

Charlotte

Charlotte saß mit Martina vor ihrem Lieblingscafé auf der Terrasse. Die Sonne schien ihr ins Gesicht. Sie griff lachend nach ihrem Latte macchiato. Ihr Haar glänzte, einige Strähnen hatten sich aus ihrer Hochsteckfrisur gelöst. Das neue Make-up brachte ihre grünen Augen viel besser zur Geltung. Warum war sie nicht schon früher darauf gekommen, einen farbigen Kajal zu benutzen? Giovanni hatte ein wahres Meisterwerk vollbracht. Auf dem Weg ins Café hatte sie die bewundernden Blicke der Männer gespürt und ein erwartungsvolles Kribbeln im Unterleib bemerkt. Sie fühlte sich jung, frei und unwiderstehlich.

Charlotte schreckte hoch. Das Smartphone hüpfte über den Nachtschrank. Sie hatte die Weckfunktion gestern Abend auf Vibrationsalarm gestellt. Das Kribbeln im Unterleib verflog schlagartig. Sie streckte ihre müden Glieder. Alles tat ihr weh. Schwerfällig erhob sie sich. Halb fünf. Sie hatte kaum sechs Stunden geschlafen. Sie schlüpfte in ihren Morgenmantel und in ihre Pantoffeln.

Leon drehte sich im Bett um und brummte.

Sie fühlte sich alt, gefesselt und hässlich.

Leon schnarchte. Sie stampfte zur Tür. Leon rührte sich nicht. Sie schloss die Tür mit einem Knall und hörte Leon meckern.

Sie stellte in der Küche die Kaffeemaschine an. Sie hatte gestern Abend alles vorbereitet. Morgens zitterten ihre Hände so sehr, dass sie das Kaffeepulver verschüttete. Normalerweise trank sie lieber einen Latte macchiato, aber morgens brauchte sie einen starken Filterkaffee.

Auf dem Weg zum Badezimmer schaltete sie den Laptop ein. Dadurch war er fertig hochgefahren, sobald sie sich mit ihrer Kaffeetasse an den Esszimmertisch setzte. Hastig putzte sie sich die Zähne. Duschen würde sie später. Inzwischen saß jeder Handgriff.

Seit über einer Woche nutzte sie die Zeit am Morgen, wenn Leon und die Kinder noch schliefen, um zu arbeiten. Tagsüber blieb die ganze Verantwortung für Betreuung, Homeschooling, Essen zubereiten, putzen und waschen an ihr hängen. Ihr Plan für einen strukturierten Alltag, bei dem sie sich mit Leon die Aufgaben gerecht teilte, war gescheitert.

Sie arbeitete von fünf bis acht. In den drei Stunden versuchte sie, so viel wie möglich wegzuschaffen. Es fiel ihr von Tag zu Tag schwerer. Vor Müdigkeit flimmerten die Buchstaben auf dem Bildschirm, verschwammen Worte zu bunten Sternen. Sie konnte sich nicht konzentrieren, machte unnötige Fehler.

Sie öffnete Outlook. Sechsunddreißig ungelesene Mails, über die Hälfte von ihrem Chef. Er startete erst mittags in seinen Arbeitstag und mailte ihr oft noch um Mitternacht neue Aufgaben. Charlotte hatte gestern im Internet gelesen, dass die Wasserwerke festgestellt hatten, dass sich der Wasserverbrauch deutlich verlagert hatte. Die Menschen standen später auf und blieben dafür abends länger wach. Davon konnte sie nur träumen.

Zwei weitere Kolleginnen hatten sich krankgemeldet. Das war jetzt einfach. Ein Anruf beim Arzt und schon kam die Arbeitsunfähigkeitsbescheinigung per Mail. Charlotte atmete tief ein. War das vielleicht auch für sie die Lösung? Unwillig schüttelte sie den Kopf. Sie liebte ihre Arbeit. Die war nicht das Problem. Das Problem waren die Kinder. Nein, nicht die

Kinder. Die Kinder konnten nichts dafür. Das Problem war Leon, der sie nicht unterstützte und einfach sein eigenes Ding machte. Niemals hätte sie gedacht, dass es bloß zwei Wochen dauern würde, das Gleichgewicht in ihrer Ehe nachhaltig zu zerstören. Oder hatte sie sich die Gleichberechtigung nur eingebildet? War ihr ganzes bisheriges Leben eine Illusion?

Charlotte klickte die Seite des Robert-Koch-Instituts an. Die Zahl der Infizierten stieg trotz der Einschränkungen weiter. In den letzten vierundzwanzig Stunden hatte es beinahe sechshundert Tote gegeben.

Ertappt schloss sie das Browserfenster. Sie hatte das Gefühl, ihr Chef stünde mit tadelndem Blick hinter ihr. Fast erwartete sie, seine Stimme zu hören. Sie öffnete eine Excel-Tabelle. Hier musste sie minutengenau ihre Arbeitszeit eintragen. Kurz überlegte sie, dann schrieb sie: „Arbeitsbeginn 5 Uhr". Es war zwar bereits Viertel nach, aber sie saß ja seit fünf an ihrem Laptop. Am Arbeitsplatz kochte sie sich in der Regel erst einen Kaffee und begrüßte die Kolleginnen.

Schnell tippte sie eine belanglose Nachricht an ihren Chef, damit er merkte, dass sie mit der Arbeit begonnen hatte. Sie überflog die eingegangenen Mails. Nichts Unaufschiebbares dabei. Sie konnte sich wieder ihrem Projekt widmen. Sie öffnete den Ordner auf dem Desktop.

Die Marketingkampagne für die neue Gesichtscreme erschien ihr plötzlich sinnlos, einfallslos, wie aus der Zeit gefallen. War es wirklich möglich, in diesen Zeiten fröhlich und bunt für eine straffende Hautcreme zu werben? Andererseits würde die Pandemie sicher irgendwann vorbeigehen, und dann sehnten sich alle Frauen wieder nach einer straffen, jugendlich strahlenden Haut. Im Moment wünschten sich die meisten wahrscheinlich einfach nur Ruhe.

„Mama, ich kann nicht schlafen."

Charlotte zuckte zusammen. Jakob kam mit nackten Füßen ins Wohnzimmer getapst. Seine blonden Locken waren zerzaust und klebten verschwitzt an seiner Stirn. Unter dem Arm hielt er sein Kuscheltier. Er wurde doch nicht krank? Sie hatte ihn gestern Abend früher ins Bett gebracht, weil sie dringend einen Arbeitsauftrag für ihre Mitarbeiterin fertigstellen musste. Diese hatte sich prompt heute krankgemeldet. Sie hatte ebenfalls drei Kinder. Charlotte verübelte es ihr nicht. Trotzdem ärgerte sie sich. Der ganze Stress umsonst.

Konsequenterweise war Jakob früher wach geworden und sie musste nicht nur die Aufgaben ihrer Mitarbeiterin übernehmen, sondern hatte bereits um sechs ein waches Kind am Arbeitsplatz. Sie seufzte und strich Jakob über die Locken. Sie verbarg ihr Gesicht in seinen Haaren. Er roch nach Kleinkind und Schlaf. Sie fühlte seine Stirn. Zum Glück lediglich schlafwarm.

„Na, dann komm. Ich bringe dich zu Papa."

Sie nahm Jakob auf den Arm und trug ihn ins Schlafzimmer. Sie zog die Bettdecke von Leons Körper und schob Jakob in seine Arme.

„Kuschel dich bei Papa ein. Bestimmt liest er dir gleich eine Geschichte von Mama Muh vor. Ich muss arbeiten."

Leon brummte unwillig.

„Muss das sein? Ich habe heute ein wichtiges Meeting und muss ausgeschlafen sein. Kannst du den Kleinen nicht im Wohnzimmer beschäftigen, Schatz?"

Charlotte drehte sich wortlos um. Etwas in ihr zerbrach. Tränen stiegen ihr in die Augen. Fluchtartig verließ sie das Schlafzimmer. Am liebsten hätte sie all ihren Frust herausgeschrien. Doch damit hätte sie nur die Mädchen geweckt.

Schon halb sieben. Um acht standen die anderen auf. Dann war es mit ihrer Ruhe vorbei. Bis dahin musste sie unbedingt noch einiges schaffen.

Pünktlich um halb neun saß die ganze Familie am Frühstückstisch. Um acht waren Leon und die Kinder ins Wohnzimmer gekommen und sie musste ihren Laptop und ihre Arbeitssachen wegpacken. Der Esstisch wurde für das Frühstück gebraucht. Dabei war sie mitten in der Entwicklung des neuen Marketingkonzepts. Die Arbeit flutschte richtig gut. Hoffentlich fand sie nachher wieder den passenden Einstieg. Schnell notierte sie ein paar Stichworte auf einem Zettel.

Frühstück vorbereiten war die Aufgabe von Leon und den Mädchen. Charlotte nutzte die Zeit zum Duschen. Die Dusche half heute nicht. Hinter ihrer Stirn brummte es und der Rücken brannte. Ihre Augen waren rot unterlaufen.

Wie eine alte Frau schlurfte sie ins Schlafzimmer. Sie griff in den Kleiderschrank und holte wahllos ein paar Kleidungsstücke heraus. Vor dem Bett blieb sie stehen. Sie war so müde. Ohne nachzudenken, legte sie die Sachen auf Leons Bettseite und schlüpfte unter ihre Bettdecke. Augenblicklich schlief sie ein.

„Charlotte, wo bleibst du denn? Frühstück ist fertig."

Leon stand in der Tür und schaute sie verwundert an.

„Du bist ja noch gar nicht angezogen. Das ist aber kein gutes Beispiel für die Mädchen."

Sein Ton war vorwurfsvoll.

Leon zog sich jeden Morgen ebenso sorgfältig an wie vor der Ausgangssperre, obwohl er auch im Homeoffice arbeitete. Er unterschied rigoros zwischen Arbeitszeit und Freizeit und schaffte es, dass die Kinder das akzeptierten. Er schloss jeden Morgen die Tür des Arbeitszimmers hinter sich und war damit genauso wenig ansprechbar wie vor zwei Wochen, als er das Haus verließ und ins Büro fuhr.

Charlotte drehte sich auf die andere Seite.

„Kein Hunger", murmelte sie schlaftrunken.

„Aber um neun muss ich los."

Leon wandte sich um und verließ das Schlafzimmer.

Um Punkt neun schickte er die Kinder zu ihr ins Schlafzimmer. Die drei hüpften völlig überdreht auf dem Bett herum. Alle Versuche, sie zu beruhigen und ihnen noch gemütlich etwas vorzulesen, waren vergeblich. Sie tobten und balgten wie junge Hunde. Ihnen fehlte die Bewegung, die Begegnung mit anderen Kindern.

Charlotte quälte sich aus dem Bett, schlüpfte in Hose und Pullover und schlich mit den Kindern ins Wohnzimmer. Jeder Schritt fiel ihr schwer und sie schwankte leicht. Der Kreislauf. Wahrscheinlich war sie zu ruckartig aufgestanden. Der kurze Schlaf hatte keine Entspannung gebracht. Sie fühlte sich wie gerädert.

Auf dem Esstisch stand das benutzte Geschirr, Krümel verteilten sich über den Fußboden. Genervt räumte sie auf und fegte oberflächlich alles zusammen. Die Mädchen tobten durch den Flur. Mia rannte Jakob um, der fiel hin und stieß sich den Kopf. Sofort fing er an zu schreien. Leon riss die Arbeitszimmertür auf und brüllte „Ruhe". Bevor sie ihm antworten konnte, knallte er die Tür wieder zu. Der alltägliche Wahnsinn.

Nach dem Aufräumen setzte sie sich an den Esszimmertisch. Für die folgenden Stunden hatte sie einen festen Plan entworfen. Strukturen waren wichtig, für sie, aber besonders für die Kinder. Es war jeden Tag die gleiche Routine.

Emilie erledigte in ihrem Zimmer die Aufgaben für die Schule, bei denen sie keine Unterstützung brauchte. Mia beschäftigte sich am Esstisch mit den Zetteln, die ihr Frau Fischer mitgegeben hatte. Die ersten Tage war sie begeistert dabei gewesen und hatte ihrer großen Schwester erklärt, sie habe jetzt Vor-Homeschooling. Emilie hatte gelacht und ihr einen Vogel gezeigt. Inzwischen hatte Mia keine Lust mehr und starrte die meiste Zeit Löcher in die Luft.

Charlotte versuchte, Mia zu motivieren und gleichzeitig Jakob zum Spielen zu bewegen. Ihr Kopf fing an zu pochen. Mia kaute auf ihrem Stift. Ihr Bruder zappelte herum und zog Fratzen. Wenn er wenigstens auch schon Spaß am Malen und Basteln hätte. Dann wäre vieles einfacher. Charlotte fühlte sich innerlich zerrissen. Mia hatte keine Lust auf Ausschneiden und Schwungübungen. Charlotte verstand sie, aber sie machte ja auch die meiste Zeit Dinge, zu denen sie keine Lust hatte. Sie zeigte Mia zum x-ten Mal, wie sie den Stift halten musste. Jakob baute Türme aus Bauklötzen und warf sie wieder um. Sowie sie ihn nicht beachtete, rannte er laut schreiend mit seinem Hubschrauber über den Flur. Charlotte wartete schon darauf, wann Leon auftauchen würde, um die Kinder und sie anzuschreien. Es war jedoch Emilie, die ihre Zimmertür öffnete.

„Ruhe, ich bin im Homeschooling. Mama, so kann ich nicht lernen. Mach, dass Jakob die Klappe hält."

Sie knallte ihre Tür wieder zu. Ganz der Vater.

Eine halbe Stunde später turnte sie mit den Kindern zu einem Youtube-Video. Bewegung war wichtig. Die Kinder waren nicht ausgelastet. Die Wohnung war groß, doch der Bewegungsdrang der drei unermesslich. An manchen Tagen machte ihr das Turnen richtig Spaß. Sie bewegte sich selbst viel zu wenig. Durch das verspannte Sitzen am Esstisch schmerzten Schulter und Nacken. Normalerweise joggte sie vier Mal in der Woche mit Martina im Park, seit vierzehn Tagen hüpfte sie im Wohnzimmer mit den Kindern nach den Anweisungen einer stets gut gelaunten, attraktiven Fitnesstrainerin. Heute war es schwierig. Emilie und Mia stritten in einer Tour, wie die Übungen richtig gemacht wurden. Emilie kommandierte und Mia weinte. Jakob verstand mal wieder gar nichts und rannte mit seinem Hubschrauber über den Flur. Am Ende stürmte Mia mit hochrotem Kopf weinend in ihr Zimmer. Jakob stürzte und der Propeller seines

Hubschraubers brach ab. Emilie stand auf einem Bein in der Stube und grinste. Leon brüllte durch den Flur. Charlotte verbarg das Gesicht in den Händen. Sie zitterte am ganzen Körper und wusste nicht, ob sie lachen oder weinen sollte.

Nach der Turnstunde stolzierte Emilie wieder in ihr Zimmer zum Homeschooling. Sie lernte gerne und löste freiwillig sämtliche Zusatzaufgaben. Mia spielte mit Jakob in ihrem Kinderzimmer.

Charlotte setzte sich an den Laptop und aktivierte ihn. Fünfzehn neue Mails. Sie schloss das Outlook-Postfach. Bloß keine weiteren Aufgaben. Sie hatte die Arbeitsaufträge von gestern noch nicht abgearbeitet. Wo war sie heute Morgen stehen geblieben? Sie stützte ihre Hände in den schmerzenden Rücken. Hoffentlich hatte sie sich beim Turnen nicht verdreht.

Die Marketingstrategie für die Gesichtscreme. Sie brauchte eine passende Kolorierung. Blau war die Farbe des Unternehmens. Vertrauenswürdig, seriös, frisch, langweilig. Wie konnte sie das Ganze aufpeppen? Sie warf einen Blick aus dem Fenster. Seitdem sie hier in der Wohnung eingesperrt waren, schien draußen die Sonne, als wolle sie sie verhöhnen. Die Blumen wiegten sich im leichten Frühlingswind, die Bäume zeigten ihr erstes Grün. Grün, die Farbe der Hoffnung, eine frische, fröhliche, jugendliche Farbe. Genau das Richtige für eine Gesichtscreme. Sie klickte sich durch die geöffnete Farbpalette. Sie stutzte. Grün zu Blau, Mist, das harmonierte nicht. Weiß war langweilig, rot schreiend, vielleicht ein leuchtendes Gelb? Lebendig, optimistisch, heiter, das passte.

Ihr Blick fiel auf die Laptop-Uhr. Schon halb zwölf. Sie musste das Mittagessen vorbereiten. Vorgestern hatte sie ein Tiefkühl-Nudelgericht aufgewärmt, gestern eine Pizza für jeden in den Ofen geschoben. Gesunde Ernährung sah anders aus. Leon hatte gemeckert. Die Kinder bräuchten was Vernünftiges zu essen. Dabei war es den Kindern egal, was es gab. Sie aßen alles, am liebsten jeden Tag Nudeln oder Pizza. Es waren seine Ansprüche, die sie befriedigen sollte.

Charlotte schloss den Laptop und stapfte in die Küche. Kein frisches Gemüse da. Sie warf einen Blick in die Tiefkühltruhe. Zwei einsame Pakete Fischstäbchen. In der Vorratskammer fand sie Kartoffelbrei zum Anrühren. Milch gab es nicht mehr, zur Not konnte sie Wasser mit einem Schuss Kaffeesahne nehmen. Zum Nachtisch würde sie eine Dose Pfirsiche aufmachen. Die Kinder würden sich freuen, Leon meckern. Sie hatte keinen Hunger. Hoffentlich erhielt sie bald wieder einen Termin zum Einkaufen.

Pünktlich um halb eins öffnete Leon die Tür zum Arbeitszimmer.

„Essen fertig?"

„Steht schon auf dem Tisch."

Er starrte auf die Fischstäbchen, den Kartoffelbrei und die Pfirsiche und verzog das Gesicht.

„Kannst du nicht mal was Vernünftiges kochen?"

Charlotte pfefferte das Besteck auf den Teller zurück.

„Wenn dir das Essen nicht passt, koch doch selbst. Ich muss auch arbeiten. Außerdem muss mal wieder gewischt werden und Mia muss Schwungübungen machen."

Sie stand auf. Ihr Stuhl kippte um und knallte auf den Boden. Tränen stiegen ihr in die Augen und sie flüchtete ins Badezimmer. Sie drehte den Schlüssel im Schloss und sank auf die Toilette. Ihre Schultern bebten, aber die Tränen wollten nicht fließen. Selbst zum Weinen fehlte ihr die Kraft.

„Mama, ich muss mal ganz dringend."

Mia hämmerte gegen die Tür.

Charlotte erhob sich, spritzte sich kaltes Wasser ins Gesicht und öffnete die Tür.

Mia flitzte an ihr vorbei.

Sie ging zurück ins Wohnzimmer. Das schmutzige Geschirr stand noch auf dem Tisch, die Tür zu Leons Arbeitszimmer war geschlossen.

„Mama, machen wir jetzt Mathe?"

Nach dem Mittagessen übte sie jeden Tag mit Emilie Mathe. Es war das einzige Fach, in dem sie Unterstützung brauchte. Früher hatte Leon ihr abends bei den Matheaufgaben geholfen. Inzwischen nahm er sich nicht einmal mehr dafür Zeit.

„Gleich. Ich muss noch Jakob ins Bett bringen."

Zum Glück schlief Jakob mittags noch fast zwei Stunden. Wenn sie sich beim Matheüben beeilte, konnte sie vielleicht ein, zwei Telefonate erledigen, bevor er wieder aufwachte.

Sie schnappte Jakob, wechselte seine Windeln und legte ihn ins Bett. Sie stellte ihm seine Lieblings-CD an.

„Schlaf gut!"

Sie drehte sich um und verließ das Kinderzimmer. Die Tür zu ihrem Schlafzimmer stand offen. Schnell schlüpfte sie hinein. Sie schloss die Tür von innen. Fünf Minuten Ruhe. Sie sank auf das Bett. Augenblicklich schlief sie ein.

„Schatz! Es ist so weit. Wir wollen singen."

Sie schlug die Augen auf und sah in Leons lächelndes Gesicht.

„Du hast den ganzen Nachmittag verschlafen."

Seine Augen blitzten.

„Am liebsten hätte ich mich ja zu dir gelegt."

Er strich unter der Decke über ihren Busen. Charlotte schnurrte wohlig.

„Ich habe mit Emilie Mathe gemacht. Dein Chef hat zwei Mal angerufen. Ich habe gesagt, du schläfst. Und nun beeil dich. Geht gleich los."

Sie stöhnte auf. Wie konnte er ihrem Chef sagen, dass sie am Nachmittag schlief? Was sollte der von ihr denken? Typisch

Leon. Er dachte einfach nicht nach. Er hatte mit Emilie Mathe gemacht. Das tat sie jeden Tag, aber er wollte dafür gelobt werden. Sie bekam einen Kloß im Hals und die Kopfschmerzen meldeten sich zurück.

Mühsam erhob sie sich aus dem Bett und folgte Leon zum offenstehenden Wohnzimmerfenster.

Vor zehn Tagen hatte es begonnen. Die Menschen versammelten sich um sechs Uhr abends und sangen an den geöffneten Fenstern. Angefangen hatte es mit einer Art Flashmob auf Facebook. Die Deutschen ahmten die Italiener nach, die auf den Balkonen Konzerte für ihre Nachbarn gaben. Die ersten Male schmetterten sie „Freude schöner Götterfunken". Charlotte kam sich vor wie in der Schule. Schillers Ode an die Freude war ihr zu pathetisch.

Inzwischen sangen alle „You'll Never Walk Alone", das passte auch besser in die Zeit.

Für die Kinder war das Singen eine wichtige Routine, zeigte es ihnen doch, dass draußen noch eine Welt, andere Menschen existierten. Und sie konnten spüren, was Solidarität bedeutete, Gemeinsamkeit. Selbst Jakob versuchte mitzusingen.

So standen sie wie jeden Abend am Fenster und hielten sich an den Händen. Charlotte spürte in diesem Moment alles, was ihr fehlte. Ihre Freundinnen, Kultur, Theater, die Freiheit, das Haus zu verlassen und am wichtigsten, das Alleinsein. Niemals hätte sie gedacht, dass sie Einsamkeit vermissen würde, doch nach zwei Wochen mit Leon und den Kindern in der Wohnung sehnte sie sich geradezu körperlich nach dem Alleinsein.

Im Anschluss an das Singen aßen sie gemeinsam Abendbrot.

Anschließend brachte sie Jakob ins Bett. Leon spielte mit den beiden Mädchen im Kinderzimmer „Mensch ärgere dich nicht!". Die Küche musste noch aufgeräumt werden. Das

Mittagsgeschirr stapelte sich in der Spüle. Spielzeug lag verstreut auf dem Fußboden von Wohnzimmer und Flur. Charlotte schauderte. Sie setzte sich an den Esstisch und fuhr den Laptop hoch. Sie hatte heute erst vier Stunden gearbeitet. Sie wusste, was sie zu tun hatte.

Nach Mitternacht fiel sie erschöpft ins Bett.

Frieda

Frieda saß in ihrem Sessel und starrte aus dem Fenster. Ihre Gedanken irrten umher. Sie konnte sie nicht greifen.

Ein Klopfen an der Tür. Frieda zuckte zusammen. Kam Karl schon zurück? Doch der klopfte nie an. Er stürmte einfach herein, als gehöre ihm die ganze Welt. Frieda drehte sich schwerfällig um.

Die Tür öffnete sich. Schwester Birgit blieb zögernd im Türrahmen stehen.

„Hallo Frieda, schauen Sie mal. Sind die nicht schön?"

Frieda sah die Altenpflegerin verwirrt an. Wo war sie? Sie seufzte. Nur langsam kehrte sie ins Hier und Jetzt zurück. Wo war Thea? Waren sie nicht gerade noch durch das winterliche Berlin geschlendert? Sie besuchten den Weihnachtsmarkt am Schloss Charlottenburg, bewunderten die handgemalten Christbaumkugeln. Sie kauften sich gebrannte Mandeln und tranken einen Glühwein mit Schuss. Sie bummelten über den Ku'damm. Natürlich nicht Hand in Hand, das trauten sie sich selbst hier im fremden Berlin nicht, obwohl viele Frauen Arm in Arm an ihnen vorbeischlenderten. Waren das alles nur Freundinnen oder waren es Geliebte, die mutiger waren als sie? Sie sprachen nicht darüber, berührten sich ausschließlich in der Abgeschiedenheit des Hotelzimmers, nachts im Dunkeln, wenn niemand sie sah. Die Betten standen getrennt, doch sie benutzten nur das eine. Morgens durchwühlten sie lachend das andere und veranstalteten eine Kissenschlacht, um die Wirtin zu täuschen.

„Frieda, schauen Sie. Diese Mund-Nasen-Masken haben zwei Mütter aus dem Kindergarten für uns genäht. Wie lieb von den beiden. Es ist so schön, dass jemand an uns denkt. Die Mütter haben im Moment so viel zu tun, da die Kinder nicht betreut werden. Trotzdem haben sie sich die Mühe gemacht."

Frieda zuckte zusammen. Schwester Birgit war inzwischen ins Zimmer getreten und hielt ihr einen Brotkorb vor die Nase. Darin lagen anstelle von Brötchen sechs bunte Schutzmasken. Die Masken leuchteten in knalligen Farben. Auf einer waren niedliche Teddybären. Frieda brauchte so etwas nicht. Das war kindisch. Wie stellte Schwester Birgit sich das vor? Sollte sie mit Bären im Gesicht durch die Gegend laufen?

„Sie dürfen sich eine Maske aussuchen."

Auffordernd schob die Altenpflegerin das Körbchen weiter in Friedas Richtung.

Frieda stieß den Korb zur Seite. Schwester Birgit wich erschrocken zurück.

„Frieda, seien Sie vernünftig. Sie müssen sich eine Maske nehmen. Ohne Maske dürfen Sie das Zimmer nicht mehr verlassen und ich darf auch nicht zu Ihnen kommen."

Frieda angelte mit spitzen Fingern ein grün-blau-kariertes Stück Stoff heraus.

„Grün und Blau, schmückt die Sau", hörte sie die höhnische Stimme ihrer Mutter. Aber besser Schwein als Bär. Gedankenverloren hielt sie das Stoffstück in der Hand.

„Warten Sie. Ich helfe Ihnen."

Schwester Birgit entriss ihr den Stoff.

„Am besten nur hier an den Gummis anfassen", erklärte sie. „An den Ohren befestigen, erst rechts, dann links, und schon sitzt der Schutz. Sie müssen aufpassen, dass Mund und Nase wirklich bedeckt sind."

Routiniert befestigte sie die Maske hinter Friedas Ohren.

„Gut sehen Sie aus."

Schwester Birgit lächelte und trat einen Schritt zurück. Sie musterte Frieda von oben bis unten.

„Am besten behalten Sie den Mund-Nasen-Schutz den ganzen Tag über auf, weil wir ja doch häufiger zu Ihnen ins Zimmer kommen. Dann brauchen Sie sie nicht jedes Mal wieder aufzusetzen. Das spart Zeit. Wenn Sie den Raum verlassen und ins Gemeinschaftszimmer gehen, müssen Sie die Maske auf jeden Fall tragen. Das ist Vorschrift. Zu unser aller Sicherheit. Haben Sie das verstanden?"

Fragend sah sie Frieda an.

Frieda zuckte mit den Schultern und nickte zögernd. Natürlich hatte sie das verstanden. Sie sollte den ganzen Tag mit dem lächerlichen Ding im Gesicht herumlaufen. Sie bekam jetzt schon keine Luft dahinter. Außerdem beschlugen ihre Brillengläser.

„Abends hängen Sie die Maske bitte außen an den Türgriff. Leider haben wir für jeden nur eine Maske bekommen. Nachts werden sie desinfiziert. Das ist wichtig." Die Altenpflegerin schlug eine Mappe auf und trug etwas in die innenliegende Liste ein. „Ich schreibe hier in die Liste, welche Sie sich ausgesucht haben. Achten Sie bitte auch selbst darauf, dass Sie immer dieselbe Maske bekommen. Die grün-blaue ist also ihre."

Frieda wandte sich ab und starrte aus dem Fenster. Ihre Gedanken wanderten zurück nach Berlin. Wie jung sie gewesen waren, wie naiv. Ihre erste Reise in die große Freiheit. Noch vor dem Mauerbau war das gewesen.

„Und nicht erschrecken. Meine Kolleginnen und ich, wir tragen jetzt auch Masken. Nicht solche schönen wie Sie. Wir haben welche von den DRK-Frauen bekommen. Auch selbst genäht, aber schlicht dunkelblau."

Frieda blickte weiter aus dem Fenster. Wer war das? Was redete die Frau nur?

„Ich muss dann weiter. Die anderen wollen ja auch noch ihre schönen Masken haben."

Schwester Birgit eilte aus dem Zimmer. Die Tür fiel hinter ihr ins Schloss. Frieda drehte sich um und fummelte mit steifen Fingern die Bänder von den Ohren. Sie schleuderte den Mund-Nasen-Schutz auf das Bett. Lächerlich.

Frieda schauderte. So sehr sie sich bemühte, sie konnte die Bilder von Thea nicht wieder heraufbeschwören. Sie sah auch nicht die Blumen vor den Fenstern, die Wolken am Himmel. Stattdessen tauchte das Gesicht von Karl auf, ihrem verstorbenen Mann. Wie er da unten gelegen hatte, am Ende der Kellertreppe. Seltsam verdreht, Blut strömte aus seiner Kopfwunde. Auf dem Boden bildete sich eine großflächige Lache. Sie stand oben im Flur vor der mächtigen Standuhr und starrte auf den Sekundenzeiger. Tick, tick, unendlich langsam verging die Zeit. Sie schlich die Treppenstufen hinab. Verharrte auf jedem Absatz. Griff er wieder nach ihr? Atmete er noch? Er stöhnte erbärmlich. Sie wartete eine halbe Stunde, bevor sie den Rettungswagen rief.

Ein Zittern lief über ihren Rücken. Ihre Ohren rauschten. Gänsehaut bildete sich am ganzen Körper. Sie wollte das nicht sehen! Sie rieb sich mit schweißnassen Händen über das Gesicht, bedeckte ihre Augen. Die Bilder verschwanden nicht. Sein Stöhnen dröhnte in ihren Ohren. Eine Augen-Ohren-Maske wäre schön. Vielleicht konnte sie damit die Bilder vertreiben.

Sie hatte zu viel Zeit. Die Zeit verging genauso schleppend wie an jenem unseligen Tag. Sekunden dehnten sich zu Minuten, Minuten zu Stunden, Stunden zu Tagen. Es passierte nichts. Sie durfte ihr Zimmer kaum verlassen. Sie erlaubten ihr nicht einmal mehr, spazieren zu gehen oder sich im Garten auf die Bank zu setzen. Alle Angebote im Haus waren abgesagt.

Nur zum Essen verließ sie ihr Zimmer. Doch darauf hätte sie gerne verzichtet.

Die Stimmung im Speisesaal war unerträglich. Schon früher wurde wenig geredet, doch die meisten ihrer Mitbewohnerinnen waren jetzt völlig verstummt. Herr Hoop rief in einem fort um Hilfe. Emma weinte ununterbrochen. Ständig sprach sie von ihrem Sohn und starrte erwartungsvoll zur Tür, als könne er jeden Moment hereinkommen. Blödsinn, sowas. Besuch war verboten. Von Karin hatte sie seit zwei Wochen nichts mehr gehört, kein Anruf, keine Post. Sie dachte nicht oft an Karin, denn jedes Mal spürte sie ein leichtes Ziehen in ihrem Herzen. Vermisste sie die Tochter? Oder waren es die Gedanken an Thea, die ihr Herzschmerzen verursachten? Frieda atmete stoßweise und umklammerte das Taschentuch in ihren Händen. Wie es Karin wohl ging? War sie gesund? Und hatte Birte ihr Baby schon bekommen? Sie sah aus dem Fenster hinauf in den Himmel, als würde von dort eine Antwort kommen.

Die Frühlingsblumen blühten in allen Farben. Sie öffnete das Fenster. Es roch nach Frühling. Die Vögel zwitscherten. Sie lehnte sich in ihrem Stuhl zurück und schloss die Augen.

Ein schrilles Klingeln riss Frieda aus dem Schlaf. Verwirrt schaute sie sich um. Wo war sie? Gerade hatte sie im Garten ihres Elternhauses verwelkte Blumen abgeschnitten und einige vorlaute Unkräuter entfernt. So oft sie auch jätete, Vogelmiere und Löwenzahn wuchsen schneller, als sie arbeiten konnte. Es klingelte weiter. Was war das? Im Garten gab es doch keine Klingel.

Mühsam setzte sie sich auf. Ihr Blick fiel auf den schlichten Tisch neben ihrem Sessel. Das Telefon. Mit zitternden Händen nahm sie den Apparat aus der Station.

„Hallo?", meldete sie sich. Ihre Stimme klang jämmerlich und rau in ihren Ohren. Wann hatte sie das letzte Mal mit jemanden gesprochen? Sie konnte sich nicht erinnern. „Mutti! Bis du endlich dran? Hier ist Karin." Die Stimme hörte sich ungewohnt aufgekratzt, fast überdreht an. Was war bloß passiert? Frieda räusperte sich. „Ja?"

„Du bist Urgroßmutter geworden. Birte hat ihr Baby bekommen. Ich bin ja so froh. Es ist alles gutgegangen. Ein kleines Mädchen, Sofia, 52 cm und knapp acht Pfund. Kein Wunder, dass Birte am Ende aussah wie ein Walross. Sie war so tapfer."

Karins Stimme überschlug sich vor Begeisterung.

„Sie ist schon wieder zu Hause mit der Kleinen. In der Klinik konnte sie ja nicht bleiben, da sind ja so viele Infizierte. Aber stell dir mal vor, ich darf sie nicht besuchen!"

Nun klang Karin entrüstet, aber auch ein bisschen weinerlich. Diese Stimme kannte Frieda.

„Ich habe mich bereits erkundigt. Keine Ausnahmegenehmigung. Das ist ungerecht. Ich muss Birte doch unterstützen. Birte hat Fotos geschickt per WhatsApp. Die Kleine ist ja so niedlich. Ich glaube, sie lächelt schon. Rolf ist auch ganz begeistert. Er ist ein richtig stolzer Großvater. Du müsstest ihn mal sehen. Das Foto druckt er für dich aus. Glücklicherweise haben wir uns ja letztes Jahr zu Weihnachten den Fotodrucker geschenkt. Ich schicke es dir dann gleich per Post. Die Post funktioniert ja noch."

Endlich holte Karin einmal Luft. Frieda schluckte. Ihr Herz klopfte stürmisch. Ein neues Leben!

„Mutter, bist du noch dran?"

„Ja."

„Freust du dich denn gar nicht? Das ist mal wieder typisch für dich. Du interessierst dich nur für dich. Für deine Enkelin und für mich hast du dich nie interessiert."

Karin klang schnippisch. Frieda atmete tief ein. Ein neues Leben war geboren. Sie war Urgroßmutter. Die Freude stieg ganz langsam vom Bauch über das Herz bis zu ihrer Stimme. „Ich freue mich, wirklich, ich freue mich. Natürlich interessiere ich mich." Ein Klacken ertönte in der Leitung. Karin hatte aufgelegt. „Grüß Birte von mir", flüsterte Frieda. „Und das Baby." Sie legte sich ins Bett und zog die Decke über den Kopf. Das Kribbeln sank vom Herz zurück in den Bauch und verschwand. Eine Schwere erfüllte ihren Körper wie so oft in den letzten Tagen. Wie hieß ihre Urenkelin noch mal? Sie hatte den Namen schon wieder vergessen, dabei musste sie ihn doch unbedingt Thea erzählen.

Karin

Karin schleuderte das Smartphone auf den Tisch. Schade, dass es diese alten Telefone ihrer Kindheit nicht mehr gab. Zu gerne hätte sie den Hörer auf die Gabel geknallt. So hatte sie nur mit aller Kraft auf den roten Knopf gedrückt. Das war wieder einmal typisch für ihre Mutter. Da rief sie sie gleich an, um ihr von der Geburt ihrer Urenkelin zu erzählen, und was kam von ihr? Nichts! Kein Glückwunsch, keine Nachfrage, nichts. Aber dieses Mal würde sie sich die Freude nicht verderben lassen.

Sie ergriff erneut das Smartphone und suchte nach den Fotos der kleinen Sofia. Ihre Enkelin. Karin lächelte. Ein neues Leben bedeutete Hoffnung. Gerade in diesen komischen Zeiten. Schade, dass sie Birte und die Kleine nicht besuchen durfte. Wie lange das alles wohl noch dauern würde? Die Regierung konnte ihr doch nicht einfach verbieten, ihre Tochter und ihre Enkelin zu sehen? Karin schüttelte den Kopf. Immerhin würde sie morgen mit ihrer Tochter skypen. Rolf richtete gerade das Programm auf ihrem Laptop ein. Skypen war etwas ganz anderes als telefonieren. Sie konnte sehen, ob Sofia tatsächlich schon lächelte. Wie gerne würde sie die Kleine jetzt auf den Arm nehmen und die zarte Babyhaut spüren, den Geruch der Neugeborenen einatmen. Sie erinnerte sich noch genau an die ersten Stunden und Tage mit Birte. Hoffentlich kam Birte allein zurecht. Glücklicherweise war ihr Schwiegersohn Dennis ein fürsorglicher Ehemann. Er trug Birte auf Händen und würde sicherlich ein vorbildlicher Vater werden. Das Leben war schön, trotz des Virus und ihrer undankbaren Mutter. Dieses Mal war Frieda zu weit gegangen. Dieses Desinteresse hatte sie nicht verdient. Sie nicht, Birte nicht und schon gar nicht die kleine Sofia. Karin hatte ihre eigene Familie, sie brauchte die Mutter nicht mehr. Das Foto würde sie ihr nicht schicken und anrufen würde sie auch nicht wieder. Wenn sie etwas wissen wollte, konnte Frieda anrufen. Das machte sie allerdings nie. Wahrscheinlich hatte sie wirklich kein Interesse an ihr und ihrem Leben. Sie jedenfalls würde Frieda nicht mehr hinterherlaufen. Vielleicht war jetzt der richtige Zeitpunkt, den Kontakt völlig abzubrechen? Die Entscheidung lag bei Frieda.

Erst einmal war es Zeit zum Kaffeetrinken. Sie hatte gestern einen Apfelkuchen gebacken. Rolf und ihr war ein regelmäßiger Tagesablauf wichtig. Eigentlich eher Rolf. Ihr war es egal, wann sie etwas aß. Heute war es schon reichlich spät. Nachdem Dennis am Morgen angerufen hatte, um Bescheid zu sagen, dass Birte mit Wehen ins Krankenhaus gekommen war, hatte sie die ganze Zeit vor dem Telefon gehockt und auf den erlösenden Anruf gewartet. Ihre Tochter, ihre Kleine bekam ein Baby! Fast spürte sie selbst die Wehen. Sie hielt die Luft an, atmete hechelnd. Als könnte sie so die Tochter unterstützen.

„Karin, wann gibt es endlich Kaffee. Es ist gleich vier!"
Rolfs Stimme riss sie aus ihren Gedanken.

„Gleich fertig. Du kannst schon den Tisch decken. Es gibt Apfelkuchen von gestern."

Nach dem Kaffee verschanzte sich Rolf wie jeden Nachmittag hinter seiner Zeitung. Karin räumte den Tisch ab und tigerte unruhig durch die Wohnung. Jetzt nicht zu Birte zu können, tat ihr beinahe körperlich weh. Alle Versuche, mit Rolf ein Gespräch anzufangen, waren vergeblich. Er brummte nur Unverständliches hinter seiner Zeitung. Als sie ihm das dritte Mal an diesem Nachmittag das Foto der kleinen Sofia auf dem Handy zeigte, meckerte er sie an. Er schlug ihr vor, Frieda anzurufen, wenn sie unbedingt jemanden mit dem neuen Enkelkind nerven wollte.

Karin flüchtete ins Schlafzimmer. Sie fühlte sich von aller Welt verlassen und unverstanden. Ihre Tochter, ihre Kleine, war Mutter. Spätestens jetzt war die Nabelschnur endgültig durchtrennt. Das spürte sie in ihrem Herzen. Die Beziehung zu ihrer Tochter würde sich durch das neue Kind verändern.

Und Frieda? Die Nabelschnur zwischen ihnen war bereits bei der Geburt unwiderruflich getrennt worden. Die Beziehung zu ihrer Mutter bestand nicht mehr, hatte nie bestanden. Heute hatte Frieda wieder deutlich gezeigt, wie wenig sie das Leben von Tochter und Enkeltochter interessierte.

Karin atmete tief ein. War sie ungerecht? Bestimmt war das Leben für die Mutter im Moment nicht leicht. Im Fernsehen berichteten sie oft über die Zustände in den Pflegeeinrichtungen und die Einsamkeit der alten Menschen. Ob es Frieda gut ging? Nun machte sie sich schon wieder Gedanken um ihre Mutter. Karin schüttelte den Kopf. Schluss jetzt. Frieda war nicht einsam, sie hatte schließlich ihre Freundin Emma. Und selbst wenn, dann war es ihre eigene Schuld.

Anna

„Mama, Frühstück ist fertig!"

Anna drehte sich im Bett um und rieb sich die Augen. Sie stöhnte. Ihr Rücken brannte. Ihr Blick fiel auf den Wecker. Punkt acht Uhr. Viel zu früh zum Aufstehen. Sie zog sich die Decke über das Gesicht. Heute war Sonntag und sie brauchte nicht zur Arbeit. Da wollte sie endlich ausschlafen. Die Läden öffneten inzwischen selbst sonntags, doch Herr Hausen meinte, sie solle sich um ihren Sohn kümmern. In den letzten zwei Wochen war er sehr viel umgänglicher. Gestern hatte er sogar leere Regale aufgefüllt.

„Mama, Frühstück."

Anna lugte unter der Decke hervor. Ben stand in der Tür und grinste sie an. Er hatte sich ihre bunte Schürze umgebunden. Auf der Nase hatte er einen Stupser Mehl und auch die Schürze war weiß gepudert.

„Ich habe schon den Tisch gedeckt und Kaffee für dich gekocht", verkündete er stolz. „Außerdem habe ich Pfannkuchenteig gemacht."

Tatsächlich zog ein wunderbarer Kaffeeduft durch die Wohnung.

Seufzend setzte sich Anna auf. Alle Knochen taten ihr weh. Sie hatte in den letzten Tagen mehr geschuftet als jemals zuvor in ihrem Leben. Dazu kam die ständige Sorge sich anzustecken, wenn die Kunden sie anniesten oder so aufgebracht redeten, das Speicheltropfen durch die Gegend flogen.

An der Kasse gab es seit einer Woche einen Spuckschutz, aber beim Einräumen der Ware fühlte sie sich den Menschen ausgeliefert. Viele hielten die Abstandsregeln nicht ein, zwängten sich dicht an ihr vorbei, griffen über sie hinweg in die Regale und Kartons. Ab Montag galt endlich eine Maskenpflicht in den Geschäften.

„Mama!"

Ben wackelte von einem Bein auf das andere.

„Okay, ich komme gleich. Ich will nur noch schnell duschen."

„Beeil dich! Sonst wird dein Kaffee kalt. Außerdem haben wir noch soooo viel zu tun."

Anna zuckte zusammen. Sie hatte sich auf einen ruhigen Tag ohne Verpflichtungen gefreut.

„Ich dachte, wir machen es uns so richtig gemütlich. Wir spielen ‚Mensch ärgere dich nicht' und gucken heute Abend eine DVD. Ich habe extra Chips mitgebracht. Die mit Zwiebeln. Die magst du doch so gerne."

„Nee, Mama, das geht nicht. Frau Martens hat am Freitag angerufen. Sie wollte mit dir sprechen, weil ich die ganzen Aufgaben für letzte Woche nicht abgegeben habe. Aber du warst ja wie immer nicht da."

Ben schaute zu Boden. Seine Schultern hingen nach unten.

„Ich konnte das nicht allein", presste er hervor.

Anna seufzte. In der ersten Woche hatte sie es noch geschafft, jeden Abend Bens Aufgaben zu kontrollieren und ihm teilweise geholfen. In den letzten Tagen hatte sie überhaupt nicht mehr daran gedacht. Wenn Ben sie erinnerte, hatte sie abgewunken. Morgen, das machen wir morgen.

„Okay, aber erst duschen und frühstücken."

Anna quälte sich aus dem Bett und verschwand im Badezimmer. Sie war so müde. Sie stellte das Wasser kalt. Trotzdem konnte sie die Müdigkeit nicht abschütteln. Die Freude auf den freien Tag war verflogen.

Nach dem Frühstück breitete Ben seine Schulsachen auf dem Esstisch im Wohnzimmer aus. Anna staunte über die vielen Zettel. Das alles sollten die Kinder in einer Woche bearbeiten?

„Mit Mathe fangen wir an", bestimmte sie. Mathe war Bens schlechtes Fach und noch war sie einigermaßen fit.

„Zeig mal her."

Ben durchwühlte den Haufen und zog einen ganzen Stapel zerknitterter Zettel hervor. Er warf einen Blick auf jedes Blatt und pfefferte es zur Seite.

„Was machst du denn da?"

Anna runzelte die Stirn. Das konnte ja heiter werden.

„Ich such was, was ich kann! Das ist alles zu schwer."

Sie nahm Ben die Blätter aus der Hand.

„Damit fangen wir an."

Sie zog einen Zettel heraus und stutzte. Die Aufgaben waren wirklich schwierig. Die Kinder rechneten inzwischen bis tausend.

„Also 328 plus 436?"

Sie sah Ben fragend an.

Er schwieg eine ganze Weile.

„Nun los, so schwer ist das doch gar nicht."

„783?"

In Bens Augen erkannte sie ein gewaltiges Fragezeichen.

Sie seufzte und schüttelte den Kopf.

„Kann ich das nicht schriftlich rechnen, so untereinander? Dann kann ich das bestimmt."

„Aber da steht, ihr sollt das im Kopf rechnen."

„Kann ich aber nicht. Ich rechne das untereinander. Das kann ich."

Bens Mund verzog sich wie früher, wenn er seinen Willen nicht durchsetzen konnte. Er sah aus wie ein zweijähriger Trotzkopf. Anna hob die Augenbrauen.

„Nein, du rechnest das im Kopf. Untereinander hättest du das die ganze Woche alleine machen können. Also, 300 plus 400 sind?"

„700, das ist eierleicht, aber wir sollen von hinten anfangen."

„Gut, sag das doch gleich. 8 plus 6 sind?"

„14."

„Okay, und wie weiter?"

„Kann ich das nicht aufschreiben?"

Anna stützte den Kopf in ihre Hände. Sie hatte sich so auf den gemütlichen Tag mit Ben gefreut. Durch die Schulaufgaben war die gute Stimmung vom Frühstück verflogen.

„Okay, du darfst schriftlich rechnen. Aber dann machst du das alleine und ich bereite das Mittagessen vor."

Ben strahlte.

„Muss ich alle Aufgaben machen?"

Anna überlegte. Eine Schulstunde hatte fünfundvierzig Minuten.

„Okay, jetzt ist es Viertel nach neun. Bis um 10 ist Mathe angesagt. Und wirklich rechnen und keine Löcher in die Luft starren. Wenn du Fragen hast, ich bin in der Küche."

In der Küche plumpste Anna auf den Küchenstuhl. Ihre Beine legte sie auf dem zweiten Stuhl ab. Sie schenkte sich den Rest Kaffee ein und rieb sich die Augen. Sie hätte gerne mit Ben eine Fahrradtour gemacht oder wäre mit ihm zum Fußballplatz gefahren, aber das war alles nicht erlaubt. Sie konnte die Wohnung jeden Tag verlassen, um zur Arbeit zu gehen. Ben saß seit zwei Wochen hier drinnen fest. Kein Wunder, dass er ungnädig war und sich nicht konzentrieren konnte. Für die Kinder war es am schwersten.

Sie trank den letzten Rest Kaffee. Grübeln half nicht. Sie würde heute Bens Leibgericht, einen Nudeln-Gemüseauflauf, kochen.

Als Anna um 10 Uhr wieder ins Wohnzimmer kam, hatte Ben nicht einmal die Hälfte der Zettel mit den Plusaufgaben geschafft. Er hatte einen hochroten Kopf und knabberte an seinem Bleistift. Es gab noch genauso viele Blätter mit Mal- und Geteiltaufgaben.

„Ich schaffe das nicht", stöhnte er.

Anna wuschelte ihm durch die blonden Locken.

„Hast du mal mit Torre telefoniert? Hat er denn alle Aufgaben geschafft?"

„Ja, Kay macht jeden Tag mit ihm fünf Zettel. Er war am Freitag fertig und hat alles abgeschickt."

Anna seufzte. Julia hatte es gut. Kay war den ganzen Tag zu Hause und kümmerte sich um Torre.

Ben rutschte auf dem Stuhl hin und her.

„Können wir nicht lieber Fußball spielen? Du stellst dich vor die Wohnzimmertür. Das ist das Tor und du bist der Torwart. Ich muss unbedingt üben. Sonst schaffe ich es nie in die Auswahlmannschaft."

Anna schüttelte den Kopf.

„Spinnst du. Du musst Hausaufgaben machen. Sonst schaffst du es nie in die vierte Klasse."

Ben sprang auf und stieß den Stuhl um.

„Du bist so gemein. Nie hast du Zeit und wenn du endlich mal da bist, spielst du Lehrerin. Ich hasse dich."

Er fegte die Aufgabenblätter vom Tisch, rannte in sein Zimmer und knallte die Tür zu.

Anna blieb wie versteinert sitzen. Tränen strömten ihr über das Gesicht. Sie arbeitete so viel, damit Ben es gut hatte. Bens Vater hatte sie kurz nach der Geburt verlassen. Da war Ben noch nicht einmal ein Jahr alt. Er kümmerte sich nicht um seinen Sohn, hatte seit Monaten nicht angerufen und zahlte keinen Unterhalt.

Sie rieb sich die Tränen aus dem Gesicht und stand auf. Zaghaft klopfte sie an Bens Zimmertür.

„Darf ich reinkommen?"

Etwas brummelte hinter der Tür. Anna nahm es als Zustimmung. Sie öffnete die Tür und trat vorsichtig ein.

Ben lag auf dem Bett, das Gesicht in das Kopfkissen vergraben. Im Arm hielt er seinen Teddy und die Schultern bebten. Er sah wieder aus wie ihr kleiner Junge.

Anna setzte sich auf die Bettkante und strich ihm über den Rücken,

„Komm, die nächsten Aufgaben machen wir zusammen. Ich war immer gut im Rechnen. Wir schaffen das."

Ben schniefte.

„Ich hab dich lieb, Mama."

Sie zog ihn in ihre Arme.

„Ich dich auch, Schatz."

Gemeinsam setzten sie sich an den Tisch. Anna diktierte Ben die restlichen Ergebnisse.

Anschließend aßen sie den Auflauf, den Anna am Morgen vorbereitet hatte.

„Hast du noch mehr Aufgaben", fragte sie, nachdem sie zusammen das Geschirr in die Küche gebracht hatten.

„Eine Geschichte in Deutsch habe ich schon geschrieben."

Er gab ihr sein Heft.

„Aber hier müssen wir die Wortarten bestimmen. Mama, was ist eine Präposition?"

Ben reichte ihr zwei Blätter.

Anna zuckte mit den Schultern. Präposition? Gehört hatte sie das Wort schon mal.

„Ich lese erst deinen Aufsatz."

Sie schlug das Heft auf. „Was ich vermisse" stand mit Bens ungelenker Schrift oben auf der Seite. Die Überschrift hatte er zweimal unterstrichen. Dabei war ihm das Lineal verrutscht und er hatte die oberste Zeile durchgestrichen.

„Ich vermise Torre. Ohne ihn ist alles doof. Ich vermise Fußball. Ich muss üben. Ich will in die auswal. Ich vermise Mama ganz doll. Mama ist nie da. Mama arbeitet immer."

Anna schluckte.

„Das hast du gut geschrieben."

Sie klappte das Heft zu. Sie konnte jetzt nicht mit Ben über den Text reden.

„Deutsch machen wir später. Was hast du in Sachkunde auf?"

Sachkunde war Bens Lieblingsfach. Er zog ein Arbeitsheft über Wale hervor. Seine Augen leuchteten.

„Guck mal, wie viele verschiedene Wale es gibt. Und hier, da habe ich einen Wal gemalt."

Stolz zeigte er ihr die Zeichnung.

„Wenn wir wollen, dürfen wir ein Plakat machen. Das wird dann in der Klasse aufgehängt. Und alle bekommen ein Foto. Wollen wir, Mama?"

Ben schaute sie erwartungsvoll an.

„Wir wollen!"

Anna lächelte.

Sie suchten Tonpapier, Schere und Klebestift und bastelten gemeinsam ein buntes Wal-Plakat. Am Ende beschriftete Ben alles in seiner schönsten Schrift. Zwischendurch tranken sie heißen Kakao und aßen Kekse. So wurde es doch noch ein gemütlicher Nachmittag.

„Mama, kann ich nicht einen Wal haben?"

Anna schüttelte den Kopf und stupste ihren Sohn in die Rippen.

„Dummkopf, nun haben wir die ganze Zeit über Wale gesprochen. Die leben doch im Meer und nicht in einer Wohnung."

„Dann wenigstens einen Hund?", flüsterte Ben. „Dann bin ich nicht mehr so alleine."

Anna schluckte. Bens Frage beantwortete sie nicht. Seit Monaten wünschte er sich einen Hund. Aber wie sollte das gehen? Hunde kosteten Geld und machten viel Arbeit.

„Komm, wir müssen dein Plakat noch fotografieren. Das Foto schicken wir gleich an Frau Martens. Und dann üben wir Fußball. Ich stelle mich freiwillig ins Tor."

Ben strahlte. Für den Moment hatte er seine Frage vergessen.

Nach dem Abendbrot schauten sie gemeinsam die DVD vom König der Löwen und aßen Chips.

Um neun gingen beide ins Bett.

Anna lag noch lange wach. Bens Aufsatz spukte ihr durch den Kopf. Wie sollte das nur weitergehen?

In der Nacht träumte sie von einem kleinen blonden Jungen mit einem großen schwarzen Hund im Bauch eines riesigen Wals.

Josefine

Josefine drehte sich auf der Schlafcouch um. Sie war so müde.

Irgendwo schepperte es.

„Ruhe!", schrie sie. Ihr Kopf dröhnte und der ganze Körper schien geschrumpft. So verspannt war sie.

Es schepperte wieder. Ein jämmerlicher Schrei.

Josie setzte sich stöhnend auf und stellte ihre nackten Füße auf den Fußboden. Sie trat auf einen herumliegenden Duplo-Stein. Verdammt, das tat weh. Sie sank zurück auf das Bett und untersuchte ihren Fuß. Der große Zeh blutete.

„Mama, aua!"

Angie schrie irgendwo in der Wohnung. Erneut setzte Josie sich auf. Ein Blutstropfen fiel auf den Teppich. Im Badezimmer waren Pflaster. Die brauchte sie jetzt.

Mühsam quälte sie sich hoch. Mit hängenden Schultern schlurfte sie zum Bad. Sie öffnete die Tür. Auf dem Fußboden lagen Spiegelscherben. Angie hielt ihr ihre blutende Hand entgegen. In der Mitte steckte ein großer Splitter. Blut tropfte auf die Fliesen.

Josie stürzte zu ihrer Tochter. Dabei trat sie in eine der herumliegenden Scherben. Nun blutete auch noch ihre Ferse. Sie nahm die schluchzende Angie in den Arm.

„Ach Motte. Was machst du denn für Sachen? Warum spielst du nicht im Wohnzimmer?"

„Mama schlafen", jammerte Angie.

Josie erinnerte sich. Die Kleine hatte mit den Duplo-Steinen gespielt und diese in einer Tour juchzend durch die Gegend geschmissen. Das war schrecklich laut und tat ihr in den Ohren weh. Ihr Kopf brummte schon seit Tagen und sie bekam einfach keine Ruhe. Sie hatte die Tochter geschnappt und ins Badezimmer gesetzt. Die Tür hatte sie geschlossen. Angie konnte sie noch nicht alleine öffnen. Tröstend nahm sie die Kleine in den Arm. Das hatte sie nicht gewollt. Sie war nur immer so furchtbar müde. Sie konnte kaum aufstehen und verbrachte oft den ganzen Tag auf dem Sofa.

„Da machen wir ein großes Pflaster drauf. Guck mal, Mamas Fuß blutet auch. Mama braucht auch ein Pflaster."

Mit zusammengekniffenen Augen betrachtete Angie Josies Fuß. Sie verzog das Gesicht in lauter kleine Falten.

„Mama aua?", fragte sie vorsichtig.

„Ach, ist nicht so schlimm."

Josie öffnete den Badezimmerschrank. Dabei fiel ihr Blick in den Spiegel. Zwei müde, rotgeränderte Augen glotzten sie an. Die Haare standen wirr von ihrem Kopf ab, das T-Shirt klebte an ihrem verschwitzten Körper. Sie roch säuerlich. Wann hatte sie das letzte Mal geduscht? Sie schnüffelte an Angie. Auch die Kleine müffelte. Ihr Gesicht war total verschmiert. Ebenso die Hände.

Sie schnappte die Box mit den Pflastern aus dem Schrank und schlurfte mit der Tochter auf dem Arm ins Wohnzimmer. Die Schweinerei würde sie nachher wegmachen.

Vorsichtig zog sie die Scherbe aus Angies Hand. Sofort floss das Blut heftiger. Ein Pflaster half da nichts. Sie hüpfte auf einem Bein zur Kochnische und suchte nach einem sauberen Geschirrhandtuch. Ihr Fuß brannte höllisch.

Blutstropfen fielen auf den Teppich. In der Spüle stapelte sich das schmutzige Geschirr. Dazwischen standen ein paar leere Bierflaschen. Sie musste dringend aufräumen und abwaschen. Nach längerem Suchen fand sie in einer Schublade ein unbenutztes Handtuch. Sie eilte zurück zur Couch. Angie jammerte leise und kniff die Augen zusammen. Sie war ganz blass. Das Blut floss immer noch. Auf dem Bettzeug war ein gewaltiger Blutfleck. Das würde sie nachher neu beziehen und waschen müssen. Wo sollte sie das große Teil bloß trocknen? Josie wickelte das Handtuch um die verletzte Hand und strich Angie über den Kopf.

„Besser?", fragt sie fürsorglich.

Angie schluchzte auf und öffnete die Augen.

„Komm Motte, leg dich hin und kuschel dich ein. Soll ich dir einen Kakao machen?"

Josie erinnerte sich an einen der wenigen glücklichen Momente ihrer Kindheit. Sie war mit dem Fahrrad gestürzt und hatte sich den Arm gebrochen. Erst hatte ihre Mutter geschimpft, weil der Spiegel vom Rad abgebrochen war. Dann waren sie ins Krankenhaus gefahren. Sie hatte einen Gips bekommen. Zu Hause durfte sie im Bett ihrer Mutter liegen und bekam einen großen Becher heißen Kakao.

„Kakao", flüsterte Angie.

Josie zuckte zusammen. In den letzten Tagen gingen ihre Gedanken oft eigene Wege und sie konnte ihnen gar nicht richtig folgen. Wenn sie nicht auf dem Sofa lag, saß sie stundenlang am Fenster, starrte hinaus und dachte und fühlte nichts.

„Klar, Kakao."

Sie holte tief Luft und strich Angie die verklebten Haare aus dem Gesicht. Sie schleppte sich in die Kochecke und öffnete den Kühlschrank. Keine Milch da. Wasser ging auch. Sie nahm eine Tasse von der Spüle. Mist, voll mit

Zigarettenkippen, in der nächsten war noch ein Rest Kaffee. Darin schwammen zwei ertrunkene Fliegen. Ekel stieg in ihr hoch. Sie wandte sich ab und schlurfte ins Badezimmer. Die Zahnputzbecher waren bestimmt sauber, Zähne hatten sie schon lange nicht mehr geputzt. Ihr Blick fiel auf die Spiegelscherben und das Blut. Sie würgte und schlich zurück in die Kochnische.

Mit spitzen Fingern schnappte sie ein klebriges Glas und spülte es unter laufendem Wasser ab. Sie füllte Kakaopulver hinein und ließ Wasser aus dem Hahn laufen, bis es warm wurde. Das musste reichen. Sie rührte den Kakao um und hüpfte auf einem Bein zurück zur Schlafcouch. Ihr Fuß brannte höllisch. Durch das Hüpfen schwappte der Kakao aus dem Glas und klatschte auf den Teppichboden. Das musste sie gleich wegwischen.

„Motte, Kakao ist fertig", flötete sie.

Angie antwortete nicht. Sie schlief. Endlich. Das Handtuch um ihrer Hand war Blut durchtränkt.

Josie ließ sich auf die Couch fallen und trank einen Schluck Kakao. Er schmeckte furchtbar. Sie stellte das Glas mit dem Rest auf den Fußboden und sank ins Bett. Sie schlang die Arme um ihre Tochter und drückte sie an sich. Sie musste sich unbedingt ausruhen. Anschließend würde sie aufräumen.

Das Handy klingelte. Wo war das blöde Ding nur. Josefine schreckte hoch. Sie kletterte über die schlafende Angie. Die Kleine lag quer im Bett und schnarchte leise. Ihr Gesicht war gerötet und auf ihrer Stirn sammelte sich Schweiß. Bestimmt hatte sie Fieber. Auf dem Fußboden unter einigen Wäschestücken fischte sie ihr Handy hervor. Dabei stieß sie das Glas mit dem Rest Kakao um.

„Ja", meldete sie sich.

Bestimmt war es Cindy. Letzte Woche hatten sie sich am Telefon furchtbar gestritten. Cindy hatte erzählt, was sie alles mit Kevin machte. Basteln, malen, vorlesen. Es sei richtig entspannt zu Hause. Keine Termine mehr, kein Stress. Josie war kaum zu Wort gekommen.

Als Cindy endlich mal Luft holte und Josie gerade anfangen wollte zu erzählen, wie anstrengend sie alles fand, hatte Angie rumgeschrien, weil sie auch telefonieren wollte. Sie hatte der Kleinen eine Ohrfeige gegeben, damit sie still war. Nur ganz leicht, sie wollte ihrer Tochter ja nicht wehtun. Sie war nicht wie ihre Mutter. Natürlich hatte Angie nur lauter gebrüllt. Cindy hatte alles mitbekommen und Josie furchtbar angeschnauzt. Sie dürfe die Kleine nicht schlagen. Josefine hatte das Gespräch einfach weggedrückt. Seitdem herrschte Funkstille.

Es war nicht Cindy. Es war Frau Willomeit.

„Hallo Frau Wern. Ich wollte nur mal nachfragen, ob bei Ihnen alles in Ordnung ist?"

Josie holte tief Luft. Nichts war in Ordnung. Das Handtuch um Angies Hand war verklebt und blutig. Die Wohnung stank. Überall herrschte Chaos. Und sie war so müde.

Im Hintergrund hörte sie Stimmen.

„Ach, Frau Willomeit. Es ist alles schrecklich. Angie hat sich verletzt. Ich komme nicht klar. Ich kann nicht mehr. Bitte, bitte, können Sie nicht kommen?"

Josie merkte, wie flehend ihre Stimme klang. Jetzt bat sie tatsächlich die blöde Schnepfe um Hilfe. Doch wen sollte sie sonst fragen? Sie kam nicht mehr zurecht, dass spürte sie genau.

„Entschuldigung Frau Wern. Ich habe gerade nicht richtig zugehört. Meine Tochter ist im Homeschooling. Seien Sie froh, dass Angelina noch nicht zur Schule geht. Sie können sich nicht vorstellen, welche Erwartungen die Lehrer an die Kinder und an uns Mütter haben. Ich schaffe das im Moment alles nicht, Homeoffice und meine Kinder. Ich habe mich beurlauben lassen. Zum Glück kann ich das. Ich bin ja

Beamtin. Ist zwar weniger Geld, aber Geld ist in diesen Zeiten nicht so wichtig."

Beide schwiegen. Josies Blick irrte durch die Wohnung. Was hatte Frau Willomeit gesagt? Angie stöhnte leise.

„Frau Wern, sind Sie noch da? Ich wollte Ihnen nur sagen, dass ich nicht mehr für Sie zuständig bin. Vielleicht meldet sich eine Kollegin bei Ihnen. Sicher weiß ich das nicht. Die meisten Kolleginnen haben die gleichen Probleme. Fast alle haben Kinder."

Wieder herrschte Stille. Im Hintergrund hörte Josie die Stimmen von fröhlichen Kindern. Sie sangen.

„Okay, Frau Wern. Ich muss Schuss machen. Grüßen Sie Angelina von mir. Für alle Fälle habe ich Ihnen ja die Notfallnummer gegeben."

Die Stimme von Frau Willomeit klang inzwischen verunsichert.

„Frau Wern?"

Josefine drückte das Gespräch weg und schaltete das Handy aus. Sie war wie immer allein.

Sie legte sich neben ihre Tochter und zog die Decke über den Kopf.

Jana

Jana sah Dr. Prill an. Ihr Puls raste. Sie ballte die Hände zu Fäusten.

„Aber der Patient muss beatmet werden. Er stirbt sonst."

Ihre Stimme brach. Ihre Schultern bebten.

„Jana, darüber haben wir doch schon ausführlich gesprochen. Wir wussten alle, dass es früher oder später soweit kommen würde. Unsere Kapazitäten sind begrenzt. Der Patient ist 92. Er ist dement, er hat Diabetes. Lassen Sie ihn in Frieden sterben."

Jana schloss die Augen und atmete langsam tief ein. Das durfte nicht wahr sein.

„Mit der Beatmung hat er eine Chance. Lassen Sie uns nachsehen, ob anderswo Beatmungsplätze frei sind. Wir haben doch das Register. Wir müssen einen Rettungshubschrauber anfordern. Vielleicht schafft er es noch." Tränen rannen ihr über das Gesicht. Dr. Prill schüttelte den Kopf. Er legte ihr die Hand auf die Schulter.

„Jana, das haben Sie doch in Ihrer Ausbildung gelernt. In der Notaufnahme kommen wir immer wieder in solche Situationen. Dann müssen wir entscheiden. Wem helfen wir zuerst? Das gibt es auch bei schweren Unfällen mit vielen Verletzten. Das ist nicht einfach, auch für mich nicht, aber es gehört zu meinem Beruf. Und selbst wenn wir für den Mann einen freien Beatmungsplatz hätten, ich glaube nicht, dass er die Nacht überleben würde. Sein Allgemeinzustand ist viel zu schlecht."

„Bei schweren Unfällen behandeln wir die Patienten nacheinander, das ist klar. Aber wir lassen niemanden einfach zum Sterben liegen, nur weil er alt ist."

Jana merkte, wie trotzig sie klang. Am liebsten hätte sie mit dem Fuß aufgestampft wie ein kleines Kind. Sie unterdrückte ihre Wut und sofort verkrampfte sich alles. Sie kriegte keine Luft mehr. Einen Augenblick befürchtete sie zu ersticken.

„Jana", stieß Dr. Prill hervor. „Nun machen Sie es mir doch nicht noch schwerer. Wir kennen uns schon so lange. Sie wissen doch, dass ich mir das nicht leicht mache."

Seine Stimme klang gepresst.

„Wir Intensivmediziner haben vor drei Tagen zusammengesessen und genau so einen Fall durchgesprochen. Wir wussten, was auf uns zukommt. Wir haben klare Regeln aufgestellt. Ich habe keine andere Wahl."

Er drehte sich um und ließ Jana im Vorraum der Intensivstation zurück.

Jana sank auf den Boden. Mit dem Rücken lehnte sie sich an die Wand, zog die Knie an und umklammerte sie. Ihr Kopf fiel auf ihre Arme. Sie zitterte am ganzen Körper. Sie war bereits über zehn Stunden im Dienst. Seit einer Woche arbeitete sie in 12-Stunden-Schichten. Vier Tage Nachtschicht, einen Tag frei, vier Tage Tagschicht. Wie ein Hamster in einem Rad, die ewig gleichen Routinen. Ohne zu murren, hatte sie die Dienste übernommen. Im Gegensatz zu vielen Kolleginnen hatte sie keine Kinder, konnte sich ihre Arbeit ohne Rücksicht auf andere einteilen. Ruben sah sie selten. Sie stimmten ihre Arbeitszeiten nicht aufeinander ab. Er fehlte ihr. Seine Kraft, sein Optimismus. Sie arbeiteten, weil sie gebraucht wurden, weil sie Menschenleben retteten. Und nun das.

Jana schluchzte.

Ein lautes Piepen ertönte. Jana sprang auf, wischte sich die Tränen aus dem Gesicht. Routiniert ergriff sie eine neue Maske und zog sie über Mund und Nase. Dann eilte sie in den Raum mit den Intensivbetten.

Zwei Stunden später verließ sie die Klinik. Ihre Schicht war endlich vorbei. Sie schleppte sich über den Parkplatz und sank erschöpft ins Auto. Ihre Hände zitterten. Der 92-Jährige war vor einer halben Stunde gestorben, noch bevor die Beruhigungsmittel richtig wirken konnten. Er war elendig erstickt. Sie hatte an seinem Bett gesessen, obwohl dafür eigentlich keine Zeit mehr war. Er hatte ihre Hand so fest gedrückt, dass die Abdrücke noch zu erkennen waren.

Hinterher hatte Jana die Tochter angerufen und ihr erklärt, der Vater sei friedlich eingeschlafen. Nicht die erste Lüge in den letzten Tagen.

Sie stieß die Luft aus und straffte die Schultern. Morgen hatte sie dienstfrei. Endlich ausschlafen.

101

Sie musste nur noch einkaufen, dann konnte sie nach Hause ins Bett. Als Krankenschwester konnte sie jederzeit einkaufen. Sie hoffte, dass das Angebot in den Läden früh morgens nach ihrer Nachtschicht reichlich war. Sie brauchte Nervennahrung, eine Tafel Schokolade, eine Schachtel Pralinen.

Die Klinikkantine hatte ihren Betrieb eingestellt. Jana durchschaute die Gründe nicht. Die Patienten wurden weiterhin versorgt, nur das Personal musste sich selbst etwas zu essen mitbringen.

Angeblich konnten die Sicherheitsabstände in der Kantine nicht eingehalten werden. So ein Blödsinn. Sie beugten sich zusammen über hustende Patienten, entsorgten Erbrochenes der Infizierten, aber in der Kantine sollten sie Sicherheitsabstände gewährleisten.

Jana startete den Wagen und machte sich auf den Weg zu Rewe. Mit etwas Glück war Ruben zu Hause. Sie musste dringend mit ihm reden. Die Zeiten waren so stressig, dass sie nicht einmal mehr seinen Dienstplan kannte.

Jana hob die schweren Einkaufstaschen aus dem Auto. Sie hatte tatsächlich alles gefunden, was sie kaufen wollte. Das Geschäft war auch in den frühen Morgenstunden überfüllt gewesen, die Hektik hatte sie zusätzlich geschafft. Sie war völlig erschöpft.

Sie öffnete die Haustür und betrat den dunklen Flur. Es roch nach verkochtem Essen und ungewaschener Wäsche. Man merkte, dass die Tür nur selten geöffnet wurde und sich das Leben aller Mieter im Haus abspielte.

„Waren Sie nicht erst vorgestern einkaufen?"

Jana zuckte zusammen. Frau Wolf stand in ihrer offen stehenden Wohnungstür. Sie hatte die Arme in die Hüften gestemmt und sah Jana vorwurfsvoll an.

„Und überhaupt. Dass Sie sich noch hierher trauen. Ist das überhaupt erlaubt? Sie bringen doch nur die Krankheit mit ins Haus. Können Sie und Ihr Mann nicht in der Klinik übernachten?"

Frau Wolfs Stimme überschlug sich.

Janas Puls raste. Ihr Kopf dröhnte. Die Einkaufstaschen purzelten ihr aus der Hand. Ein Apfel kollerte die Treppe hinunter. Erst die Auseinandersetzung mit Dr. Prill, der Tod des Patienten, der Einkaufsstress und jetzt das. Jeden Abend standen die Menschen auf den Balkonen, klatschten und sangen für die „Helden der Pflege". Frau Wolf war bestimmt immer pünktlich mit dabei.

Der Alltag sah anders aus. Das Pflegepersonal wurde gemieden wie die Pest. Sie wurden beschimpft. Die Menschen gingen ihnen aus dem Weg. Eine Kollegin war sogar angespuckt worden. Besonders hart traf es die Kolleginnen in der Altenpflege. In den Pflegeheimen kam es regelmäßig zu schweren Infektionen. Auch das Personal steckte sich an. Darüber berichtete die Presse ausführlich. Das verstärkte die Angst der Menschen. Bei allem Verständnis, Jana fühlte sich verletzt und ausgegrenzt. Die Ovationen abends auf den Balkonen erschienen ihr wie der blanke Hohn. Das Blut schoss ihr in den Kopf, ihr Atem beschleunigte sich. Sie richtete sich auf und straffte ihr Schultern.

„Halten Sie bloß die Klappe", schrie sie die Nachbarin an. „Sie wissen doch gar nicht, wie es da draußen aussieht. Sie sitzen den ganzen Tag bequem in ihrer Wohnung, gucken Fernsehen und motzen blöd rum. Wir brauchen noch freiwillige Helferinnen zum Leichenwaschen. Melden Sie sich da mal."

Jana schnappte ihre Einkaufstüten und stampfte die Treppe hinauf. Den Apfel hatte sie vergessen. Sie hörte, wie unten die Wohnungstür zuknallte.

Oben in ihrer geöffneten Tür stand Ruben. Er zog sie in seine Arme und alle Anspannung fiel von ihr ab.

„Na, Engelchen, hast du mal richtig Dampf abgelassen?"

Jana schmiegte sich an ihn. Die Tränen flossen ihr über die Wange. Lange blieben sie engumschlungen stehen. Schließlich schob Ruben sie ein Stück von sich. Sein Hemd war von ihren Tränen durchnässt.

Er griff nach den Einkaufstaschen und trug sie in die Küche. Ein köstlicher Geruch erfüllte die Wohnung. Er dirigierte Jana ins Wohnzimmer direkt zum gedeckten Tisch und drückte sie auf den Stuhl.

„Essen ist gleich fertig. Angesichts unserer Dienstpläne habe ich beschlossen, dass jetzt Mittag ist oder von mir aus auch Abendessen. Such dir was aus. Ich habe Spaghetti Bolognese gemacht. Frisch gekocht. Nicht aus der Tüte."

Er lächelte vorsichtig und verschwand in der Küche.

Jana wischte sich die restlichen Tränen aus dem Gesicht. Stöhnend stand sie auf. Ruben wusste genau, dass sie so nicht essen konnte. Sie musste sich gründlich waschen und umziehen. Frau Wolf hatte grundsätzlich Recht. Es bestand immer die Gefahr, dass sie das Virus mit nach Hause brachte. Doch wen sollte sie anstecken? Aufgrund der Kontaktsperre traf sie außer Ruben und den Kollegen niemanden mehr. Naja, heute Frau Wolf im Hausflur. Aber die durfte ihre Wohnung eigentlich nicht verlassen.

Jana wusch sich mit kaltem Wasser, um die Müdigkeit zu vertreiben. Wie lieb, dass Ruben gekocht hatte. Ihr Magen knurrte.

„Jana, Essen ist fertig!"

Sie putzte sich schnell die Zähne, bürstete ihr Haar und trug etwas Lipgloss auf.

Sie trat ins Wohnzimmer und lächelte Ruben an. Auf dem Tisch stand eine brennende Kerze, neben den Tellern mit duftenden Spaghetti Weingläser.

„Du hast dir ja Mühe gegeben. Womit habe ich das verdient oder hast du ein schlechtes Gewissen?"

Sie griff nach Rubens Hand und drückte sie liebevoll. Er zog sie in seine Arme und wuschelte durch ihr Haar.

„Los essen, sonst wird es kalt."

Jana setzte sich. Hungrig ergriff sie Löffel und Gabel und rollte die Nudeln auf.

„Mmmh, lecker."

„Ach Engelchen, ich dachte, wir haben uns mal was Gutes verdient."

Ruben beugte sich über den Tisch und küsste sie zärtlich.

„Wie war dein Tag?"

„Pst."

Jana legte die Finger auf seine Lippen.

„Kein Gespräch über die Arbeit beim Essen."

Sie lächelten sich zu und aßen schweigend. Nur das Klappern des Geschirrs durchbrach die Stille.

Nachdem sie das schmutzige Geschirr in die Spülmaschine geräumt hatten, setzten sie sich mit dem restlichen Wein auf das Sofa. Es war 11 Uhr vormittags, doch ihr Biorhythmus war völlig durcheinander.

„Nun erzähl mal. Wie war dein Tag?"

Ruben drückte auffordernd Janas Hand.

„Wir haben heute einen Patienten einfach sterben lassen", brach es aus Jana hervor. Wieder flossen Tränen über ihr Gesicht.

„Nur weil er alt war, haben wir ihm nicht geholfen."

Janas Schultern bebten. Ruben zog sie an sich. Er strich ihr über das Haar.

„Wie furchtbar. Hattet ihr keine freien Beatmungskapazitäten mehr? Die Kriterien für die Triage wurden heute im Haus verteilt. Wir auf der Inneren mussten alle unterschreiben, dass wir sie gelesen haben und einverstanden sind."

Er schüttelte den Kopf.

„Aber in der Praxis ist das natürlich was anderes."

Er küsste ihr Haar und hielt sie fest umschlungen. Nach einer Weile griff er ein Taschentuch und wischte Jana die Tränen aus dem Gesicht. Sie hob den Kopf und lächelte ihn an. Wärme durchströmte ihr Herz. Sie hob die Hand und strich Ruben über die Wange.

„Und bei dir?"

„Nichts Besonderes, alles wie immer. Wir haben fünf kritische Patienten, die bestimmt zu euch auf die Intensiv müssen. Zwei konnten heute nach Hause. Die leichteren Fälle schicken wir so schnell wie möglich zurück in die häusliche Quarantäne. Trotz der zusätzlichen Betten aus der Chirurgie wird es langsam eng."

Jana schauderte. Wo sollten sie fünf weitere Beatmungsplätze hernehmen?

„Und hast du schon das Neueste gehört?"

Ruben schaute sie an.

„Die neuen Schutzmasken, die gestern aus China gekommen sind, taugen nichts. Die Hygieneabteilung hat sie vorsorglich getestet. Sie sahen wohl irgendwie verdächtig aus. Jedenfalls schützen sie genauso wenig vor Infektionen wie die selbstgenähten aus dem Handarbeitskreis. Du erinnerst dich? Die haben wir am Anfang gespendet bekommen."

Jana zuckte zusammen. Wie viele Masken hatten sie überhaupt noch auf Station?

Sie atmete geräuschvoll aus und sank tiefer in das Sofa. Der entspannte Augenblick war vorbei. Angst schnürte ihr die Kehle zu.

Sie schmiegte sich an Ruben. Eng umschlungen schliefen sie ein.

Vier Wochen später

Charlotte

„Mama!" Emilie hatte die Arme in die Hüften gestemmt. Ihr Gesicht war wutverzerrt. „Mia hat gaaanz laut Musik an und ich habe Homeschooling."

Bevor Charlotte antworten konnte, tönte es aus dem Kinderzimmer.

„Mama, ich muss kaka!"

Sie seufzte und warf einen letzten Blick auf ihren Laptop, auf dem die Präsentation für die neue Gesichtscreme geöffnet war. Abgabetermin war in zwei Stunden und sie hatte sich noch immer nicht für eine Farbe entschieden. Ansonsten war sie fertig.

„Mama, kaka kommt gleich!" Jakob brüllte.

Er musste die Rolf-Zuckowski-CD von Mia übertönen.

„Mann, könnt ihr nicht einmal leise sein. Charlotte, ich habe gleich eine Telefonkonferenz. Kannst du nicht endlich dafür sorgen, dass die Kinder ruhig sind. Das ist ja das reinste Irrenhaus hier. So kann ich nicht arbeiten."

Leon knallte die Tür zum Arbeitszimmer zu.

Irrenhaus? Nein, das war doppeltes Homeoffice, Homeschooling, Home-Kita und Home-Krippe auf 160 Quadratmetern. Und das seit 6 Wochen. Sie war Marketingexpertin, Hausfrau, Putzfrau, Lehrerin, Erzieherin, Mutter, Ehefrau..., die Aufzählung nahm einfach kein Ende. Leon war Unternehmensberater. Punkt. Seit der Ausgangssperre war er nicht einmal mehr Vater und Ehemann.

„Mama, ich muss Schularbeiten machen. Sag Mia, sie soll die Musik ausmachen."

Emilie. Den Kommandoton hatte sie eindeutig von Leon. Seit sechs Wochen terrorisierte sie zusammen mit ihm die ganze Familie.

Jakob kam breitbeinig ins Wohnzimmer.

„Kaka ist fertig", verkündete er stolz. Die Duftwolke gab ihm Recht.

Charlotte seufzte. Musste er gerade jetzt groß werden? Seit zwei Wochen weigerte er sich, eine Windel zu tragen. Unter Kontrolle hatte er sich jedoch nicht. Zu allem Überfluss hatte sie nun Berge an Wäsche und Pipiseen in allen Räumen. Wie viel einfacher war das bei den Mädchen gewesen. Da fand die Sauberkeitserziehung in der Krippe statt. Ihre Aufgabe bestand hauptsächlich darin, genug Wechselwäsche mitzugeben.

Sie hob ihren zappelnden Sohn hoch und trug ihn mit angewiderter Miene und ausgestreckten Armen ins Badezimmer. Zwischendurch rief sie:

„Mia, mach die CD leiser. Emilie muss lernen."

Sie setzte Jakob in die Badewanne und lauschte. Rolf Zuckowski schmetterte weiterhin in voller Lautstärke. Mia sang begeistert mit. Es klang furchtbar schief. Gesangsunterricht wäre etwas für sie. Sie hatte Spaß am Singen und es wäre wirklich schön, wenn sie nicht mehr ganz so schräg trällern würde. Emilie brüllte Mia an, die daraufhin zurück schrie. Die Musik wurde nicht leiser.

Sie zog Jakob Hose und Unterhose aus und legte sie mit spitzen Fingern ins Waschbecken. Sie drehte die Dusche auf. Jakob schrie. Er hasste duschen. Sie schnappte ihn und stellte ihn unter den Wasserstrahl. Er brüllte wie am Spieß. Mist, das Wasser war zu kalt. Sie hörte Leons Stimme.

„Ruhe, verdammt noch mal. Wie soll ich denn hier arbeiten?"

Er versuchte Mia und Emilie zu übertönen, was ihm tatsächlich gelang. Wieder knallte die Tür.

Sie nahm Jakob tröstend in den Arm. „Tut mir leid, dass mit dem Wasser. Ich habe nicht aufgepasst."

Sie pustete ihm ins Gesicht. Das brachte ihn zum Lachen.

„Mama, lieb", nuschelte er.

Sie küsste ihn auf die Stirn und vergrub ihre Nase in seinen Locken. Er roch nach Kleinkind.

„Ich hab dich lieb."

Die Kinder konnten auf keinen Fall etwas dafür. Seit sechs Wochen saßen sie zu fünft in der Wohnung. Nichts war mehr übrig von ihrem geordneten Familienleben. Zwei Karrieremenschen mit wohlgeratenem Nachwuchs, die Vorzeigefamilie schlechthin. Ihr damaliges Leben kam ihr vor, als hätte ein perfekter Marketingleiter es entworfen. Es brauchte nur einen Virus und von einem Moment auf den anderen zerbrach das Bild. Aus dem bunten Werbefilm wurde ein Psychothriller. Sie erlebten ihre persönliche Katastrophe.

In klaren Augenblicken wusste Charlotte, dass viele Menschen es schwerer hatten. Doch das half ihr nicht. Sie fühlte sich allein gelassen und überfordert. Leon hielt sich weiterhin aus allem heraus. Nach dem Gespräch vor vier Wochen war es zwei Tage etwas besser gelaufen. Seitdem wurde es von Tag zu Tag schwieriger. Er verabschiedete sich jeden Morgen um neun mit einem Kuss von ihr und den Kindern und verschwand in seinem Arbeitszimmer. Die Tür fiel hinter ihm ins Schloss und öffnete sich nur noch, wenn er mal zur Toilette musste, was zu essen brauchte oder um rumzubrüllen.

Gleich zu Beginn hatte er sein Homeoffice in ihrem gemeinsamen Arbeitszimmer eingerichtet, ohne sich mit ihr abzusprechen. Er faselte etwas von geregelten Arbeitszeiten, die jetzt besonders wichtig wären. Doch das galt nur für ihn.

Sie hatte es versäumt rechtzeitig zu protestieren. Ihr blieb als Arbeitsplatz der Esstisch im Wohnzimmer, dem Raum, in dem sich das gesamte Familienleben abspielte. Der Stuhl und der Tisch waren eine Katastrophe. Jeden Tag schmerzte ihr Rücken stärker. Abends hatte sie das Gefühl, jemand würde ihr Messer in die Wirbelsäule stechen. Da halfen keine Schmerzmittel mehr. Die Kinder folgten ihr, egal, wohin sie ging. Nicht einmal auf der Toilette hatte sie ihre Ruhe. Immerhin hatten sie genug Laptops im Haus. Eine Kollegin hatte ihr am Telefon erzählt, dass sie hauptsächlich auf dem Smartphone arbeitete, da ihr Mann den Familienlaptop nutzte und ihr Sohn für Homeschooling das Tablet brauchte.

Es war ungewöhnlich still in der Wohnung. Charlotte öffnete die Badezimmertür und schlich mit Jakob auf dem Arm zu den Mädchenzimmern. Emilie saß am Schreibtisch und spielte ein Spiel im Internet. Nach Schulaufgaben sah das nicht aus. Hauptsache sie war ruhig.

Mias Zimmer war leer. Die Rolf-Zuckowski-CD war zu Ende. Wo steckte die Kleine nur? Charlotte spürte, dass Mia besonders unter der Situation litt. Sie war die Sensible von ihren drei Kindern. Sie vermisste ihre Freundinnen aus der Kita. Emilie kommandierte sie ständig herum, mit Jakob konnte sie noch nicht richtig spielen. Im Gegensatz zu ihrer großen Schwester, die sich selbst am PC beschäftigte und gerne ein Buch las, spielte Mia am liebsten mit anderen Kindern: Einkaufen, Ponyhof, Tierarzt. Niemand in der Familie hatte Lust und Zeit, mit ihr zu spielen. Emilie fand solche Spiele blöd. Schließlich war sie ja bereits ein Schulkind. Die Mädchen waren sehr verschieden.

Wo war sie jetzt nur?

Charlotte brachte Jakob in sein Zimmer und setzte ihn in seine Kuschelecke. Sie drückte ihm seinen Lieblingsteddy in die Hand und stellte seine Toniebox an. Leise ertönte die Geschichte von Paw Patrol.

Charlotte überprüfte die Wohnungstür. Sie schlossen sie jetzt ab und legten den Wohnungsschlüssel oben auf den Bücherschrank. In den ersten Wochen der Ausgangssperre hatten Emilie und Mia mehrmals versucht, die Wohnung zu verlassen. Mia verstand nicht, warum sie ihre Freundin Sophie nicht besuchen durfte, die im selben Haus wohnte. Inzwischen hatten sie den Schlüssel seit über einer Woche nicht mehr benutzt. Damals war sie zum Einkaufen gefahren, allein, ohne die Kinder. Es war wie ein kleiner Urlaub vom Alltag. Die Regale waren ziemlich leer gewesen. Frisches Obst und Gemüse gab es kaum, da viele Produkte aus Italien und Spanien kamen, wo das Virus viel schlimmer wütete. Auch Tiefkühlprodukte waren knapp. Aber sie war rausgekommen, hatte andere Gesichter gesehen, wenn auch hinter Mund-Nasen-Schutz versteckt.

Verdammt, wo war Mia bloß? Verstecken war ein blödes Spiel.

„Mäuschen, Mäuschen, sag mal piep!", rief sie.

Mia antwortete nicht. Überhaupt war es so still wie seit langem nicht mehr. Ob sie sich einfach wieder an ihren Laptop setzen sollte? Ruhige Zeiten waren selten und die Präsentation musste unbedingt rechtzeitig raus.

Sie schlich sich ins Wohnzimmer. Plötzlich fiel etwas klirrend zu Boden, gleichzeitig schrie Mia auf. Charlotte stürzte in die Küche. Mia, von oben bis unten mit Mehl bedeckt, streckte ihr die blutende Hand entgegen. Ein tiefer Schnitt zog sich über Ring-, Mittel und Zeigefinger.

„Mensch, Mäuschen. Was hast du denn nun schon wieder gemacht? Kannst du nicht aufpassen! Wer macht denn den ganzen Dreck hier wieder weg?"

Eierschalen lagen auf dem Fußboden und Eiweiß rann die Schrankfronten hinunter. Dazwischen Scherben ihrer besten

Keramikschale. Die hatte sie beim letzten Urlaub in der Toskana gekauft.

„Ich", Mia schluchzte. „Ich wollte dir einen Kuchen backen, mit Apfel, damit du dich freust und nicht immer so traurig bist."

Das Blut tropfte weiter auf den Küchenfußboden, Mias Gesicht war schmerzverzerrt und die Tränen hinterließen Spuren in der Mehlschicht. Jakob kam in die Küche, sah seine Schwester und brüllte los. Charlotte erwachte aus ihrer Erstarrung, riss ein Geschirrhandtuch aus der Schublade und wickelte es um Mias blutende Finger. Musste das genäht werden? Ins Krankenhaus konnten sie jetzt wirklich nicht fahren. Sie zog Mia am unverletzten Arm.

„Halt das Handtuch ganz fest und leg dich ins Bett. Ich komme gleich. Den Arm schön hochhalten, hörst du. Das wird wieder. Wie bist du nur auf diese blöde Idee gekommen? Du weißt doch, dass du mit dem scharfen Messer nicht schneiden darfst."

Hastig warf sie einen Blick auf die Uhr. Noch eine Stunde, bis sie die Präsentation abgeben musste.

„Jakob, sei endlich still. Dir tut ja nichts weh. Das ist alles nicht so schlimm. Komm mit in dein Zimmer. Du darfst ein Paw-Patrol-Video angucken."

Begeistert folgte Jakob ihr in sein Kinderzimmer. Video schauen war für ihn das Tollste. Wie viele Stunden hatte sie den Kleinen in den letzten Wochen eigentlich mit dem Smartphone Videos gucken lassen? Pädagogisch sinnvoll war das nicht.

Sie holte die letzten drei Schokoriegel aus dem Schrank. Alle Kinder mit Schokolade bestechen, vielleicht konnte sie die Präsentation so doch noch schaffen. Sie suchte ein Video für Jakob heraus und drückte ihm Smartphone und Schokoriegel in die Hand, deckte Mia zu und startete erneut Rolf Zuckowski, wenn auch deutlich leiser. Sie legte ihr den Schokoriegel in die unverletzte Hand und strich ihr zärtlich über die Stirn. „Entschuldige, ich wollte nicht schimpfen. Den nächsten Kuchen backen wir zusammen, versprochen. Und ich bin nicht traurig. Ich habe nur furchtbar viel Arbeit", flüsterte sie. Als Letztes brachte sie Emilie den Schokoriegel, die fasziniert auf den Bildschirm starrte und irgendwelche Figuren abschloss. Was war das denn für ein Spiel? Sie hatte jetzt keine Zeit. Sie strich ihrer ältesten Tochter durchs Haar und schlich auf Zehenspitzen zurück ins Wohnzimmer. Dabei kam sie sich lächerlich vor. Sie bewegte sich in ihrer eigenen Wohnung inzwischen wie auf einem Minenfeld. Noch 45 Minuten. Wenn sie heute wieder nicht rechtzeitig fertig wurde, würde es richtig Ärger geben. Sie war mit dem gesamten Projekt im Verzug. Zwar verschwand sie abends, wenn die Kinder endlich schliefen und Leon mit einem Glas Wein die neuesten Nachrichten im Fernsehen sah, mit ihrem Laptop im Schlafzimmer, um im Bettoffice alles nachzuarbeiten. Trotzdem schaffte sie nicht einmal die Hälfte von dem, was ihr Chef von ihr erwartete. Das Arbeitszimmer war sogar abends tabu. Leon konnte seine wichtigen Papiere nicht jeden Tag zum Feierabend wegräumen, hatte er betont. Wenn er ins Schlafzimmer kam, um ins Bett zu gehen, zog sie mit ihrem Laptop wieder ins Wohnzimmer um. Sie kam sich vor wie eine Wanderarbeiterin. Vertrieben und heimatlos.

Sie vertiefte sich in ihre Arbeit.

„Wie sieht es denn hier aus? Charlotte, hast du dir die Küche mal angeguckt. Die sieht ja aus wie nach einem Massaker. Und überhaupt. Es ist halb eins. Was gibt es denn heute zu essen?"

Leon stand in der Wohnzimmertür und sah sie entrüstet an.

Was hatte sie an diesem Mann einmal geliebt?

„Mama, ich habe Pipi gemacht."

Jakob erschien hinter seinem Vater in der Tür.

„Mama, bei Mia ist alles ganz eklig voll Blut. Sie hat auch Momo vollgeblutet." Emilie schnaubte. Momo war ihr geliebtes Kuscheltierpony.

In dem Moment klingelte ihr Smartphone, auf dem das Kindervideo für Jakob lief. Die Mailbox sprang an.

„Frau von Mülensiefen. Wir warten seit einer halben Stunde auf Ihre Präsentation. So geht das nicht. Bitte rufen Sie mich umgehend zurück."

Charlotte riss Jakob das Smartphone aus der Hand, knallte den Laptopdeckel zu, zog den Stecker aus der Steckdose und reckte sich nach dem Wohnungsschlüssel auf dem Schrank.

„Ihr könnt mich alle mal. Und du, Leon, kümmerst dich jetzt endlich mal um deine Kinder."

Sie schloss die Wohnungstür auf. Ohne sich umzudrehen, knallte sie die Tür zu. Sie musste hier weg. Ihre Eltern hatten ein Ferienhaus an der Ostsee. Hoffentlich schaffte sie es unbemerkt bis dahin. Ansonsten kam sie vielleicht ins Gefängnis, aber das war egal. Auf jeden Fall hatte sie nach sechs Wochen endlich mal ihre Ruhe.

Hinter der Tür hörte sie die Schreie der Kinder. Leon war still.

Frieda

Frieda blickte aus dem Fenster hinab auf die Blumenrabatten vor dem Eingang des Seniorenheims. Welke Narzissen und Tulpenstängel lugten zwischen den Löwenzahnblüten hervor. Seit sechs Wochen hatte der Gärtner keinen Zutritt mehr zum Gelände. Sie seufzte. Alles hatte sich verändert. Die ehemals gepflegte Anlage sah verwahrlost aus. Lediglich die Autos der Pflegekräfte standen auf dem Parkplatz vor dem Haus. Besuche waren nicht erlaubt. Niemand kam. Sie war allein.

114

Ihr Blick fiel auf die niedrige Anrichte. Mit zitternden Händen griff sie nach dem Foto ihrer Urenkelin. Zärtlich berührte sie den kleinen Kopf mit ihrem Zeigefinger. Wie winzig das Gesicht war. Die Augen sahen so hoffnungsvoll in die Zukunft. Was würde das Leben wohl für sie bringen? Wie hieß die Kleine noch? Sie hatte den Namen schon wieder vergessen. Das Foto hatte ihr Birte geschickt, damals als die Post noch zugestellt wurde. Karin hatte nicht angerufen. Seit vier Wochen hatte sie nicht mehr mit ihrer Tochter gesprochen. Ein paar Mal hatte zum Hörer gegriffen, einmal hatte sie sogar die Nummer gewählt, aber aufgelegt, sobald das Freizeichen ertönte. Was sollte sie erzählen? Es passierte nichts.

Frieda lauschte. Es war still, als wäre sie der letzte Mensch auf dieser Welt. Oder war sie nicht mehr auf dieser Welt? War sie bereits gestorben? War dies der Himmel oder die Vorstufe zur Hölle? Sie schüttelte den Kopf, um die Gedanken zu vertreiben. Sie hatte nie an ein Leben nach dem Tod geglaubt und würde auch jetzt nicht damit anfangen. Gott hatte ihr nie geholfen, selbst damals nicht, als sie ihn um Hilfe angefleht hatte.

Das ehemals geschäftige Treiben in der Seniorenwohnanlage war vollständig zum Erliegen gekommen. Nicht einmal das Geschirr klapperte. Nicht, dass es früher lebhaft gewesen wäre, Seniorenheime waren stille Orte, doch nun war alles verstummt. Keine lachenden Stimmen des Pflegepersonals, kein Gesang des Seniorenchors. Die Kinder des benachbarten Kindergartens kamen nicht mehr zu Besuch. Niemand kam. Nicht die Kinder, nicht die Enkel, nicht die Ehepartner, die sonst jeden Tag gekommen waren, um ihren Mann oder ihre Frau zu besuchen, wenn die Kräfte nicht mehr ausreichten, um sie zu Hause zu betreuen.

Die Tage zogen sich bis zur Unendlichkeit. Es gab keine Zerstreuung, keine Gymnastik, kein Gedächtnistraining, keine gemeinsamen Lesestunden. Selbst das Essen wurde nicht zusammen im großen Saal eingenommen. Die Pflegekräfte brachten es wortlos in die Zimmer und nahmen das Geschirr und die Essenreste der letzten Mahlzeit erst wieder mit, wenn sie die neue Mahlzeit lieferten. Sie sollten die Räume der alten Menschen so selten wie möglich betreten, jeden unnötigen Kontakt vermeiden. Unnötiger Kontakt, dachte Frieda. Menschen brauchen Kontakt.

Ein einziges Mal hatte sie sich heimlich aus dem Zimmer geschlichen, um Emma zu besuchen. Bereits auf dem Flur hatte sie eine Altenpflegerin abgefangen und ihr gedroht. Wenn sie ihr Zimmer verlasse, müsse man sie einschließen. Einmal am Tag kam eine Schwester und holte sie zu einem Spaziergang ab. Fünfzehn Minuten frische Luft. Dies war ihr Gefängnis, die Strafe für alle Fehler, die sie in ihrem Leben gemacht hatte. Oder doch die Vorstufe zur Hölle?

Sie hatte das Gefühl, als hätte sie seit Tagen nicht mehr gesprochen. Vielleicht war es ja so. Welcher Wochentag wohl heute war? Die Tage flossen ineinander, jeder Tag, jede Stunde, jede Minute glich der vorangegangenen. Es gab keine Abwechselung, keine Routine, keine Zeit. Es gab nur noch die Träume der Vergangenheit.

„Sag mir das Wort, das dereinst mich betört. Lang, lang ist's her, lang, lang ist's her ...", sang Frieda leise und erschrak. War sie das, dieses heisere Krächzen? Sie hatte doch eine klare, glockenreine Stimme. Thea sagte immer, sie klänge wie eine Nachtigall, sogar noch schöner. Thea hatte einen kräftigen Alt und spielte Klavier. Sie sangen oft im Duett. Wann hatten sie eigentlich das letzte Mal gemeinsam musiziert?

Frieda seufzte und starrte weiter aus dem Fenster. Zwei Amseln stritten sich unten auf dem Parkplatz um einen Regenwurm, ein Schmetterling flatterte an ihrem Fenster vorbei.

Es klopfte hart an der Tür. Frieda zuckte zusammen. Kam der Karl nach Hause? Sie hatte nichts Verbotenes getan, nicht einmal gedacht. Bevor sie reagieren konnte, öffnete sich die Tür und eine Frau betrat das Zimmer. Frieda erinnerte sich. Das war nicht die Mutter, das war Schwester Birgit. Holte sie sie zum Spaziergang?

Frieda mochte die Pflegerin, die oft lächelte und in den meisten Fällen einen aufmunternden Spruch auf den Lippen hatte. Ihr herzhaftes Lachen war regelmäßig in den Gängen des Heimes zu hören und sie war jederzeit zu Späßen aufgelegt. Doch auch sie war verstummt. Eine selbstgenähte Schutzmaske bedeckte Mund und Nase, so dass Frieda ihren Gesichtsausdruck nicht erkennen konnte. Das Lächeln in ihren Augen war erloschen. Sie sah müde aus. Über der normalen Arbeitskleidung trug sie einen Plastikoverall, der aussah, als wäre er aus alten Müllsäcken zusammengeklebt. In den Händen hielt sie ein Essenstablett, darauf ein Teller mit zwei Scheiben Brot mit Margarine und Wurst sowie eine Tasse Hagebuttentee. Früher gab es das Abendessen im großen Saal vom Büfett, jeder konnte auswählen, was er essen wollte. Und es gab immer etwas Frisches, einen Salat, einen Joghurt oder Obst. Die Zeiten hatten sich geändert. Wahrscheinlich sollte sie dankbar sein, dass sie überhaupt drei Mahlzeiten am Tag bekam.

Hunger kannte Frieda aus den Jahren nach dem Krieg. Sie hatte oft gehungert. Wie lecker hatten ihr damals die gekochten Kartoffeln mit ein bisschen Margarine geschmeckt. Da durfte sie über Margarinebrot mit Wurst nicht meckern. Was würde die Mutter sonst von ihr denken? Sie wurde jeden Tag satt. Wer sich nicht bewegte, brauchte nicht viele Kalorien. Ob ihre Beine sie überhaupt noch trugen?

Der Hunger heute war schlimmer, er ließ sich nicht stillen. Es war der Hunger nach Kontakt, nach einem lieben Wort, nach einer Berührung. Er schmerzte am ganzen Körper, nicht nur im Magen.

Schwester Birgit stellte das Tablett auf den niedrigen Tisch und räumte das Mittagsgeschirr zusammen. Dann wandte sie sich zum Gehen. Sie sagte nichts, sah Frieda nicht an. Frieda verstand sie. Jeder hatte seine eigenen Sorgen und Nöte in dieser Zeit. Die Altenpflegerinnen arbeiteten hart, jedenfalls die, die noch zum Dienst kamen. Einige erschienen nicht mehr, hatten Angst ihre Wohnungen zu verlassen, betreuten zu Hause ihre Kinder oder pflegten erkrankte Angehörige. Jedem, der sich heute noch um fremde alte Menschen kümmerte, musste man dankbar sein, aber ohne ein einziges Wort.

Frieda räusperte sich. Hoffentlich versagte ihre Stimme nicht.

„Schwester Birgit, darf ich Sie etwas fragen?"

Sie merkte wie zaghaft, wie unsicher sie klang.

„Frau Meyer, geht es ihr gut?", setzte sie schon fester nach.

Emma Meyer, ihre einzige Freundin, der einzige Mensch, mit dem sie ihr Leben noch teilte. Sie hatte sich oft über sie geärgert, doch jetzt fehlten ihr die sich ständig wiederholenden Geschichten, die Lobreden auf den Sohn, die gemeinsamen Spaziergänge. Sie vermisste Emma ebenso wie Karin, Birte und das neugeborene Ur-Enkelkind. Ihr Herz klopfte schwer in ihrer Brust.

Schwester Birgit drehte sich um. Tränen standen in ihre Augen.

Sie griff nach Friedas Händen und drückte sie. Durch die Gummihandschuhe spürte Frieda die Kälte.

„Frieda, erinnern Sie sich denn nicht mehr? Wir haben das Virus im Haus. Emma Meyer war die Erste, die daran gestorben ist. Inzwischen sind es fünfundzwanzig Bewohnerinnen und Bewohner."

Abrupt ließ Schwester Birgit Friedas Hände los und stürmte aus dem Zimmer. Frieda drehte sich um und blickte wieder hinab auf die Blumenrabatte. Die Vögel waren davongeflogen. Nichts regte sich. Emma war tot. Wie hatte sie das vergessen können? Tränen flossen ihr über die Wangen. Sie zog ein Taschentuch aus ihrer Strickjacke und hustete.

Anna

Anna packte drei Äpfel, eine Banane und ein frisches Brot in die Einkaufstasche, in der bereits sechs Eier und ein Liter Milch lagen. Sie streckte den schmerzenden Rücken und hob die Tasche an. Schwer war sie nicht. Das würde sie schaffen. Vier Kilometer musste sie vom Supermarkt bis zu ihrer Wohnung laufen. Seit drei Wochen fuhren die Busse nicht mehr. Das hieß für sie morgens und abends eine Stunde Fußweg durch die verwaisten Straßen, sieben Tage die Woche. Bis vor zehn Tagen war sie mit dem Fahrrad zur Arbeit gefahren. Am vergangenen Donnerstag hatten sie ihr, sie konnte es selbst kaum glauben, das Rad geklaut, das sie hinter dem Aldi abgestellt hatte. Unvorstellbar. Es herrschte Ausgangssperre, Polizisten kontrollierten jeden, der sich im Freien bewegte und ihr klauten sie den Drahtesel. Sie wurde in der letzten Zeit vom Pech verfolgt.

Obwohl, ihr Job als Verkäuferin bei Aldi hatte im Moment viele gute Seiten. Während die restliche Bevölkerung circa alle acht Tage feste Einkaufszeiten zugeteilt bekam, hatte sie jeden Abend die Möglichkeit, eine Kleinigkeit mitzunehmen. Pro Tag begrenzt auf zehn Euro und natürlich musste sie die Sachen bezahlen, aber im Gegensatz zu vielen anderen hatten sie und Ben täglich etwas Frisches zu essen. Dafür saß sie sieben Tage die Woche zwölf Stunden an der Kasse oder räumte die spärliche Neuware in die leeren Regale. Laut Verordnung durften nicht mehr als zwanzig Personen gleichzeitig in den

Laden. Daher waren die Öffnungszeiten erweitert worden. Jeder erhielt seinen Einkaufstermin per SMS mitgeteilt, oft recht kurzfristig. Nur wer die SMS vorzeigte, durfte das Geschäft betreten und hatte eine halbe Stunde Zeit zum Einkaufen. Blöd war es, wenn das, was man brauchte und kaufen wollte, nicht da war. Besonders zu Ladenschluss waren die Regale oft leer und die Kunden frustriert oder aggressiv. Heute Abend hatte sie wieder so ein aufgeblasener Schnösel angegiftet, der sonst bestimmt nicht bei Aldi einkaufte. Er bekomme immer die Abendtermine, das sei alles Schikane. Er hatte über die Absperrung gegriffen, sie hart am Arm gepackt und angeschrien. Dabei war sein Speichel nur so durch die Luft geflogen. Sein schmuddeliger Mundschutz war ihm verrutscht. Sie hatte wirklich Angst bekommen. Hoffentlich war er nicht infiziert. Sie konnte doch nichts dafür. Sie war nicht für die Terminvergabe zuständig, nicht für die Knappheit, nicht für den ganzen Mist. Sie machte nur ihre Arbeit. Glücklicherweise war Herr Hausen sofort gekommen und hatte dem Typen Hausverbot erteilt. Überhaupt war Herr Hausen in den letzten Wochen sehr viel umgänglicher geworden und packte überall mit an.

Müde zog sie sich die Handschuhe aus und löste ihren Mund-Nasen-Schutz. Beides musste sie bei der Arbeit tragen. Hygienevorschrift. Ihre Gesichtshaut war gerötet, eine Stelle nässte. In den letzten Tagen war es warm geworden und trotz der Klimaanlage fiel ihr das Atmen hinter der Maske schwer. Die Hände waren rau und rissig. Sie schwitzte in den Handschuhen. Sie griff nach einer Tube Handcreme und massierte die schmerzenden Finger.

Sie legte die Teile in das kleine Körbchen mit ihrem Namen. Morgen würde sie beides wieder benutzen. Neue gab es schon lange nicht mehr. Die jetzigen benutzte sie seit fünf Tagen. Da war die letzte Lieferung gekommen. Immerhin hatten sie gestern neue Desinfektionstücher bekommen. Jeden

Abend, bevor sie die Filiale verließ und selbstverständlich auch morgens, sobald sie kam, desinfizierte sie sich die Hände. Ob das was half? Sie schüttelte den Kopf. Wahrscheinlich nicht, besonders, wenn die Kunden sie quasi anspuckten.

Mit Hilfe des Tuchs drückte sie die Tür auf und ging nach draußen. Es war schon dunkel, 22 Uhr. Die Läden öffneten jetzt alle von 10 Uhr morgens bis 22 Uhr abends. Sie warf den Lappen in den bereitstehenden Abfallkorb, hängte sich die Tasche über die Schulter und machte sich müde auf den Weg. Die Straßen waren einsam, trotz der leuchtenden Laternen wirkte alles gespenstisch. Plötzlich hörte sie Schritte hinter sich. Ein Schauder rann ihr über den Rücken. Fest umklammerte sie ihre Einkaufstasche. Letzte Woche war Frau Hinz auf dem Heimweg überfallen worden. Es hatte sich herumgesprochen, dass die Verkäuferinnen abends regelmäßig Lebensmittel mit nach Hause nahmen. Der Kollegin war nicht viel passiert. Als der Dieb ihr die Tasche entrissen hatte, war sie gestürzt und hatte sich am Arm verletzt. Am schlimmsten war der Schock gewesen und am nächsten Tag musste sie wieder arbeiten. Frei gab es nicht. Ihr Mann hatte versucht, eine Sonderausgangsgenehmigung zu erhalten, um sie wenigstens im Dunkeln abzuholen. Das war nicht bewilligt worden. Es gab kaum Ausnahmeregelungen von der Ausgangssperre. Nach zwei Tagen meldete sich Frau Hinz krank.

Anna beschleunigte ihre Schritte. Sie traute sich nicht, sich umzudrehen. Sie hörte ihren eigenen keuchenden Atem und das Herz klopfte ihr bis zum Hals.

„Anna, nun warte doch mal.“

Das war die Stimme von Julia. Anna fiel ein riesiger Stein vom Herzen. Erleichtert blieb sie stehen.

„Mensch, Julia. Du hast mich fast zu Tode erschreckt. Was machst du überhaupt hier? Du weißt doch, dass wir nicht zusammen gehen dürfen.“

Auch so eine blöde Regelung. Niemand durfte sich mehr privat treffen, nicht einmal draußen.

„Ich weiß", Julia winkte lässig ab. „Den ganzen Tag labern uns die Kunden voll, sitzen wir nebeneinander an der Kasse, gehen auf das gleiche Klo, aber abends dürfen wir nicht zusammen nach Hause gehen. Das ist doch Schwachsinn."

„Du hast ja Recht, aber auch um diese Zeit sind noch Polizeistreifen unterwegs. Gestern Abend musste ich meinen Passierschein vorzeigen."

Anna sah sich besorgt um.

„Na und, was sollen sie denn machen? Uns das Arbeiten verbieten? Da wäre ich inzwischen froh drüber. Am Anfang habe ich mich echt gefreut, wenigstens kommen wir so noch aus der Wohnung. Torre und Kay hängen den ganzen Tag zu Hause rum und gehen sich gegenseitig auf die Nerven. Aber inzwischen halte ich das alles nicht mehr aus."

Julia griff nach Annas Arm.

„Ich kann das nicht mehr. Heute war ein altes Mütterchen im Laden, mit Rollator und so. Die packt ihre paar Teile aufs Band, ich scanne ein, sage 8 Euro 75 Cent. Sie zückt ihr Portemonnaie und fängt an zu weinen. Sie hat richtig verzweifelt geschluchzt. Ich nehme ihr die Geldbörse aus der Hand, sind noch 70 Cent drin. Die Rente kommt erst morgen, hat sie mir erzählt und sie weiß nicht, wann sie das nächste Mal zum Einkaufen darf. Ist doch alles Mist so was."

Julia klang aufgebracht. Sie hielt Annas Arm fest umklammert. Es tat richtig weh. Anna machte sich los.

„Ich weiß, aber wir können sowieso nichts tun. Geh nach Hause. Wenn die uns zusammen erwischen, werden die uns sicher nicht das Arbeiten verbieten. Wir sind ‚systemrelevant'."

Anna sprach bei dem für sie ungewohnten Begriff die Anführungszeichen mit. „Nee, arbeiten müssen wir morgen trotzdem, aber die Geldstrafen, die sind happig. Die arbeiten wir noch bis zur Rente ab."

„Wie auch immer. Ich muss mir das alles mal von der Seele reden. Weiß du, Kay hängt nur zu Hause rum. Ihm fällt die Decke auf den Kopf und jeden Tag muss ich ihm Alkohol mitbringen, damit er seinen Frust ertränken kann. Er beneidet mich, weil ich arbeiten ‚darf‘“, dieses Mal setzte Julia die Anführungsstriche, „und er als Zimmerer zu Hause bleiben muss. Dabei weiß er überhaupt nicht, wie es hier draußen inzwischen ist. Nur immer blöde Sprüche. Sonst nix. Torre und er zicken sich den ganzen Tag an und du glaubst gar nicht, wie die Wohnung aussieht, wenn ich nach Hause komme. Sei froh, dass du keinen Kerl zuhause hast.“

Julia hatte Tränen in den Augen. Die Freundinnen schwiegen.

„Und wie ist es bei dir?“

„Ach, ich mache mir ständig Sorgen um Ben. Ich schlafe kaum noch. Er ist den ganzen Tag allein zu Haus, dabei ist er erst zehn. Ich fürchte, er sitzt die ganze Zeit an der Konsole und daddelt. Morgens schläft er, wenn ich losgehe. Abends, wenn ich nach Hause komme, ist er entweder schon wieder eingeschlafen oder er fragt nur, was ich zu essen mitgebracht habe, und verschwindet gleich wieder zum Daddeln in seinem Zimmer. Das ist nicht gut, wirklich nicht. Er redet überhaupt nicht mehr mit mir. Ich weiß nicht, was aus dem Jungen werden soll, wenn das alles noch lange dauert.“

Auch Anna hatte Tränen in den Augen.

Kurz nahmen sich die beiden Freundinnen in den Arm. Erschrocken wichen sie zurück und lachten verlegen. Körperkontakt zwischen Nicht-Familienmitgliedern war strengstens verboten.

„Mach‘s gut“, murmelte Anna.

„Ich ruf‘ dich an!“, raunte Julia. „Wir müssen reden. Das schafft keine von uns allein.“ Sie drehte sich um und trottete mit gesenkten Schultern davon.

Anna schlurfte weiter die Straße entlang. Sie fühlte sich wie eine alte Frau. Wie lange sie wohl noch durchhielt? Zwölf Stunden täglich arbeiten, der anstrengende Fußweg und die ständige Sorge um Ben. Vor zehn Tagen hatte sie das letzte Mal frei bekommen. Eigentlich wäre heute ihr freier Tag gewesen, doch zwei Kolleginnen hatten sich infiziert und Aushilfen waren wegen des Infektionsrisikos nicht mehr zu finden.

Endlich hatte sie ihr Mietshaus erreicht. Keine Menschenseele war ihr begegnet, nachdem sie sich von Julia verabschiedet hatte. Sie schloss die Haustür auf. Noch vier Treppen, dann war sie zu Hause. Sie wechselte zum letzten Mal die Einkaufstasche in die andere Hand und zog sich langsam am Geländer hoch. Sie war so müde. Hoffentlich schlief Ben schon.

Sie schloss die Wohnungstür auf. Alles still. Erleichtert atmete sie aus. Sie öffnete die Tür zum Kinderzimmer. Bens Bett war leer. Darauf lag ein Zettel:

„Ich bin dann mal weg. Du bist ja nie da. Ich muss was erledigen. Mach dir keine sorgen. Dein Sohn Ben."

Annas Beine gaben nach. Mit einem verzweifelten Schrei sank sie auf den Fußboden.

Josefine

„Achtung, Achtung! Hier spricht die Polizei. Bitte bleiben Sie in Ihren Wohnungen. Das Verlassen der Wohnung ist polizeilich untersagt. Bitte halten Sie sich an die Anweisungen."

Josefine schloss das Fenster. Die Stimme drang weiter in die Wohnung:

„Achtung, Achtung! Zuwiderhandlungen werden mit einer Freiheitsstrafe von bis zu fünf Jahren geahndet. "

Seit Tagen ging das so. Tag und Nacht. Josefine konnte es nicht mehr hören. Jaja, sie blieb in der Wohnung. Wo sollte sie sonst hin?

„Mama, Durst. Mir ist kalt."

Angelinas Stimme klang quengelig. Die Kleine starrte Josie trotzig an. Sie verzog das Gesicht zu einer Grimasse. Sie sah aus wie ein grässliches Monster. Josefine starrte zurück. Angie schlug die Augen nieder.

„Mama, Durst."

Unter ihren Augenlidern sammelten sich Tränen und rannen über ihr rotzverschmiertes Gesicht. Josefine griff die Kleine am Arm und zog sie hinter sich her.

„Komm mit. Du gehörst ins Bett. Mama braucht auch mal ihre Ruhe."

Angie stemmte sich mit ihren nackten Füßen auf den Boden und wehrte sich heftig.

„Nein, nicht Bett. Durst. Will nicht!"

Josie zog Angie weiter am Arm hinter sich her.

„Will nicht, will nicht. Ich will auch nicht. Seit sechs Wochen mit dir hier eingesperrt. Das will ich auch nicht. Und nun ab ins Bett und Klappe halten."

Sie hob die widerstrebende Angie hoch und öffnete die Tür zur Abstellkammer. Zwischen alten Werbeprospekten, Müllsäcken und einem kaputten Staubsauger lag eine Decke auf dem Boden. Seit einer Woche brachte sie das Kind immer mal wieder hierher. Sie brauchte schließlich ab und zu ihre Ruhe. Angie machte die ganze Zeit Lärm, zog an ihr herum, stellte Forderungen. Josie hatte keine Kraft mehr. Mit einer schnellen Bewegung setzte sie die Kleine ab. Das Mädchen klammerte sich an ihr Bein.

„Nein, will nicht."

Josie riss sich los, drehte sich hastig um und zog die Tür hinter sich ins Schloss. Schnell zog sie den Schuhschrank vor die Tür. Nun war hoffentlich Ruhe. Vorhin war es Angie gelungen, die Tür zu öffnen. Das war neu. Bisher hatte sie das noch nie geschafft.

Hinter ihr bollerten Hände gegen die Tür und sie hörte vereinzelte Schluchzer.

„Mama, Durst."

„Ist ja gut", murmelte sie. „Später, Mama hat jetzt keine Zeit."

Sie wandte sich ab, tapste zurück in den Wohn-Schlafraum und schloss die Zimmertür. Sie war so müde. Sie stieß sich die nackten Zehen an ein paar herumliegenden Bauklötzen. Überall Spuren des Kindes. Sie verzog das Gesicht und fiel auf die Couch. Nun war es endlich ruhig, aber die Ruhe war kaum zu ertragen. Sie stellte das Radio an.

„Auch nach sechs Wochen Ausgangssperre ist die Zahl der Infizierten weiter gestiegen. In den …"

Josie drehte an allen Knöpfen. Das konnte sie nicht mehr hören. Sie brauchte Musik, sie brauchte Licht, sie brauchte Luft. Endlich hatte sie gefunden, was sie suchte. *Patty Smith, Because the Night.* Uralt, laut und heftig. Sie stellte das Radio auf volle Lautstärke, schnappte sich die Bierflasche von der Fensterbank und wiegte ihren sehnigen Körper im Rhythmus des Liedes. Ihre strähnigen, fettigen Haare fielen ihr ins Gesicht. Friseur wäre gut oder ein Treffen mit Cindy, ihrer Freundin. Die hatte mal eine Ausbildung zur Friseurin angefangen und schnitt ihr ab und zu die Haare.

Sie zog eine Zigarette aus der Schachtel. Die letzte. Zwei Schachteln lagen noch auf dem Tisch – und dann? Vor sechs Tagen war sie Einkaufen gewesen. Einkaufen war gut. Sie lachte höhnisch auf. Wovon sollte sie denn die Sachen bezahlen? Geld war immer knapp, aber da gab es noch die Tafeln und Angie hatte im Kindergarten gegessen. Jetzt war das Gör den ganzen Tag zu Hause, wollte essen, wollte trinken, wollte spielen, machte Lärm. Nur schlafen wollte sie nicht und nicht gehorchen. Ständig war sie im Weg.

Mit zitternden Fingern zündete Josefine die Zigarette an. Egal, wenn die Kippen alle waren, würde sie eine Lösung finden. Irgendwann würde man sie schon wieder einkaufen lassen. Sie hatte schließlich ein Kind zu versorgen. Sie hatte zwar kein Geld mehr, aber der Typ von gegenüber, der hatte bestimmt noch was. Der dackelte jeden Tag zur Arbeit, war systemrelevant. Was das bedeutete, wusste sie nicht genau. Das Wort kam immer wieder in den Nachrichten. Er war bei der Müllabfuhr. Ein guter Fick war dem gewiss was wert, vier Schachteln mussten drin sein. Seine Alte war schon vor der Krise weg.

Josefine starrte aus dem Fenster. Verlassen lag der Kinderspielplatz da. Nicht, dass sie sonst regelmäßig mit Angie draußen gewesen wäre. Aber manchmal doch. Jetzt erschien es ihr so friedlich. Angie hatte mit einer Schaufel im Sand gespielt, sie hatte auf der Bank gesessen und Pläne gemacht, für später, wenn Angie groß war und sie zusammen Party machen konnten. Josie hob die Bierflasche. Leer. Sie schleuderte sie auf den Fußboden, wo sie unter das Sofa rollte.

Wieder die Stimme des Nachrichtensprechers:

„Die Bundeskanzlerin fordert die Bevölkerung auf, in diesen schweren Zeiten ..."

Sie riss das Radio vom Schrank. Scheppernd fiel es zu Boden. Sie konnte das nicht mehr hören. All dieses hohle Gerede von Zusammenhalt, von Wirtschaft, von Hilfe. Wer half denn ihr? Bekam sie Hilfe? Sie saß mit dem quengeligen Kind auf 25 Quadratmetern, Bier war alle und die Zigaretten

127

gingen zur Neige. Zu essen war kaum noch was da. Beim letzten Einkauf waren die Regale fast leer gewesen. Überhaupt: Wie sollte sie für zwei Wochen im Voraus einkaufen? Woher sollte sie wissen, was das Balg für zwei Wochen brauchte? Sonst ging sie wöchentlich zur Tafel, die Lütte aß im Kindergarten und ab und zu kaufte sie beim Aldi Chips und Pizza. Das aß die Kleine gern. Aber für 14 Tage? Sie hatte Zigaretten gekauft und Bier, fünf Tüten Chips und Nudeln, weil keine Pizza mehr da war. Dann war das Geld weg. Jetzt war fast alles aufgebraucht. Nur zwei Schachteln Zigaretten noch. Sie riss ein neues Päckchen auf und zündete sich eine an. Egal, wer weiß, was morgen war.

Ihr Blick fiel auf den Fußboden. Leere Bierflaschen, Zigarettenstummel und überall Chipskrümel. Das undankbare Ding, kein Wunder, dass sie Hunger hatte und Durst. Warum krümelte sie die Chips auf den Boden, anstatt sie zu essen? Sie wandte sich ab. Nicht auszuhalten dieses Chaos. Sie musste mal putzen, aber wann, wenn die Kleine immer störte?

Es war still in der Wohnung. Zu still. Sie stellte den Fernseher an. Sondersendung, Sondersendung. Sie wollte das nicht hören. Sie zappte durch die Sender. Endlich was anderes. Dschungelcamp, eine Wiederholung, egal. War genauso blöd, denn im Dschungel war sie selbst. Nur das niemand kam, wie laut sie auch rief: „Holt mich hier raus!" Sie probierte es gleich aus:

„Holt mich hier raus!"

Nichts geschah. Josie starrte weiter auf den Fernseher. Wenigstens keine Durchhalteparolen von den bleichen Marionetten der Mächtigen, die sowieso immer alles bestimmten. Das mit den „bleichen Marionetten", das hatte sie sich gemerkt. Das hatte mal ein Typ auf einer Demo gesagt. Das hatte sie in einer Sondersendung gesehen. Das gefiel ihr.

Sie drückte die Kippe auf dem Polster aus. Es roch verkohlt, aber darauf kam es nicht mehr an, war eh alles egal.

Sie stellte den Ton lauter, lauschte den Geräuschen des Dschungels und rauchte genüsslich die nächste Zigarette. Der Typ da, mit freiem Oberkörper, der sah geil aus. Den würde sie nicht von der Bettkante schubsen. Früher hatte sie die Auswahl gehabt bei den Kerlen. War zwar keiner lange geblieben, aber Auswahl hatte sie gehabt. Bis das Gör kam. Ihre Figur war im Eimer, das Leben vorbei. Frauen mit Kindern waren für die Typen unsichtbar.

Plötzlich schreckte sie hoch.

„Fordern wir die Bevölkerung auf…"

Ihr Blick fiel auf den Fernseher. Dschungelcamp war vorbei, wieder eine blöde Sondersendung. Sie stellte den Apparat aus und griff nach der Zigarettenschachtel. Fast leer. Sie rieb sich mit den Händen durchs Gesicht. Alles tat ihr weh. Verdammt unbequem das Sofa. Sie hatte vergessen, es als Bett auszuklappen, wie sie es sonst abends machte. Sie stand auf wie eine alte Frau und schlurfte in die Kochecke. Sie hatte einen Durst, als hätte sie gesoffen. Lag bestimmt an den vielen Fluppen. Sie nahm einen benutzten Kaffeebecher von der Spüle und füllte ihn mit kaltem Wasser. Gierig trank sie. Das tat gut. Sie zündete sich eine Zigarette an und trat ans Fenster.

Der Spielplatz war verlassen. Eine Schaukel bewegte sich im Wind. Die Straßen waren leer. Nirgendwo Menschen oder Autos zu sehen. Wie spät es wohl war? Sie hatte keine Uhr, benutzte das Smartphone, wenn sie einmal wissen musste, wie spät es war, doch der Akku war schon lange leer. Wozu aufladen? Es rief niemand mehr an. Nicht mal das Jobcenter oder die Tante vom Amt.

Josie zog sich einen Stuhl ans Fenster und ließ sich darauf fallen. Mit leerem Blick starrte sie nach draußen. Nichts bewegte sich. Die Zeit stand still. Irgendwann knurrte ihr Magen. Vielleicht war doch noch etwas zu essen in der

Abstellkammer. Sie erhob sich und schlurfte in den Flur. Sie schob den Schrank zur Seite und öffnete die Tür. Das Kind war still. Zu essen gab es nichts. Sie sank auf den Boden.

Jana

Auf dem Flur der Intensivstation lagen Patienten mit bunten Bändern an den Handgelenken. Ein rotes hieß, der Infizierte musste sofort behandelt werden. Am besten wurde er umgehend an ein Beatmungsgerät angeschlossen. Es bestand Lebensgefahr. Gelb bedeutete intensive Überwachung. Oft wechselten die Farben schnell. Die Fälle mit blauer Kennzeichnung würden innerhalb der nächsten Stunden sterben. Sie waren aussortiert, für sie kam jede Hilfe zu spät. In der Regel waren sie alt und hatten Vorerkrankungen.

Jana wandte den Blick ab. Sie erinnerte sich noch genau an den 92-Jährigen, der vor vier Wochen gestorben war, weil kein freier Beatmungsplatz zur Verfügung stand. Solche Fälle kamen jetzt häufiger vor.

Sie war seit über zwölf Stunden im Dienst. Unter der Schutzkleidung aus Plastik staute sich die Hitze. Schweiß strömte ihren Rücken herab. Die Kleidung pappte an ihrem Körper. Die Zunge klebte an ihrem Gaumen. Ihr Mund war trocken. Wann hatte sie zuletzt etwas getrunken? Sie bemühte sich, die Maske so selten wie möglich abzusetzen. Mund-Nasen-Schutz war knapp und eine Maske, die sie einmal abgenommen hatte, war möglicherweise infiziert. Sie konnte sie nicht wieder benutzen. Das Infektionsrisiko war zu groß.

Überhaupt, diese ständige Angst, sich zu infizieren. Jana schlief schlecht, wälzte sich schlaflos im Bett, verarbeitete, was sie tagsüber erlebt hatte. Sie hörte dauernd in sich hinein. War das normale Erschöpfung oder waren es die ersten Symptome der Krankheit? Ruben ging es genauso. Auch er sorgte sich.

Von seinem üblichen Optimismus war kaum noch etwas zu spüren. Janas Gesicht war vom Schlafmangel aufgequollen, ihr ganzer Körper verspannt. Ihre Nase war wund und aufgeschürft von den Masken. Sie waren nicht dafür geeignet, stundenlang, tagelang, ohne Unterbrechung getragen zu werden.

Vor drei Tagen war das gesamte Personal getestet worden, das erste Mal seit Ausbruch der Pandemie.

„Schwester Jana, hier sind Sie ja. Ich brauche Ihre Hilfe. Ein Beatmungsgerät ist frei geworden. Wir können einen neuen Patienten anschließen."

Jana zuckte zusammen. Ihre Gedanken hatten sich selbständig gemacht und sie war kurz eingenickt. Sie schaute Dr. Prill mit besorgten Augen an. War wieder jemand gestorben?

„Herr Muss ist auf die Innere verlegt worden. Es geht ihm besser", beeilte sich der Intensivmediziner zu sagen.

Jana atmete aus. Unwillkürlich hatte sie die Luft angehalten. Zwar kannte sie nicht mehr alle Patienten mit Namen, doch das Schicksal jedes Einzelnen ging ihr nah.

Schnell desinfizierte sie noch einmal ihre Hände und zog neue Schutzhandschuhe an. Dann folgte sie Dr. Prill auf den Flur. Er beugte sich über eine junge Frau, die rasselnd und schwerfällig atmete. Am Handgelenk trug sie ein gelbes Band. Ihre Augen waren schreckensweit geöffnet. Sie rang nach Luft. Beruhigend strich Jana ihr über die Stirn.

„Die nehmen wir", bestimmte Dr. Prill ohne auf seine Unterlagen zu gucken und löste die Bremse des Bettes.

Jana sah ihn fragend an. Normalerweise entschieden drei Ärzte gemeinsam, wer als Nächstes an ein Beatmungsgerät angeschlossen wurde. Außerdem hatte die Patientin ein gelbes Band am Arm.

„Die Frau hat zwei kleine Kinder. Ich habe ihren Mann und die Kleinen vorhin vor der Klinik getroffen. Sie haben sie hergebracht. Sie sind völlig verzweifelt und haben sich nach ihr erkundigt. Ich kann das nicht mehr. Ich werde diese Frau retten. Und wenn es das Letzte ist, was ich tue. Was soll passieren? Sie werden mich nicht mitten in der Pandemie auf die Straße setzen. Und wenn doch: Etwas Besseres kann ich mir im Moment wirklich nicht vorstellen."

Jana schluckte. Dr. Prill klang verbittert.

„Wenn Sie wollen, können Sie gehen, Jana. Ich schaffe das alleine."

Jana schüttelte den Kopf und griff zur Bettumrandung. Gemeinsam schoben sie die Patientin in das Beatmungszimmer. Die Frau wälzte sich unruhig hin und her. Sie rang mühsam nach Luft.

Jana ergriff ihre Hand.

„Ganz ruhig, alles wird gut. Ihr Mann und die Kinder sind draußen. Ihnen geht es gut. Wir schließen Sie jetzt an ein Beatmungsgerät an. Dann bekommen Sie gleich besser Luft. Sie werden sehen, in ein paar Tagen ist alles überstanden."

Jana hoffte, dass sie die Frau nicht anlog.

Routiniert schloss sie gemeinsam mit Dr. Prill die Patientin an das freie Gerät an. Inzwischen hatten sie Übung.

Das Beatmungszimmer, für drei Personen ausgelegt, war mit sieben Beatmungsplätzen überbelegt. Es roch nach Schweiß, Desinfektionsmittel und Angst. Die Geräte tickten. Ab und zu ertönte ein Alarmton. Keine Schwester, kein Pfleger eilte atemlos herbei. Sie könnten die Warntöne ebenso gut ausstellen. Alle Patienten wurden regelmäßig überwacht. Für Kontrollen außerhalb der Routine blieb keine Zeit.

Ansonsten herrschte gespenstische Stille. Die Patienten lagen regungslos in ihren Betten. Husten und Röcheln waren verstummt. Maschinen pressten Sauerstoff in die Lungen. Selbst wenn sie nicht bewusstlos waren, konnten sie sich nicht äußern.

Nachdem die junge Mutter an das Beatmungsgerät angeschlossen war, wandte sich Dr. Prill an Jana.

„Kommen Sie einen Moment allein zurecht? Ich muss hier raus, sonst drehe ich durch."

Jana atmete tief ein. Sie war selbst am Ende ihrer Kraft, aber Dr. Prill war seit über 24 Stunden im Dienst. Heute Morgen hatte er ihr erzählt, dass sein Vater in einem Pflegeheim am Virus gestorben war. Er hatte ihn nicht mehr besuchen dürfen, um Abschied zu nehmen. Auch für den Vater des Chefarztes einer Intensivstation gab es keine Ausnahmeregelung, keine Beatmung.

Sie legte Dr. Prill die Hand auf den Arm und drückte ihn leicht.

„Gehen Sie nur. Ich schaffe das schon."

„Danke, ich laufe bloß eine halbe Stunde um den Block. Wenn ich wieder da bin, machen Sie Pause."

Hastig verließ er das Beatmungszimmer und Jana sah, wie er sich bereits im Gehen Maske und Kittel vom Körper riss. Wie gerne wäre sie ihm gefolgt. Stattdessen straffte sie sich und drehte sich zum nächsten Bett um. Es wurde Zeit für die Routinekontrolle.

Jana schreckte hoch. Sie war eingeschlafen. Dr. Prill stand in der Tür des Pausenraums. Nachdem er von seinem Spaziergang zurückgekommen war, hatte er sie in die Pause geschickt.

„Jana, kann ich Sie kurz sprechen? Am besten kommen Sie mit in mein Büro."

Sie sah den Arzt verwundert an und erhob sich schwerfällig von ihrem Stuhl.

Zögernd folgte sie ihm. Ihr Herz pochte und eine unbegreifliche Angst schnürte ihr die Kehle zu.

„Nehmen Sie Platz."

Warum war Dr. Prill so formell? Sie arbeiteten seit Tagen so intensiv zusammen, kannten sich bereits durch den gemeinsamen Einsatz in Mali. Was war passiert? Gab es Probleme wegen der Beatmung der jungen Frau? War sie gestorben?

„Die Testergebnisse sind da."

Jana zitterte. Ein Schauer rieselte über ihren Körper. Tränen stiegen ihr in die Augen. Sie legte die Hand auf ihren Mund, um einen Aufschrei zu unterdrücken.

„Nein, nein. Sie haben sich nicht infiziert. Es tut mir leid. Ich wollte Sie nicht erschrecken."

Dr. Prill stand auf und kam um seinen Schreibtisch herum. Er berührte ihre Schulter mit seiner Hand.

„Ich weiß nicht, wie ich es Ihnen schonend sagen soll. Der Test bei Ruben ist positiv. Ich habe bereits mit ihm gesprochen. Er zeigt die ersten Symptome. Er wollte, dass ich Sie informiere. Ich habe ihn nach Hause geschickt."

Unsicher strich er mit einer Hand über Janas Schulter.

„Machen Sie sich nicht zu viele Sorgen. Die meisten Verläufe bei jungen Menschen sind harmlos. Ruben hat keine Vorerkrankung. Es wird schon nicht so schlimm werden."

Er drückte ihre Schulter.

„Sie können auch nach Hause gehen und morgen bekommen Sie frei. Sie haben sich eine Pause verdient. Dann müssen Sie leider wieder arbeiten. Sie wissen, so lange Sie keine Symptome haben, müssen Sie zum Dienst erscheinen. Erst mit Symptomen kommen Sie in Quarantäne."

Tränen rannen über Janas Gesicht. Sie schniefte. Dr. Prill wandte sich verlegen ab.

„Sie können gerne noch einen Moment hier sitzen bleiben. Ich muss wieder auf die Station."

Er reichte ihr ein Taschentuch.

„Die Kollegen informiere ich."

Nachdem Dr. Prill das Zimmer verlassen hatte, schluchzte Jana auf. Plötzlich wurde ihr schwarz vor Augen. Ihre Schultern sanken nach vorn. Ein Riesengewicht drückte sie

134

nieder. Dr. Prill wusste genauso gut wie sie, dass die Infektionen bei Ärzten und Pflegepersonal oft dramatisch verliefen. Die Experten vermuteten, dass das daran lag, dass sie zu viele Viren einatmeten oder dass es bereits Mutationen gab, die sich besonders dort verbreiteten, wo viele Infizierte zusammen waren.

Jana straffte die Schultern und erhob sich. Sie musste nach Hause zu Ruben. Er brauchte sie.

Charlotte

Im Flur war es gespenstisch still. Sollte sie wirklich fahren? Wie eine Verbrecherin schlich sie die Treppen hinab und öffnete die Haustür. Der Verkehr war vollständig zum Erliegen gekommen. Kein Mensch war zu sehen. In der Ferne fuhr ein Krankenwagen mit Blaulicht. Die Sirene durchschnitt die Nacht. Völlig unsinnig.

Sie sah sich um. Wo hatte sie nach dem Einkaufen das Auto geparkt? Alles kam ihr vollkommen unwirklich vor. Sie drückte auf den Knopf der Fernbedienung. Direkt neben ihr klickte das Türschloss. Sie schauderte. Sie war total müde. Konnte sie in diesem Zustand überhaupt fahren? Sie öffnete die Autotür und warf einen letzten Blick nach oben zum Fenster ihrer Wohnung. Die Gardine bewegte sich. Wer stand dort und beobachtete sie? Leon oder eines der Kinder?

Sie setzte sich auf den Fahrersitz und legte ihr Gesicht auf die verschränkten Arme. Am liebsten wäre sie einfach eingeschlafen. Doch sie erinnerte sich an die Gestalt am Fenster. Bestimmt war es Leon, der brennend darauf wartete, dass sie wieder angekrochen kam. Diese Blöße würde sie sich nicht geben. Sie startete den Motor und fuhr los.

Sie hatte nichts mitgenommen. Nicht einmal eine Zahnbürste. Der Schlüssel für das Ferienhaus lag normalerweise unter dem Blumentopf im Eingangsbereich. Mit etwas Glück waren noch Sachen von ihrem letzten Urlaub im Haus. Ihre Mutter hatte immer ein paar Vorräte in der Speisekammer. Verhungern würde sie auf jeden Fall nicht.

Wie es wohl Mia ging? Hoffentlich hatte sich die Kleine nicht ernstlich wehgetan. Ob Leon sich genug um sie kümmerte? Charlottes Hände zitterten und die Tränen strömten über ihr Gesicht. Ihr Herz raste. Was war sie bloß für eine Rabenmutter? Ihre Tochter verletzte sich und sie floh.

Sie lenkte den Wagen an den Straßenrand und hielt an. Sollte sie zurückfahren? Sie hatte nicht einmal ihr Smartphone dabei. Wenn sich Mias Zustand verschlechterte, konnte Leon sie nicht erreichen. Sie schüttelte den Kopf. Das waren nur Ausreden, um umzukehren. Mia hatte sich in den Finger geschnitten. Das war kein Weltuntergang. Damit musste Leon allein klarkommen.

Charlotte fuhr weiter aus der Stadt heraus. Ihr begegnete kaum ein anderes Fahrzeug. Alles war wie ausgestorben. Vor ihr lag die Autobahnauffahrt Richtung Lübeck. Direkt an der Auffahrt standen Polizisten in Uniform. Einer winkte ihr mit einer roten Kelle. Sie stoppte und ließ das Autofenster hinunter. Sie zitterte, bemühte sich jedoch um Gelassenheit.

„Guten Abend. Wo wollen Sie denn hin? Das Verlassen der Stadt ist nicht erlaubt. Oder haben Sie einen besonderen Grund? Zeigen Sie mir bitte Ihre Genehmigung.“

Charlotte schluckte. Sie hatte so viele Gründe, doch sie befürchtete, der Polizist vor ihr würde keinen davon akzeptieren.

„Ich“, stammelte sie, „ich muss an die Ostsee. Zum Ferienhaus meiner Eltern.“

Am besten sie blieb so nah an der Wahrheit wie möglich. Lügen war noch nie ihre Stärke.

„Warum?“

„Weil ich es zu Haus nicht mehr aushalte“, hätte sie am liebsten geschrien. „Weil ich eine schlechte Mutter bin und eine hundsmiserable Marketingleiterin. Weil mein Mann mich nicht versteht und mein Chef sowieso nicht!"

Sie schwieg.

„Ohne triftigen Grund dürfen Sie die Stadt nicht verlassen", wiederholte der Polizist und leuchtete ihr mit seiner Taschenlampe direkt ins Gesicht.

Charlotte kam sich vor wie eine Verbrecherin. Sie kniff die Augen zusammen.

„Haben Sie getrunken?"

Sie warf einen Blick in den Rückspiegel. Ihre Augen waren blutunterlaufen und tränten. Die Haare klebten ihr am Kopf. Sie war leichenblass. Kein Wunder, dass der Polizist sie für eine Alkoholikerin hielt.

„Nein, ich habe nichts getrunken."

Endlich fand sie ihre Stimme wieder.

„Im Ferienhaus meiner Eltern gibt es einen Wasserschaden. Meine Eltern sind alt und gehören zu einer Risikogruppe. Sie können nicht selbst nachschauen. Deshalb bin ich unterwegs."

Die Lüge kam ihr problemlos über die Lippen.

„Liebe Frau", der Polizist grinste. „Diese Geschichte können Sie Ihrem Großvater erzählen. Außerdem ist das kein Grund, die Stadt zu verlassen. Sie brauchen auf jeden Fall einen Passierschein. Haben Sie einen?"

Charlotte seufzte. Das Blut schoss ihr ins Gesicht. So viel zum Thema geschickt lügen.

„Nein", brachte sie zwischen zusammengebissenen Zähnen hervor.

„Okay, dann fahren Sie jetzt ganz schnell wieder nach Hause, bevor ich es mir anders überlege. Verletzungen der Ausgangssperre können mit einem Bußgeld von bis zu 5.000 Euro geahndet werden."

Er nickte seinem Kollegen zu.

„Mein Kollege hier wird Sie sicherheitshalber nach Hause begleiten. Nicht, dass Sie auf dumme Gedanken kommen. Alles klar?"

„Alles klar."

Charlotte nickte freundlich, obwohl ihr zum Heulen zumute war. Sie schloss das Autofenster und wendete.

Eine knappe Stunde, nachdem sie das Haus verlassen hatte, stand sie wieder vor der Haustür. Der Polizist wartete am Straßenrand. Er war ihr die ganze Zeit mit seinem Polizeiwagen gefolgt. Charlotte kam sich vor wie in einem billigen amerikanischen Film.

Jetzt hupte er auch noch.

Sie zuckte zusammen und sah nach oben. Es war mitten in der Nacht. Trotzdem bewegten sich einige Gardinen. Endlich gab es mal etwas zu sehen. Sie wurde zum Gespött der gesamten Nachbarschaft.

Sie biss die Zähne aufeinander, verließ das Auto und winkte dem Polizisten zum Abschied zu. Dann schloss sie die Haustür auf und flüchtete in das Innere des Hauses. Oben öffnete sich eine Wohnungstür. Mühsam schleppte sie sich die Treppen hoch. Ihr Körper fühlte sich an wie nach einem Marathonlauf.

Leon stand in der Tür und stützte beide Arme am Türrahmen ab. Er versperrte ihr den Eingang. Sein Gesicht war wutverzerrt.

„Was hast du dir nur dabei gedacht?"

Sie tauchte unter seinem Arm durch und stürzte ins Schlafzimmer. Dort klemmte sie sich sein Bettzeug unter den Arm und stürmte in das Arbeitszimmer. Hier knallte sie alles auf den Fußboden. Sie würde sich nicht vor ihm rechtfertigen.

„Hier bist du doch sowieso am liebsten. Ab heute schläfst du hier. Und wenn die ganze Geschichte vorbei ist, ziehst du aus. Ich lasse mich scheiden."

Sie atmete tief ein. Leon war ihr gefolgt und starrte sie wortlos an. Von den Kindern war nichts zu sehen.

„Ab morgen betreust du die Kinder ab 14 Uhr und bringst sie abends ins Bett. Dein Essen kochst du dir selbst. Ich habe es satt."

Sie drehte sich um und ließ ihn einfach stehen. Im Schlafzimmer schloss sie die Tür und sank aufs Bett. Wie hatte es so weit kommen können? Sie hatte ganz vergessen, Leon nach Mia zu fragen. Ob es ihr gut ging? Sie lauschte. Alles war still. Sie hatte nicht mehr die Kraft, das Zimmer zu verlassen und nach den Kindern zu sehen. Sie stellte den Wecker auf acht Uhr. Trotz ihrer Müdigkeit schlief sie lange nicht ein.

Sie wälzte sich unruhig im viel zu großen Ehebett. Sie träumte von blutenden Kindern, Polizisten mit Maschinenpistolen und dem blauen Himmel über der Ostsee.

Frieda

Lange saß Frieda da und starrte aus dem Fenster. Ihr Herz schmerzte. Jeder Atemzug tat ihr weh. Emma war tot. Karin und Birte meldeten sich nicht mehr. Sie war allein. Ihr Leben war sinnlos. Niemanden kümmerte es, ob sie am Leben war oder starb. Niemand liebte sie. Und sie? Sie hatte in ihrem Leben nur einen Menschen wirklich geliebt.

„Ach Thea", hauchte sie. Leise begann sie zu singen:

„Sag mir das Wort, das dereinst mich betört. Lang, lang ist's her, lang, lang ist's her ..."

Ihre Stimme brach. Thea war tot, aber Karin lebte. Sie liebte ihre Tochter, nicht weil jede Mutter ihr Kind liebte, sondern weil Karin alles war, wofür sich ihr Leben überhaupt gelohnt hatte. Thea hatte sie damals verloren, aber Karin konnte sie noch zurückgewinnen.

139

Frieda setzte sich aufrecht hin. Husten schüttelte ihren Körper. Sie schloss die Augen. Nach diesen zauberhaften Tagen in Berlin hatte sich alles geändert. Auf der Rückfahrt in der Bahn ergriff Thea ihre Hände, sah ihr in die Augen und sprach die verhängnisvollen Worte:

„Ich liebe dich und ich will mit dir leben. Lass uns fliehen. Irgendwohin, wo uns niemand kennt."

Frieda konnte nicht antworten. Sie war so feige. Ihr Hals schwoll zu, sie bekam kaum noch Luft. Sie zögerte und merkte, wie das Strahlen in Theas Augen erlosch. Thea erhob sich und verließ wortlos das Abteil. Frieda konnte ihr nicht folgen. Wie versteinert blieb sie sitzen. Erst am Bahnhof fand sie Thea wieder. Tränen liefen beiden über das Gesicht. Schluchzend fielen sie sich in die Arme. Frieda gab der Freundin das Versprechen, das sie nicht halten würde, nicht halten konnte. Die Zusicherung für eine gemeinsame Zukunft. Es war der glücklichste Moment ihres Lebens. Sie sah Thea nie wieder.

Im Haus ihrer Eltern wartete Karl, ihr Verlobter. Seine Augen glänzten hasserfüllt. Er hatte sie vom Bahnhof abholen wollen und sie und die Freundin beobachtet. Er sprach kein einziges Wort, doch sein Blick sagte mehr als tausend Worte. Zum ersten Mal spürte Frieda seine Wut, seine Fäuste. Er nahm sich, was sie Thea bisher verweigert hatte.

Sie suchte Schutz und Verständnis bei ihrer Mutter. Doch sie erhielt nur weitere Vorwürfe und Ohrfeigen. Die Mutter sperrte sie in ihr Zimmer. Frieda konnte Thea nicht mehr erreichen. Sechs Wochen später fand die Hochzeit statt. Solange blieb sie eingesperrt, sah bloß die Mutter und Karl, der regelmäßig einforderte, was sie ihm nicht geben wollte. Acht Monate nach der Hochzeit kam Karin zur Welt, ihre geliebte, gehasste Tochter.

Später suchte Frieda heimlich nach Thea, doch die Freundin hatte die Stadt verlassen. Niemand kannte ihre neue Adresse oder wollte sie ihr sagen. Irgendwann gab sie auf.

Heute konnte sie es sich eingestehen. Sie hatte Karin vom ersten Atemzug an geliebt. Gleichzeitig erinnerte die Tochter sie ständig an den Tag, an dem ihre Jugend, ihr Leben vorbei waren. An den Tag, an dem sie vergewaltigt worden war. Frieda rieb sich die Tränen aus dem Gesicht. Sie musste aufhören zu weinen. Das Atmen fiel ihr so schwer. Ob Thea noch lebte? Sie waren gleich alt. Die Möglichkeit bestand. Doch wie sollte sie sie finden? Bilder tauchten auf. Thea im Sommerkleid in Berlin, Thea glückstrunken und hoffnungsvoll auf dem Bahnhof. Sie spürte die Hand ihrer Freundin an ihrer Wange, ihren warmen Atem im Gesicht. Die sprudelnde Freude über das gegebene Versprechen. Das gleiche Glück hatte sie gespürt, als sie ihre Tochter das erste Mal in den Armen hielt. Thea hatte sie verloren, doch Karin lebte.

Frieda öffnete die Schublade ihres Nachtschrankes und holte das altmodische Briefpapier hervor. Auf diesen Bögen hatte sie dereinst Thea geschrieben, sie nach dem verhängnisvollen Tag jedoch nie wieder benutzt. Heute schloss sich der Kreis.

„Meine geliebte Tochter"

Ihr Blick schweifte in die Ferne. Sie ergriff ein neues Blatt Papier.

„Liebe Karin"

Wieder stockte sie. Theas Gesicht tauchte vor ihrem inneren Auge auf. Die Freundin sah sie auffordernd an.

„Nun los, stell dich nicht so an", schien sie zu sagen.

Kurz sah sie Karl vor sich, Karins Bild verschwand hinter dem Abbild ihres Vaters. Frieda rieb sich die Augen.

„Nun schreib schon! Denk an Berlin. Du warst so liebevoll, so spontan und kreativ. Das habe ich an dir geliebt. Schreib einfach."

Sie hörte Theas Stimme. Sie klang genauso energisch wie früher. Wieder begann Frieda zu schreiben.

„Meine geliebte Tochter, liebe Karin, "

Nun ging es ganz einfach. Die Worte strömten aus ihr heraus, flossen über das Papier wie die Tränen über ihr Gesicht. Alle Dämme brachen. Sie schrieb, ohne abzusetzen oder nachzudenken. Nachdem sie drei Seiten gefüllt hatte, endete sie.

„Deine dich liebende Mutti. "

Theas Bild tauchte wieder auf. Die Freundin lächelte zufrieden. Noch einmal nahm Frieda den Stift zur Hand.

„Karin, bitte, such Thea für mich. Sie heißt Thea Anklam und ist wie ich in Winsen geboren. Bitte such sie. Ich möchte sie noch einmal sehen, bevor ich sterbe. "

Theas Bild verschwand. Der Stift entglitt Friedas Hand. Am ganzen Körper bebend suchte sie nach einem Briefumschlag. Sie faltete die Blätter und schob sie in das Kuvert. Sorgfältig klebte sie ihn zu. Husten erschütterte ihren Körper. Sie war so schwach. Das Atmen fiel ihr schwer. Keuchend rang sie nach Luft. Mit zitternden Fingern schrieb sie den Namen ihrer Tochter auf den Umschlag. Dann brach sie weinend auf ihrem Stuhl zusammen. Doch es waren Tränen der Erleichterung, der Hoffnung auf ein Wiedersehen mit Karin – und mit Thea.

Anna

Verwirrt setzte Anna sich auf und strich sich über die Augen. Sie war wohl einen kurzen Moment bewusstlos gewesen. Ihr Herzschlag beschleunigte sich, ihr wurde schwindelig. Sie bebte am ganzen Körper. Wie in einem Albtraum stürzte sie ins Bodenlose. Ben war weg. Was sollte sie nur tun? Sie kämpfte sich auf ihre zitternden Beine und hastete durch die Wohnung. Sie suchte unter den Betten, in den Schränken, in den hintersten Ecken. Ben blieb verschwunden. Was hatte sie auch erwartet? Sein Brief war eindeutig. Das schlechte Gewissen schnürte ihr die Kehle zu. Die Vergangenheit konnte sie nicht mehr ändern, aber ab jetzt musste alles anders werden. Obwohl sie nicht gläubig war, sprach sie ein Gebet:

„Lieber Gott, wenn Ben wieder nach Hause kommt, werde ich immer für ihn da sein. Bitte, lieber Gott, mach, dass ihm nichts passiert ist. Er ist doch noch so klein und alles, was ich habe."

Sie sank auf einen Stuhl und zog ihr Handy aus der Tasche. Bestimmt war Ben bei Torre. Sie spürte, wie die Erleichterung ihren ganzen Körper durchströmte. Sie richtete sich auf. Doch schnell fielen ihre Schultern wieder nach vorne. Julia hätte mit Sicherheit angerufen, wenn Ben bei ihnen wäre. Sie tippte die Nummer der Freundin ein.

„Ist Ben bei euch?"

„Hallo Anna. Nein, wie kommst du denn darauf?"

„Ben ist verschwunden. Als ich von der Arbeit kam, war er weg."

Anna schrie.

„Frag Torre. Du musst sofort Torre fragen. Er weiß bestimmt, wo Ben ist. Er ist doch sein bester Freund."

„Beruhig dich. Ich wecke Torre. Er schläft schon."

Anna hielt die Luft an. Eine gefühlte Ewigkeit später meldete sich Julia wieder.

„Anna, tut mir leid. Torre hat schon seit ein paar Tagen nichts mehr von Ben gehört. Sie haben sich wohl gestritten. Worüber habe ich nicht verstanden, irgend so einen Jungenskram, Fußball, Auswahlmannschaft oder so."

Das Handy rutschte aus Annas Hand. Ben hatte sich mit Torre gestritten und sie hatte es nicht einmal gemerkt. Wie allein er sich wohl gefühlt hatte? Anna zitterte.

„Anna, bist du noch dran?"

Mühsam fischte sie das Handy unter dem Stuhl hervor.

„Was soll ich nur tun, Julia? Ich habe alles falsch gemacht!"

Annas Stimme brach. Julia schwieg. Nach einer Weile räusperte sie sich.

„Er kommt bestimmt wieder, wenn er Hunger hat oder friert. Oder die Polizei greift ihn auf. Die kontrollieren im Moment jeden. Ein Junge allein wird auf jeden Fall angehalten. Mach dir keine Sorgen."

Anna drückte das Gespräch weg. Julia konnte ihr nicht helfen. Vor ihrem inneren Auge sah Anna den frierenden, hungrigen Ben. Sie konnte nicht warten. Worauf auch? Die Polizei war keine Lösung. Die würden bestimmt das Jugendamt einschalten. Sie musste selbst etwas tun, Ben finden, bevor es zu spät war.

Anna zog ihre Jacke über und verließ die Wohnung. Als Erstes würde sie es bei den Nachbarn probieren. Sie kannte die Menschen hier im Haus zwar nicht besonders gut, aber vielleicht hatte Ben Anschluss gefunden. Er war die letzten Wochen ständig daheim gewesen.

Sie klingelte gegenüber. Niemand öffnete die Tür. Es war inzwischen fast Mitternacht. Erneut drückte sie den Klingelknopf und ließ den Finger einfach darauf liegen. Endlich riss ein älterer Mann im Schlafanzug die Wohnungstür

144

auf und starrte sie misstrauisch an. Auf ihre Frage nach Ben schüttelte er den Kopf und knallte ihr ohne ein Wort die Tür vor der Nase zu. Ebenso erging es ihr bei den meisten anderen Nachbarn. Einer öffnete gar nicht erst die Tür, obwohl sie Sturm klingelte und Schritte in der Wohnung hörte. Nur eine junge Türkin erinnerte sich an Ben und bot ihr einen Tee an. Aber auch sie hatte Ben seit Tagen nicht mehr gesehen. Anna suchte im Keller und auf dem Dachboden. Nirgends eine Spur von Ben. Inzwischen strömten die Tränen über ihr Gesicht. Sie hatte keine Kraft, sie abzuwischen. Ihr war schwindelig. Sie konnte sich kaum auf den Beinen halten.

Sie öffnete die Haustür und stolperte auf die Straße. Sie wollte Bens Namen rufen, heraus kam nur ein heiseres Krächzen. Dunkelheit und Stille legten sich wie eine Decke über sie und lähmten sie für einen Moment. Sie atmete tief ein, straffte die Schultern und marschierte los. Ziellos irrte sie durch das Wohnviertel. Sie begegnete niemandem, nicht einmal Polizisten waren unterwegs. Sie fühlte sich wie der letzte Mensch auf Erden, als hätte die Seuche alles um sie herum vernichtet. Sie sank auf den Bordstein. Ihr Atem ging stoßweise. Sie musste verschnaufen.

Vielleicht war Ben doch auf dem Weg zu Torre? In der Nähe lag ihre alte Wohnung. Dort fühlte sich Ben bestimmt geborgener als hier, wo er niemanden kannte.

Sie rannte los. Nach einer halben Stunde erreichte sie atemlos den Spielplatz vor ihrem ehemaligen Zuhause und sank auf eine Bank. Die Angst und die Erschöpfung schnürten ihr die Kehle zu. Sie rief Bens Namen. Keine Antwort. Mühsam erhob sie sich und schwankte weiter. Hier war er nicht. Sie durfte sich nicht ausruhen. Vielleicht war er in Gefahr.

Sie verließ den Spielplatz und hetzte mit letzter Kraft Richtung Park. Möglicherweise war Ben dort. Aber im Park hatte er immer Angst gehabt, da sich hier die Jugendlichen trafen, Bier tranken und die Kleinen ärgerten. Sie stoppte und drehte sich um. Sie eilte zurück. Früher hatten Ben und Torre sich oft im Spielhaus versteckt. Dort fühlten sie sich geborgen und unsichtbar. Anna und Julia hatten das Spiel oft mitgespielt und so getan, als wüssten sie nicht, wo die Jungen steckten. Sie genossen die Zeit, um in Ruhe zu quatschen.

Anna stürzte auf das Spielhaus zu. Ihre Beine gaben unter ihr nach. Auf allen vieren kroch sie zum Eingang. Hinten in der Ecke sah sie einen blonden Haarschopf. Ihr Herz raste. Ben! In seinen Armen lag ein riesiger schwarzer Hund. Als er Anna erblickte, knurrte er.

Anna stoppte. Ben schlug die Augen auf.

„Mama", flüsterte er.

Der Hund setzte sich auf.

„Mama, das ist Bella. Ist sie nicht eine Schöne?"

Ben rieb sich die Augen, strahlte über das ganze Gesicht.

Unfähig zu antworten, schluchzte Anna auf.

Ben krabbelte aus dem Spielhaus. Die Hündin folgte ihm und fiepte leise. Ben streichelte mit einer Hand das Tier, mit der anderen strich er seiner Mutter über den Rücken.

„Nicht weinen, Mama. Ich war doch so allein. Du warst den ganzen Tag arbeiten und Torre hat gesagt, ich bin blöd und kann nicht Fußball spielen. Ich komme nie in die Auswahlmannschaft. Er ist so gemein. Er ist nicht mehr mein Freund. Und Bella war auch allein. Sie saß jeden Tag auf der Straße vor unserem Haus und starrte traurig zu mir hoch. Ich möchte so gerne einen Hund. Darf sie bei uns bleiben? Dann sind wir beide nicht mehr so allein?"

Die Worte sprudelten aus Ben hervor. Plötzlich verstummte er, schluckte und sah Anna mit glänzenden Augen an. Sein Mund zitterte. Anna lächelte unter Tränen. Sie nickte.

„Komm. Wir drei gehen jetzt nach Hause. Aber Ben, tu das nie wieder. Du darfst mir nie wieder so einen Schreck einjagen. Versprichst du mir das?"

Sie ergriff ihren Sohn an den Schultern und drehte ihn zu sich um. Bella knurrte wieder.

„Und der Hund muss erzogen werden. Sie darf mich nicht anknurren. Ist das klar?"

„Alles klar, Mama. Bella aus." Mama ist lieb."

Ben kratzte sich an der Stirn und hielt die Hündin am Halsband fest. Er wackelte von einem Bein auf das andere.

„Mama, kannst du bitte mit mir trainieren? Ich will unbedingt in die Auswahlmannschaft. Schon damit Torre sieht, wie gut ich Fußball spielen kann. Ich laufe bestimmt nicht wieder weg. Versprochen."

Anna schloss Ben in die Arme.

„Versprochen. Ich übe mit dir. Und morgen spreche ich mit Herrn Hausen. Ich will nicht mehr so viel arbeiten."

Sie strich ihrem Sohn über die Locken.

„Ich hab dich so doll lieb, bis zu den Sternen und zurück."

„Ich hab dich auch lieb Mama. Bis zum Mond", wiederholte Ben das Sprüchlein aus seiner Kindergartenzeit. Dann machte er sich los.

„Ich habe Hunger, Mama. Und mir ist kalt. Machst du mir einen heißen Kakao?" Er stutzte. „Und Bella hat total Hunger. Haben wir Futter für sie? Ich habe in allen Abfallkörben gesucht, aber da war nichts."

Anna legte einen Arm um seine schmächtigen Schultern. Manchmal war er so groß, so vernünftig, aber manchmal noch ein kleines Kind.

„Da wird sich schon was finden. Komm, lass uns schnell nach Hause gehen. Morgen früh muss ich auf jeden Fall noch mal zur Arbeit, und zwar pünktlich. Ich muss mit Herrn Hausen sprechen."

Gemeinsam machten die drei sich auf den Weg.

Anna kochte einen Kakao für Ben, der komplett durchgefroren war. Bella bekam die Würstchen, die sie für das Mittagessen

147

am nächsten Tag mitgebracht hatte. Ab jetzt stand zusätzlich Hundefutter auf ihrem Einkaufszettel. Außerdem musste sie sich dringend etwas einfallen lassen, wie sie das mit der Sauberkeit machen sollten. Durfte man zum Gassi gehen die Wohnung verlassen? Und was, wenn nicht? Den Vermieter musste sie auch informieren. Hoffentlich hatte er nichts gegen Hundehaltung.

Nach einer kurzen Diskussion über den Schlafplatz der Hündin konnten sie wenigstens dieses Problem lösen. Bella durfte in Bens Zimmer schlafen, aber nicht in seinem Bett. Anna erklärte Ben eindringlich, dass Hunde keine Kuscheltiere waren. Die Hündin war nicht nur furchtbar mager, sondern verwahrlost und dreckig. Ben würde sie morgen früh als Erstes baden.

Anna schickte eine SMS an Julia, dass Ben wieder aufgetaucht war. Dann sank sie erschöpft ins Bett. Sie träumt von einem blonden Jungen und einem schwarzen Hund, von einem übelgelaunten Filialleiter und Hundehaufen in der Wohnung. Viel zu schnell klingelte ihr Wecker.

Josefine

Josie öffnete die Augen. Ihr war kalt. Sie zitterte am ganzen Körper. Sie lag zusammengekrümmt auf dem Fußboden der Abstellkammer und hielt Angie fest umklammert. Es gelang ihr nur mühsam, die Arme von ihrer Tochter zu lösen, so verkrampft war sie.

Sie rieb sich die Augen. Angie, was war mit ihr? Sie beugte sich über das Kind, strich ihr zärtlich über die Wangen, bedeckte das Gesicht mit Küssen. Keine Reaktion. Sie packte Angie an den Schultern und schüttelte sie. Nichts passierte.

Josie schrie auf. Angie hatte Durst, daran erinnerte sie sich. Wann war das gewesen? Vor einer Stunde oder gestern oder war es noch länger her? Was war sie bloß für eine Mutter? Sie stürzte in die Kochecke und holte ein Glas Wasser. Tränen strömten über ihr Gesicht. Sie schluchzte und hob vorsichtig Angies Kopf. Sie hielt ihr das Wasserglas an die Lippen. Nichts geschah. Sie legte die Kleine sanft zurück auf den Fußboden. Atmete sie? Josie beugte sich hinunter. Der Brustkorb hob und senkte sich. Oder war das Wunschdenken?

Josie legte ihre Hand auf Angies Stirn. Die Kleine glühte wie eine Herdplatte beim Wasserkochen. Tote waren doch kalt, also lebte sie. Warum wachte sie dann nicht auf? Bestimmt hatte sie Fieber.

Josie rannte in die Küche. Sie suchte nach einem Handtuch und hielt es unter den Wasserhahn. Mit dem tropfenden Tuch stürzte sie zurück in die Abstellkammer. Sie wischte der Kleinen die Stirn ab, befeuchtete ihre Lippen. Angie regte sich nicht. Schweiß rann über Josies Körper. Ihr Herz raste und schmerzte unheimlich. Es fühlte sich an, als wäre es zerbrochen. Gab es so etwas? Hatte sie einen Herzinfarkt? Sie setzte sich auf den Fußboden, schloss die Tochter in ihre Arme und wimmerte leise. Sie wiegte Angie hin und her. Lange saß sie einfach so da.

Eine Bewegung riss sie aus der Erstarrung. Angie zuckte, krampfte, öffnete aber nicht die Augen.

„Motte, bitte, wach auf", schrie Josie und strich der Kleinen über die Wange.

Einen Moment später war es wieder still. Sie brüllte die Tochter an und schüttelte sie. Nichts geschah. Sie musste etwas tun. Angie ging es sehr schlecht, das sah sie. Und sie war schuld. Sie hatte sich nicht um sie gekümmert. Aber es war noch nicht zu spät. Sie konnte helfen. Sie konnte alles wieder gut machen. Es war ihre Verantwortung. Sie legt die Kleine vorsichtig auf den Boden und deckte sie mit einem der herumliegenden Handtücher zu.

„Mama holt Hilfe. Jemand kommt und hilft. Ganz bestimmt. Ich habe dich lieb!"

149

Josie küsste Angie auf die Stirn. Dann stürzte sie ins Wohnzimmer. Wo war ihr Handy? Frau Willomeit hatte ihr doch eine Notfallnummer gegeben. Josie krabbelte auf dem Fußboden herum, schaute unter Sofa und Tisch, kroch in jede Ecke. Kein Handy, kein Zettel, nur Chipskrümel, Zigarettenkippen und leere Flaschen. Wie hatte es so weit kommen können? Schließlich fand sie das Handy in einer Ritze der Schlafcouch. Der Akku war leer. Wo war die Aufladestation?

Josie rannte zurück in die Abstellkammer. Angie lag noch genauso da, wie sie sie zurückgelassen hatte. Ihr Brustkorb hob und senkte sich unregelmäßig. Sie zitterte wie Espenlaub. Die Kleidung klebte feucht an ihrem Körper. War das Schweiß oder kam das von dem nassen Handtuch? Josie hob ihre Tochter hoch und trug sie ins Wohnzimmer. Sie legte Angie auf das Sofa und deckte sie zu. Die Kleine glühte und rührte sich nicht. Das Fieber musste unheimlich hoch sein, doch Josie hatte keine Zeit zum Messen. Außerdem konnte sie sich nicht erinnern, ob sie überhaupt ein Fieberthermometer hatte. Zum Suchen hatte sie keine Zeit.

Angies Hand war rot geschwollen. Sie hatte sich gar nicht mehr um die Verletzung gekümmert. Wie lange war das schon her? Es war doch alles verheilt gewesen, oder etwa nicht?

Josie rannte in die Küche und feuchtete drei Geschirrhandtücher an. Die waren schmutzig, doch das war ihr egal. Zwei wickelte sie um Angies Waden, eines um ihre Hand. Wadenwickel halfen gegen Fieber. Das hatte sie irgendwo gelesen. Auf dem Schrank im Flur lag die Aufladestation. Schnell steckte sie den Stecker in die Steckdose und schloss das Handy an.

Sie holte einen Müllsack aus der Küche und suchte weiter nach dem blöden Zettel, konnte ihn aber nirgends finden. Systematisch warf sie den Müll in die Tüte. Der Notfallzettel blieb verschwunden. Endlich piepste das Handy. Sie gab die

PIN ein und wählte Cindys Nummer. Verschlafen melde sich die Freundin.

„Mensch Josie, was ist los. Es ist mitten in der Nacht."

„Cindy, Angie geht es schlecht. Sie hat hohes Fieber und wacht einfach nicht mehr auf. Ich glaube, sie stirbt. Was soll ich bloß tun, die Notfallnummer ist weg." Josie schrie in das Handy und brach schluchzend zusammen.

„Was ist passiert? Was hast du getan?" Auch Cindy schrie. Josie konnte nicht antworten. Wie sollte sie erklären, was geschehen war? Sie wusste selbst nicht, wie es so weit hatte kommen können. Sie beendete die Verbindung, legte sich neben Angie auf die Schlafcouch und schloss sie in ihre Arme. Sie zog die Decke über ihre beiden Köpfe und steckte den Daumen in den Mund. Sie hatte keine Kraft mehr. Wenn Angie starb, wollte sie auch sterben.

Eine Viertelstunde später klingelte es an der Wohnungstür. Mühsam kämpfte sich Josie vom Sofa. Angie atmete ungleichmäßig und zitterte am ganzen Körper. Trotz der Wadenwickel glühte sie.

Josie öffnete die Tür. Vor ihr standen zwei Polizisten. Sie drängten sie zur Seite und betraten, ohne sie zu fragen, die Wohnung. Sie schauten sich entsetzt an. Die Polizistin stürzte zum Fenster und riss es auf. Die kalte Nachtluft strömte herein. Dann beugte sie sich über die bewusstlose Angie.

„Ruf einen Krankenwagen, schnell. Ich glaube, die Kleine stirbt."

Josefine stand zitternd im Flur, unfähig sich zu rühren. Die beiden Polizisten kümmerten sich um Angie. Das war gut. Josie konnte nicht erkennen, was sie mit ihrer Tochter machten. Eine riesige Last fiel von ihren Schultern. Sie sank auf den Boden und umschlang die Knie mit ihren Armen. Sie wiegte sich hin und her. Ihr war alles egal, Hauptsache Angie wurde geholfen.

Zehn Minuten später stürmten ein Notarzt und ein Rettungssanitäter in die Wohnung. Josie verstand nur einzelne Worte. Lebensgefahr, unverantwortlich, Exsikkose. Dann wurde Angie auf einer Trage an ihr vorbeigetragen. Nur ihr winziges Gesicht war zu erkennen. Sie war ganz blass. Der Sanitäter hielt einen Tropf in der Hand, der Arzt drängte zur Eile.

„Frau Wern, können Sie mich hören?"

Die Polizistin beugte sich über sie.

„Ihre Tochter schwebt in Lebensgefahr. Wir bringen sie in ein Krankenhaus. Beten Sie, dass sie überlebt. Sie bleiben in der Wohnung und halten sich zu unserer Verfügung. Auf Sie kommt mit Sicherheit ein Verfahren zu. Wir kommen morgen früh wieder. Jetzt begleiten wir den Rettungswagen ins Krankenhaus."

Die Polizistin baute sich drohend vor Josefine auf. Josie sank noch weiter zusammen und bedeckte ihr Gesicht mit den Händen.

„Was sind Sie eigentlich für eine Mutter?", zischte die Polizistin und packte Josie am Arm. „Wenn die Kleine stirbt, ist das Ihre Schuld."

Josie blieb auf dem Fußboden sitzen und wiegte sich weiter hin und her. Sie nickte. Die Frau hatte Recht. Ihre Schuld. Die Tür fiel hinter den Polizisten ins Schloss. Ihre Schuld.

Jana

Jana schloss die Wohnungstür auf. Ihre Hand zitterte. Auf ihrem Weg vom Krankenhaus nach Hause war ihr kaum jemand begegnet. Nur wenige Autos waren unterwegs. Die Ampeln blinkten gespenstisch. Eine bleierne Schwere lag über allem. Frau Wolf mied nach der letzten Auseinandersetzung im Hausflur jede Begegnung mit ihr.

„Ruben?!"

Sie warf ihre Tasche auf den Boden im Flur und stürmte in die Wohnung.

„Ruben, wo bist du?"

„In der Küche."

Es duftete nach gebratenen Zwiebeln und Knoblauch. Typisch Ruben. Er entspannte sich am besten beim Kochen.

„Ich hoffe, du isst auch das, was ein Infizierter zubereitet hat. Ist ja alles gekocht."

Er zeigt auf seinen Mund-Nasen-Schutz und spreizte beide Arme vom Körper.

„Vorsichtig, ich habe klebrige Hände. Naja, eher Handschuhe. Ich dachte, ein bisschen Schutz muss sein."

Jana schmiegte sich an seine breite Brust, über der die bunte Kochschürze spannte. Sie lauschte Rubens gleichmäßigem Herzschlag. Sofort entspannte sie sich. Das Zittern ließ nach.

„Du musst dich ausruhen. Du brauchst deine ganze Kraft, um gegen das Virus zu kämpfen. Ich kann doch auch mal kochen. Wie geht es dir?"

Sie sah ihn prüfend an und legte eine Hand auf seine Stirn.

„Du hast Fieber", stellte sie fest. „Wie sieht es mit deiner Sauerstoffsättigung aus?"

Sie wechselte von der liebenden Ehefrau zur Krankenschwester.

Ruben erstarrte und schob sie mit einem Ellenbogen zur Seite.

„Alles okay, Frau Intensivschwester. Ich habe leichtes Fieber und muss ab und zu husten. Keine Atemnot. Mir geht es gut. Die Kollegen waren direkt neidisch, weil ich nach Hause durfte. Bei uns auf Station hat es noch sieben weitere Kollegen erwischt. Drei sind symptomfrei und müssen arbeiten. Paul, das ist der große Blonde aus der Chirurgie, musste leider dableiben. Ihm geht es echt dreckig. Er braucht Sauerstoff." Ruben schob sie weg und musterte sie von oben bis unten. Er legte ihr ebenfalls eine Hand auf die Stirn. „Und wie geht es dir? Wieso bist du schon hier? Dr. Prill sagte doch, du bist negativ. Fieber hast du nicht!"

„Prill hat mir frei gegeben. Morgen auch noch, aber dann muss ich wieder hin. Bei Symptomen soll ich zu Hause bleiben. Ich werde nicht noch mal getestet. Es ist echt zum Kotzen."

Jana schluckte. Ihr Herz raste schon wieder. Sie ergriff eine Tasse und schleuderte sie zu Boden. Die Tasse zersprang auf dem Küchenfußboden. Es klirrte nur leise. Sie griff nach einem Teller und hob den Arm. Ruben zog sie in seine Arme und hielt sie fest umschlungen. Erst versteifte sie sich, dann gab sie nach und schluchzte leise.

„Engelchen, das Geschirr kann nichts dafür. Wir haben anderthalb Tage zusammen frei. Das gab's schon lange nicht mehr. Du musst auch mal das Positive sehen."

Jana runzelte die Stirn. Sie liebte Ruben, weil bei ihm jedes Glas halb voll war, weil er in jeder Situation etwas Gutes entdeckte. Doch an dieser Infektion war nichts Positives. Sein Optimismus ging ihr gewaltig auf die Nerven. Ihr musste er nichts vorspielen. Hatte er kein Vertrauen zu ihr? Sie hörte ihn in der Nacht, wenn er nicht schlafen konnte.

„Ich gehe duschen", murmelte sie und wandte sich von ihm ab. Sie brauchte Zeit für sich.

Ruben griff nach Handfeger und Kehrblech. Wortlos fegte er die Scherben auf.

Im Badezimmer riss Jana sich die verschwitzten Klamotten vom Leib und stellte sich unter die heiße Dusche. Doch die Angst wich nicht. Ihr Herz klopfte und ihr Körper blieb angespannt. Sie merkte, wie sie die Zähne zusammenbiss. Selbst ihre Kiefermuskulatur war verkrampft.

Sie trocknete sich ab und rieb ihre verspannten Muskeln mit Sanddornöl ein. Anschließend putzte sie sich gründlich die Zähne und zog bequeme Kleidung an. Langsam wurde sie ruhiger. Sie atmete tief durch und kehrte zurück in die Küche. Ruben stand vor dem Küchenschrank. Sie legte ihm eine Hand auf den Rücken. Sie spürt, dass seine Schultern bebten.

„Sorry, und danke, dass du mal wieder hinter mir aufgeräumt hast."

Sie streichelte sanft seinen Nacken.

„Ist schon okay. Die Tasse war ohnehin kitschig. Essen dauert noch einen Moment. Ich wusste ja nicht, dass du heute so früh kommst. Es gibt Gemüseauflauf. Ist bereits im Ofen."

Ruben drehte sich um und reichte ihr ein Glas Rotwein. Er sah sie nicht an. Sein Mund war hinter der Maske nicht zu erkennen. Jana ergriff das Weinglas und trank einen kräftigen Schluck. Sie blickte versonnen in den blutroten Wein. Ihre Gedanken wanderten zurück in die Klinik. Sie sah die Patienten an den Beatmungsgeräten, und stets schob sich Rubens Bild vor die Gesichter. Ruben schob die Maske nach untern und nippte ebenfalls an seinem Wein. Jana schreckte auf.

„Bist du sicher, dass es gut ist, wenn du Alkohol trinkst?"

„Nur ein Glas. Es gibt kein Medikament gegen das Virus, also auch keinen Beipackzettel, der vor Alkohol warnt."

Er versuchte es wieder mit Humor, griff nach ihrer Hand und zog sie mit sich ins Wohnzimmer. Dort ließ er sich auf die Couch fallen.

„Ernsthaft. Mir geht es gut. Lass uns den Abend genießen. Wer weiß, was morgen ist? Heute reden wir nicht über die Arbeit, nicht über Krankheit und Tod. Versprichst du mir das?"

Er zog Jana in seine Arme und sah sie an. Sie versank in seinen rehbraunen Augen, sah Zweifel und Sorge und ganz viel Liebe.

„Versprochen."

Beim Klingeln der Küchenuhr schreckten sie zusammen. Der Auflauf war fertig. Das Essen schmeckte vorzüglich, aber beide aßen nur wenig. Ruben ließ sein Weinglas stehen. Sie sprachen kaum. Jeder hing seinen Gedanken nach. Jana legte Ruben die Hand auf die Stirn. Er glühte, das Fieber war gestiegen. Er hustete trocken. Bestimmt hatte er sich übernommen. Sie musterte ihn besorgt.

„Komm, lass uns ins Bett gehen. Ich bin müde."

Sie griff nach seiner Hand und zog ihn hoch.

Eng umschlungen lagen sie noch lange wach, ohne miteinander zu reden. Keiner wollte den anderen mit seinen Sorgen belasten.

Jana schreckte auf, kaum dass sie eingeschlafen war. Sie beobachtete Ruben im Schlaf. Seine Haare waren verschwitzt. Atmete er? Die Krankheit war heimtückisch, das hatte sie bei vielen Patienten gesehen. Erst gegen Morgen schlief sie ein.

Zwei Wochen später

Charlotte

Charlotte traute ihren Augen nicht. Es war kurz nach 14 Uhr. Sie hatte die Kinder vor fünf Minuten an Leon übergeben und ihren Laptop eingeschaltet. Wie jeden Tag hatte sie zuerst den Newsticker geöffnet. Und da stand es: Weiß auf blauem Laufband. „Ausgangssperre ab morgen aufgehoben. Maskenpflicht bleibt. Großveranstaltungen weiterhin untersagt. Schulen und Kinderbetreuungseinrichtungen vorerst weiter geschlossen." Charlotte rieb sich die Augen. Der Schriftzug änderte sich nicht. In den letzten Tagen war die Zahl der Neuinfektionen drastisch zurückgegangen. Die Menschen waren immer weniger bereit, die Einschränkungen hinzunehmen. In Berlin gab es seit einer Woche Ausschreitungen, Läden wurden geplündert und Barrikaden brannten. Trotzdem hatte Charlotte nicht damit gerechnet, dass die Beschränkungen bereits jetzt aufgehoben würden.

Sie sprang von ihrem Stuhl und riss die Tür auf. „Emilie, Mia, Jakob. Wir dürfen wieder raus. Ab morgen dürfen wir wieder raus!"

Sie tanzte durch den Flur, wiegte sich in den Hüften und nickte nach einer unhörbaren Melodie mit dem Kopf. Die Tür von Leons Arbeitszimmer öffnete sich. Vier Gesichter sahen sie mit großen Augen an.

Charlotte stoppte und hob Jakob auf den Arm. Sie drehte sich mit ihm im Kreis. Mia tanzte um sie herum, während Emilie mit weit aufgerissenen Augen in der Zimmertür stand.

„Die Ausgangssperre ist ab morgen aufgehoben, Schatz."

Sie griff nach Emilies Hand.

„Darf ich dann endlich wieder zur Schule?"

Emilies Stimme überschlug sich.

„Nein, Mäuschen, Schulen und Kitas bleiben geschlossen. Aber wir können auf den Spielplatz und zum Einkaufen und Freunde treffen."

Hoffentlich versprach sie den Kindern nicht zu viel. Die Einzelheiten hatte sie gar nicht nachgelesen. Es war unwahrscheinlich, dass das Leben von einem auf den anderen Tag wieder sein würde wie früher.

Emilie schob die Unterlippe nach vorne und schmollte. Mia tanzte durch die Wohnung und sang „Immer wieder kommt ein neuer Frühling". Jakob klatschte in die Hände, obwohl er sicherlich gar nicht verstand, warum alle so fröhlich waren. Er ließ sich von der Freude seiner Schwester anstecken. Charlotte setzte ihn auf den Boden. Sofort sprang er herum.

Leon suchte ihren Blick. Er lächelte, legte eine Hand auf ihren Arm und zog sie zu sich heran.

„Und bei uns? Auch wieder alles gut?"

Seine Lippen näherten sich ihrem Mund, seine Finger wanderten in Richtung ihres Busens.

Die Frage verschlug ihr die Sprache.

In den letzten zwei Wochen hatte er im Arbeitszimmer geschlafen. Sie hatte ihm regelmäßig die Kinder gebracht, damit sie in Ruhe arbeiten konnte. Trotzdem hatte sie nicht so viel geschafft, wie ihr Chef von ihr erwartete. Zu oft waren ihre Gedanken in die Zukunft gewandert. Sie hatte Angst, wusste nicht, wie es weitergehen sollte. Gegessen hatten sie gemeinsam. Sie wollte ein Stück Normalität erhalten, es den Kindern nicht zusätzlich schwer machen. Geredet hatten sie kaum miteinander. Charlotte holte tief Luft und straffte ihre Schultern. Sie schob Leon mit beiden Händen zurück und drehte sich weg.

„Nein, Leon. Nichts ist wieder gut. Ich fahre morgen mit den Kindern zum Ferienhaus meiner Eltern an die Ostsee. Ich komme erst zurück, wenn du ausgezogen bist. Am besten suchst du dir ein Hotelzimmer. Im Moment sind bestimmt viele frei. Den Rest klären unsere Anwälte."

Leons Gesicht lief rot an. Er starrte sie an, als sei sie ein widerliches Insekt. Er hob die Hände und ließ sie dann wieder sinken. Bevor er etwas erwidern konnte, fügte sie hinzu. „Ich gehe jetzt arbeiten. Bitte sorg dafür, dass die Kinder leise sind."

Sie drehte sich um und verschwand im Wohnzimmer. Ihre gute Laune war verflogen. Sie setzte sich an ihren Laptop. Wie sollte es bloß weitergehen? Als Erstes musste sie Urlaub einreichen. An der Ostsee konnte sie entspannen und zur Ruhe kommen. Sie war völlig erschöpft. Sie musste ihre Zukunft planen. Die Kinder brauchten sie. Die letzten Wochen waren nicht spurlos an ihnen vorbei gegangen.

Sie öffnete ihr Outlook-Postfach und formulierte eine Mail an ihren Chef.

„Sehr geehrter Herr Schmidt-Hansen,
aus privaten Gründen beantrage ich mit sofortiger Wirkung vier Wochen Urlaub.
Mit freundlichen Grüßen
Charlotte von Mülensiefen "

Sie überlegte lange, ob sie ihren Urlaubsantrag begründen sollte. Schließlich entschied sie sich dagegen und drückte auf „Senden".

Die Antwort erfolgte innerhalb von Minuten.

„Sehr geehrte Frau von Mülensiefen,

aus betrieblichen Gründen sehe ich mich leider gezwungen, eine Urlaubssperre zu verhängen.
Mit freundlichen Grüßen
Michael Schmidt-Hansen"

Charlotte biss die Zähne zusammen. Nun blieb ihr keine andere Wahl. Sofort schrieb sie zurück.

„Sehr geehrter Herr Schmidt-Hansen,
dann sehe ich mich leider gezwungen zu kündigen.
Mit freundlichen Grüßen
Charlotte von Mülensiefen"

Sie klickte sofort auf „Senden", damit sie es sich nicht anders überlegte. Dann schaltete sie den Laptop aus. Sie hatte zahlreiche Überstunden. Sie konnte morgen fahren, egal, was Schmidt-Hansen dazu sagte. Ihr blieb keine Wahl. Die Kinder waren das Wichtigste.

Sie bedeckte das Gesicht mit den Händen und atmete tief ein. In ihrem Hals saß ein dicker Kloß, ihre Augen brannten, doch die Tränen wollten nicht fließen. Sie war ausgepumpt und leer. Sie fuhr den Laptop herunter, schaltete ihr Smartphone aus und wankte ins Schlafzimmer.

Sie zog ihr Nachthemd an und sank ins Bett. Sie schlief sofort ein.

Am nächsten Morgen fühlte sie sich wie neu geboren. Sie hatte siebzehn Stunden durchgeschlafen. Nicht einmal geträumt hatte sie.

Sie setzte sich auf und lauschte. In der Wohnung war es still. Sofort erhöhte sich ihr Puls. Alles fiel ihr wieder ein. Der Streit mit Leon, ihre Kündigung. Eine Kette legte sich um ihren Körper, lähmte ihre Bewegungen und ihre Gedanken. In ihren

Schläfen pochte es. Mühsam quälte sie sich aus dem Bett und öffnete die Schlafzimmertür.

Rolf Zuckowski besang schon wieder einen neuen Frühling, das Brummen von Jakob, der mit seinem Hubschrauber durch den Flur tobte, erklang wie gewohnt. Sie merkte, wie ihr ein Stein vom Herzen fiel.

Sie schloss vorsichtig die Tür und zog sich an. Sie setzte sich aufs Bett und dachte nach. Sollte sie wirklich gehen? Alles hinter sich lassen, ihre Ehe, ihre Arbeit? Oder sollte sie versuchen, alles rückgängig zu machen? Sie war gar nicht der Typ für spontane Entschlüsse. Normalerweise überlegte sie jede Entscheidung gründlich. Sie straffte sich und holte den Rollkoffer vom Schrank. Ihr Entschluss stand fest. Sie brauchte eine Auszeit. Sie packte ein paar praktische Kleidungsstücke zusammen. Viel würde sie an der Ostsee nicht brauchen. Außerdem musste sie noch die Sachen der Kinder einpacken. Weitere Koffer befanden sich im Keller.

Ihr Magen knurrte. Bevor sie weitermachte, würde sie frühstücken. Sie schlich in die Küche, kochte sich einen Kaffee und bereitete ein Müsli zu. Sie aß im Stehen an den Küchenschrank gelehnt. Sie kam sich vor wie ein Eindringling im eigenen Haus.

Sie atmete tief durch. Erst mit den Kindern sprechen oder erst mit Leon? Die Entscheidung wurde ihr abgenommen, als Leon in der Küchentür auftauchte.

„Bist du wieder zur Vernunft gekommen", brummte er, ohne sie anzusehen. „Du bist dran mit Kinderbetreuung. Ich habe gleich eine Telefonkonferenz. Hast du mir auch einen Kaffee gemacht?"

Er dreht sich zu ihr um und streckte ihr auffordernd die Hand entgegen. Charlotte erstarrte. Er hatte es tatsächlich immer noch nicht kapiert.

„Ich fahre. Meine Sachen habe ich bereits gepackt. Die Sachen der Kinder packe ich gleich. Spätestens heute Mittag will ich los, damit wir nicht zu spät ankommen."

Leons Gesicht lief rot an. Seine Gesichtsmuskeln verkrampften ebenso wie seine Hände. Er atmete hörbar ein. Dann zuckte er mit den Schultern.

„Mach doch, was du willst. Fahr an die Ostsee und komm dort wieder zur Vernunft. Ich habe jetzt wirklich was anderes zu tun."

Er drehte sich um. Die Tür des Arbeitszimmers fiel knallend ins Schloss. Charlotte wusste nicht, ob sie lachen oder weinen sollte. Scheinbar hatte er noch immer nicht verstanden.

„Kinder, wir fahren ins Ferienhaus an die Ostsee. Wer hat Lust?"

Charlotte hatte lange überlegt, wie sie den Aufbruch am besten unkompliziert gestalten konnte. Sie war in den Keller marschiert, hatte die Koffer hochgetragen und unbemerkt ein paar Sachen eingepackt, während Emilie, Mia und Jakob im Wohnzimmer ein Video schauten. Nun stand sie in der Wohnzimmertür.

Alle drei Kinder jubelten, Jakob sicher eher, um dem Beispiel seiner Schwestern zu folgen.

„Ihr dürft jeder einen Rucksack mit Spielsachen einpacken. Sandspielzeug ist im Ferienhaus. Und beeilt euch, wir wollen los!"

Die Mädchen verschwanden aufgeregt in ihren Zimmern. Weder Emilie noch Mia hatten Fragen gestellt. Nach Wochen in der Wohnung war ein Urlaub an der Ostsee ein riesiges Abenteuer.

Charlotte half Jakob, seine Lieblingssachen einzupacken. Eine halbe Stunde später standen alle Kinder bereit, jedes mit einem Kuscheltier unter dem Arm.

„Kommt Papa nicht mit", fragte Emilie verunsichert.

„Nein, Papa muss arbeiten."

„Schade, dann ist es nur halb so schön."

Emilie verzog das Gesicht. Charlotte schluckte und strich ihrer Tochter über das Haar.

„Wir machen es uns zu viert richtig kuschelig. Ihr werdet sehen. Und nun sagt ‚Tschüss' zu Papa." Die Kinder verabschiedeten sich von Leon. Charlotte verließ wortlos die Wohnung. Nach einer halben Stunde bog sie auf die Autobahnauffahrt Richtung Lübeck ab. Heute wurde die Auffahrt nicht von Polizisten überwacht.

Es war kaum Verkehr. Charlotte fuhr langsam und umklammerte das Lenkrad. Sie war müde, obwohl sie in der letzten Nacht lange geschlafen hatte. Ständig fielen ihr die Augen zu. Sie drehte die CD von Rolf Zuckowski lauter. Aus voller Kehle sang sie mit. Die Kinder stimmten ein.

Charlotte hatte vergessen, Picknick und Getränke einzupacken. Bereits an der Auffahrt fingen die Kinder an zu quengeln, am meisten nörgelte natürlich wieder Emilie. Charlotte sehnte sich nach einem starken Kaffee, aber die Autobahnraststätten hatten alle geschlossen. Einmal hielt sie auf einem Parkplatz, weil Mia auf die Toilette musste. Zum Glück fanden sie ein Dixi-Klo, das nicht abgeschlossen war.

Im Ort angekommen, kauften sie ein. Jedes Kind durfte für einen Tag den Essensplan aufstellen. Für sich besorgte Charlotte eine Flasche ihres Lieblingsweins. Im Gegensatz zu Hamburg war der Laden gut gefüllt. Zum Schluss packten sie die Zutaten für einen Schokoladenkuchen in den Einkaufswagen. Gemeinsames Backen war ein Highlight für die Kinder.

Der Schlüssel zum Ferienhaus lag wie gewohnt unter dem Blumentopf. Als Charlotte das Haus betrat, hatte sie das Gefühl, endlich wieder zu Hause zu sein. Hier hatte sie als

Kind und Jugendliche herrliche Zeiten verbracht. Das erste Mal seit Wochen konnte sie frei atmen.

Es roch muffig. Nach dem Winter war niemand hier gewesen. Charlotte riss alle Fenster auf und lüftete gründlich durch. Die Kinder tollten durch den Garten und stritten sich darüber, wer wie lange schaukeln durfte. Es war alles so normal wie seit Wochen nicht mehr.

Charlotte räumte die mitgebrachten Sachen und die Einkäufe ein und bezog die Betten. Es gab nur zwei Schlafzimmer. Die Mädchen würden zusammen schlafen und Jakob bei ihr. Am liebsten wäre sie sofort ins Bett gefallen, doch die Kinder waren völlig überdreht und wollten an den Strand.

Charlotte schrieb eine SMS an Martina und Leon, dass sie gut angekommen waren. Dann schaltete sie das Smartphone aus. Sie brauchte Ruhe, absolute Ruhe.

Am Strand zogen alle Schuhe und Strümpfe aus und tobten durch die Wellen. Das Wasser war noch kalt, aber die Sonne schien. Ein herrlicher Tag.

Karin

Fünf Uhr morgens. Karin gähnte und rieb sich die Augen. Sie zog den Morgenmantel enger um ihren Körper. Ihr war kalt. Sie blickte zurück auf den Bildschirm ihres Laptops. Seit einer Stunde skypte sie mit Birte, wie ständig in den letzten Tagen. Sofia, ihre Enkeltochter lächelte nicht süß schlafend in die Kamera. Die Kleine hatte Zornesfalten im Gesicht, ballte die winzigen Fäuste und schrie so durchdringend, dass Karin am liebsten den Ton abgeschaltet hätte. Birte weinte leise und schaukelte ihr Kind abwechselnd auf dem Arm oder legte es über die Schulter.

„Ich halte das nicht mehr aus, Mutti. Ich habe seit der Geburt das Haus nicht verlassen und nicht länger als drei

Stunden am Stück geschlafen. Sofia schreit und schreit. Was immer ich versuche, sie schreit. Und Dennis?" Birte holte geräuschvoll Luft. „Er zieht sich die Decke über den Kopf und schläft weiter. Ich habe schon beim Kinderarzt angerufen. Wir dürfen nicht kommen, wir sind kein Notfall. In einem Moment mache ich mir schreckliche Sorgen, dass irgendetwas nicht stimmt, male mir die furchtbarsten Krankheiten aus, die Sofia haben könnte. Im nächsten Augenblick möchte ich mir wie Dennis die Decke über den Kopf ziehen und mein altes Leben zurück."

Birte schluchzte. Ihre Augen waren rot unterlaufen und verschwollen. Darunter lagen dunkle Ringe. Sie sah aus wie ein Zombie. Karin erschrak. Was dachte sie da nur? Doch Birte fraß sie auf. Die Tochter nahm ihr die Luft zum Atmen. Auch Karin wollte ihr altes Leben zurück. Oder vielleicht doch lieber ein ganz anderes?

„Ich kann nicht mehr. Willst du mal meinen Busen sehen? Die Kleine frisst mich auf. Im wahrsten Sinne des Wortes." Birte schrie jetzt und übertönte die brüllende Sofia.

Karin zuckte zusammen. Nun wiederholte Birte schon ihre Gedanken. Sofort hatte sie ein schlechtes Gewissen. Am liebsten würde sie die Tochter in die Arme schließen, sie trösten. Stattdessen saß sie nutzlos vor dem Bildschirm und schaute sich das ganze Elend aus der Ferne an. Sie strich sich die Haare aus dem Gesicht. Sie zitterte. Gänsehaut überzog ihren Körper. Sie bekam nicht genug Schlaf. Rolf schlief jede Nacht neben ihr wie ein Murmeltier. Sie wälzte sich von einer Seite auf die andere. Die Sorgen um Tochter und Enkelkind ließen sie nicht einschlafen. Außerdem hielt sie diese Einsamkeit nicht mehr aus. Sonst hatte sie auch nicht sonderlich viel unternommen, doch alles fehlte ihr: das ungezwungene Einkaufen, das Treffen mit Birte, ein Spaziergang durch die Natur. Sie wusste, dass es ihnen im Vergleich zu anderen gut ging. Sie hatten keine finanziellen

Sorgen und niemand aus ihrer Familie war erkrankt. Trotzdem lag ein riesiger Klotz bleischwer auf ihrem Herzen und raubte ihr die Luft zum Atmen. Wenn sie endlich eingeschlafen war, klingelte das Telefon. Birte rief täglich mehrmals an, oft mitten in der Nacht so wie heute. Schon wieder wanderten ihre Gedanken, dabei wollte sie sich auf ihre Tochter konzentrieren. Bevor sie antworten konnte, öffnete Birte ihr Nachthemd und hielt ihre Brüste direkt vor die Kamera. Die Brustwarzen waren entzündet und verschorft, der Busen gerötet und prall wie ein Luftballon.

„Das tut so weh", stöhnte sie.

Karin zuckte zusammen und verzog den Mund.

„Du hast eine Brustentzündung. Du musst zum Arzt. Hast du Fieber?"

Die Müdigkeit war verflogen. Sie spürte die Schmerzen in ihrer eigenen Brust.

„Nur erhöhte Temperatur. Ich habe schon versucht, wenigstens eine Genehmigung für den Apothekenbesuch zu bekommen. Kein Notfall. Nun habe ich einen Termin in der nächsten Woche. Was soll ich bloß tun? Ich kann so nicht stillen!"

Tränen strömten über Birtes Gesicht und sie zitterte. Sofia hatte aufgehört zu schreien und sah mit großen Augen in die Kamera. Karin runzelte die Stirn.

„Wann kannst du denn wieder einkaufen? Quarkwickel helfen. Alle zwei Stunden Quark aus dem Kühlschrank dick auftragen und antrocknen lassen. Wenn es warm wird, abwaschen. Das habe ich gemacht, als ich damals nach deiner Geburt eine Brustentzündung hatte. Das hat mir meine Hebamme empfohlen. Was sagt denn deine?"

„Ach hör auf. Die Hebammen dürfen keine Hausbesuche machen. Und Sonja hat drei Kinder. Die bekomme ich nicht mal ans Telefon."

Die Tränen strömten weiter über Birtes Gesicht. Sofia schlief inzwischen. Sie atmete schnell und unruhig. Die Härchen klebten verschwitzt an ihrer Stirn.

Karin legt den Zeigefinger auf ihre Lippen und zeigte dann auf das Baby, um Birte auf dieses Wunder aufmerksam zu machen.

„Leg dich schnell wieder hin. Sie schläft", flüsterte sie. „Du brauchst deinen Schlaf. Ich melde mich nachher."

Mit diesen Worten schaltet sie den Computer aus, ohne Birtes Antwort abzuwarten. Endlich. Sie schlurfte zurück ins Schlafzimmer und kroch zu Rolf ins Bett. Er schnarchte laut. Sie stieß ihn unsanft gegen die Schulter. Sie brauchte Schlaf.

Das Telefon klingelte durchdringend. Karin drehte sich auf die andere Seite. Mist, sie hatte vergessen, es auf lautlos zu stellen. Bestimmt war Sofia wach geworden und Birte brauchte ein weiteres Mal Trost.

Karin setzte sich auf. Das Telefon verstummte. Mit einem Seufzer sank sie zurück in die Kissen. Hoffentlich konnte sie wieder einschlafen. Das Smartphone klingelte erneut.

Sie schwang die Beine aus dem Bett und griff nach dem Apparat, den sie seit Sofias Geburt stets bei sich trug. Rolf drehte sich zu ihr um und brummte genervt.

„Nun geh endlich ran. Das ist ja nicht zum Aushalten. Nicht mal nachts habe ich meine Ruhe. Zieh doch gleich zu deiner Tochter."

Die Stimmung zwischen ihnen war angespannt. Acht Wochen gemeinsam in der Wohnung ohne Kontakt zu anderen Menschen waren kaum auszuhalten. Es gab keine Möglichkeit, sich aus dem Weg zu gehen. Ständig hockten sie aufeinander.

Ein Blick auf das Display. Unbekannter Teilnehmer.

„Schrader", meldete sie sich. Ihre Stimme klang rau.

„Hallo Frau Schrader. Hier ist Schwester Birgit aus dem Seniorenheim. Es tut mir leid, dass ich so früh störe. Ihre

Mutter", hier stockte die Altenpflegerin, „Ihre Mutter ist heute Nacht an dem Virus gestorben. Mein Beileid."

Karin schluckte. Ein Schauder rann ihr den Rücken hinunter. Ihr Kopf war leer. Sie konnte keinen klaren Gedanken fassen. Sie hielt das Smartphone umklammert.

„Frau Schrader? Sind Sie noch dran?"

Karin atmete tief ein. Ihr fehlten die Worte. Frieda war tot. Sie räusperte sich.

„Frau Schrader, es tut mir leid, dass ich mich nicht vorher gemeldet habe, aber ihre Mutter wollte Sie nicht beunruhigen. Und es ging dann doch recht schnell."

Karins Körper verkrampfte. Sie rang nach Luft.

„Frau Schrader?"

Sie drückte das Gespräch weg und krabbelte zurück ins Bett. Sie legte sich auf den Rücken und starrte an die Decke. Frieda war tot. Sie hörte in sich hinein auf der Suche nach einem Gefühl. Doch sie fand kein einziges. So lag sie noch da, als Rolf ihr zwei Stunden später über den Arm strich. Sie rührte sich nicht. Er rüttelte an ihrer Schulter.

„Karin, was ist los. Sprich mit mir!"

Karin entzog sich seinen Händen und setzte sich auf. Sie schüttelte den Kopf.

„Alles ist gut. Frieda ist tot."

Sie erhob sich und schlurfte ins Badezimmer. Sie stellte sich unter die Dusche. Doch die Erstarrung löste sich nicht. Sie fühlte sich seltsam leicht, gleichzeitig lag ein Riesengewicht auf ihrem Herzen. Sie war eine Waise. Ihre Mutter war gestorben. Sie würde sie niemals wiedersehen, brauchte sie nie mehr im Seniorenheim zu besuchen. Musste sie sich jetzt um die Beerdigung kümmern oder war das die Aufgabe des Heims? Teuer genug war es ja. Wie viel Geld hatte ihre Mutter überhaupt noch? Nicht, dass sie die Bestattung bezahlen mussten. Wie funktionierte das mit der Trauerfeier während der

Ausgangssperre? War das erlaubt? Auf jeden Fall nur im ganz kleinen Kreis. Das war billiger.

Sie stellte die Dusche heißer. Tropfen rannen über ihr Gesicht, das Wasser vermischte sich mit Schweiß und Tränen.

Plötzlich riss Rolf die Tür zum Badezimmer auf.

„Karin, sie haben die Ausgangssperre aufgehoben. Ab morgen dürfen wir das Haus verlassen. Birte hat angerufen. Wir treffen uns im Park. Endlich können wir Sofia sehen."

Karin stellte das Wasser ab und stieg aus der Dusche. Morgen würde sie ihr Enkelkind kennenlernen. Was für ein herrlicher Tag!

Anna

„Frau Kuczinski, bitte ins Büro, Frau Kuczinski bitte."

Julia, die gemeinsam mit Anna Regale einräumte, grinste über das ganze Gesicht.

„Hat der Alte schon wieder Sehnsucht nach dir?"

Anna knuffte die Freundin in die Seite.

„So alt ist er gar nicht!"

Sie erhob sich und straffte den Rücken. Rückenschmerzen waren seit Wochen ihr ständiger Begleiter. Sie strich sich ihre braunen Locken nach hinten und zupfte ihr T-Shirt zurecht. Julia grinste breiter.

Anna lächelte zurück und schlenderte, ohne nach rechts und links zu schauen, ins Büro. Jetzt nur kein weiterer Spruch von den Kolleginnen. Vor zwei Wochen hatte sie mit Herrn Hausen über ihre Probleme gesprochen. Sie hatte ihm Bens nächtlichen Ausflug geschildert und ihre Ängste. Natürlich hatte sie geheult. Doch anders als sie erwartet hatte, war Herr Hausen sehr verständnisvoll gewesen. Sie hatten sich lange unterhalten und am Ende schüttete sie ihm ihr ganzes Herz aus. Er war ein guter Zuhörer. Seitdem redeten sie immer mal wieder über Privates. Seit drei Tagen rief er sie häufiger über

Lautsprecher in sein Büro. Die Kolleginnen tratschten schon. Es störte sie kaum. Sie unterhielt sich gern mit ihm und wenn sie ehrlich war, dachte sie ziemlich oft an ihn. Sie hatte sich schon seit Jahren nicht mehr mit einem Mann getroffen oder sich für einen interessiert. Ihr Leben bestand nur aus Ben und aus ihrer Arbeit. Manchmal fehlte ihr ein erwachsener Partner. Gerade im Moment, wo sie die Wohnung nur zum Arbeiten verlassen durfte, merkte sie das. Sie genoss die Plaudereien mit Lennard Hausen und abends im Bett führte sie die Gespräche oft in Gedanken weiter. Wenn sie zu zweit waren, duzten sie sich inzwischen, so vertraut war ihr Verhältnis geworden.

Seit Bens Flucht arbeitete sie im Zwei-Schicht-System und war mittags für drei Stunden daheim. Sonntags bekam sie frei. Die Kolleginnen waren neidisch und tuschelten, aber das war ihr egal. Hauptsache, sie hatte mehr Zeit für Ben.

Lennard hatte ihr ein gebrauchtes Fahrrad besorgt, so dass sie wieder schneller zu Hause und im Geschäft war. Ihr einziges Problem war der Hund. Bella war lieb, aber auch Hundebesitzer bekamen keine Ausnahmegenehmigung. Sie durften die Wohnung zum Gassi gehen nicht verlassen. Wahrscheinlich hatten die ehemaligen Besitzer Bella deswegen ausgesetzt. Ben und sie hatten der Hündin eine provisorische Toilette im Badezimmer eingerichtet. Bella gab sich Mühe und Ben säuberte alles gewissenhaft. Trotzdem stank es inzwischen in allen Räumen. Noch nahm Anna das in Kauf. Ben war ausgeglichen und glücklich und Bella wirklich ein toller Hund. Über kurz oder lang musste sie eine andere Lösung finden. Bis heute hatte sie kein Mensch darauf angesprochen, auch nicht die Nachbarn im Haus. Dabei befürchtete Anna, dass der strenge Geruch in den Hausflur zog. Sie mochte niemanden um Rat fragen, zu unangenehm war ihr das Hundeproblem.

Sie atmete tief ein und öffnete die Bürotür. Ihr Herz schlug schneller und sie merkte, wie sich ihre Wangen röteten. Wie peinlich.

170

„Hallo Anna. Gut siehst du aus."

Herr Hausen strahlte sie an.

„Hallo Lennard."

Anna schluckte. Es fiel ihr schwer, den Filialleiter zu duzen. In ihren Träumen war das einfacher.

„Setz dich. Guck mal, was ich hier habe."

Er reichte ihr ein unbeholfen eingepacktes Päckchen.

„Mach es vorsichtig auf, damit du es wieder einpacken kannst."

Annas Herz kam aus dem Takt. Kurz hatte sie gehofft, dass Paket sei für sie, aber wieso sollte sie es dann wieder einpacken? Wollte er einen Tipp von ihr für ein Geschenk für seine Freundin? Sie wusste nicht viel über ihn. Meistens redete sie und er fragte nach ihrem Leben und ihren Interessen. Wahrscheinlich bildete sie sich zu viel ein. Vorsichtig zog sie den Inhalt heraus.

„Ich hoffe, Ben ist HSV-Fan. Wenn er auf St. Pauli steht, ist das natürlich ein blödes Geschenk. Passt die Größe?"

Anna lachte und hielt das Trikot hoch.

„Nein, genau richtig. Er ist HSV-Fan und träumt davon, in die Auswahlmannschaft zu kommen und Profi-Fußballer zu werden. Naja, in den letzten Tagen vielleicht doch lieber Hundetrainer. Wo hast du das denn her?"

„Ist schon gebraucht und nicht ganz aktuell, aber ich fand es zu schade zum Wegschmeißen. Es gehörte dem Sohn meiner Schwester. Wir wohnen ja im selben Haus und sie hat die letzte Zeit zum Ausmisten genutzt."

Vorsichtig schob Anna das Trikot zurück in das Papier und befestigte die Klebestreifen wieder.

„Danke. Da freut Ben sich bestimmt."

„Ich würde ihn gerne kennenlernen, deinen Sohn."

Lennart sah ihr tief in die Augen. Anna wurde warm und plötzlich ging ihr alles zu schnell. Sie wandte sich ab.

„Wenn die Ausgangssperre vorbei ist, vielleicht. Ist sonst noch was?"

„Nein, das war alles. Wann gehst du heute Mittag?"

„Um halb eins, wenn es recht ist."

„Alles klar und grüß Ben von mir."

Unsicher verließ Anna das Büro. Sie würde sich gerne mit Lennard treffen. Auf der anderen Seite war er ihr Chef. Die Kolleginnen tratschen sowieso schon. Und wenn sie sich alles einbildete? Wahrscheinlich tat sie ihm einfach leid, nachdem sie sich bei ihm ausgeheult hatte.

„Frau Kuczinski, bitte ins Büro, Frau Kuczinski bitte."

Julia sah Anna an und prustete los.

„Na, der kann ja nicht mal zwei Stunden ohne dich. Wie hast du das gemacht? Wirst du demnächst seine Stellvertreterin?"

Anna wurde rot.

„Lass mal, bestimmt hat er vorhin was vergessen."

Sie hatte Julia nichts von dem Trikot erzählt. Sie hatte es in ihrer Tasche im Pausenraum verstaut, ohne es jemanden zu zeigen. Zurück im Laden hatte sie was über eine neue Lieferung gemurmelt. Die Freundin spottete ohnehin die ganze Zeit und machte dumme Sprüche.

Anna erhob sich und hastete zum Büro. Nicht, dass die anderen Kolleginnen auch noch einen blöden Kommentar abgaben.

Sie öffnete die Bürotür und wollte Lennard gerade darauf hinweisen, wie ungeschickt es war, sie zwei Mal hintereinander ausrufen zu lassen, als sein strahlendes Lächeln sie bremste.

„Anna, stell dir vor. Ab morgen ist die Ausgangssperre aufgehoben. Wir dürfen uns endlich wieder ohne Grund im Freien aufhalten."

Er griff ihre Hände und drehte sich mit ihr im Kreis. Dann stoppte er.

„Entschuldige, meine Gefühle sind mit mir durchgegangen. Ich hasse das Eingesperrtsein. Ich bekomme drinnen einfach keine Luft. Ich bin ein richtiger Draußenmensch. Die letzten Wochen waren furchtbar für mich. Wahrscheinlich war ich deswegen manchmal so unbeherrscht und ungerecht." Er hielt weiterhin ihre Hände. Anna bemerkte es kaum. Ihr Herz klopfte heftig.

„Ist das wirklich wahr? Wir dürfen einfach wieder nach draußen?"

„Naja, nicht in Gruppen und wir müssen den Mund-Nasen-Schutz tragen, aber ja: Wir können ohne Grund die Wohnung verlassen und einen Spaziergang machen." Anna fiel ein Stein vom Herzen. „Dann kann Ben endlich mit Bella Gassi gehen. Da freut er sich schon die ganze Zeit drauf. Die beiden toben ständig zusammen durch die Zimmer. Es ist bereits einiges zu Bruch gegangen. Lange hätte ich das mit Bella in der Wohnung nicht mehr ausgehalten."

Sie wurde rot. Jetzt löste sich zum Glück auch ihr Hundeklo-Problem. Beinahe hätte sie Lennard alles verraten. Sie strahlte über das ganze Gesicht.

Lennard hielt noch immer ihre Hände. Er schaute sie ernst an.

„Anna, ich weiß, das kommt vielleicht etwas überraschend. Ich bin dein Chef und du kannst ehrlich sagen, wenn ich dir zu nahe trete. Magst du morgen Abend mit mir spazieren gehen? Wir können auch Ben und Bella als Anstandswauwau mitnehmen."

Nun lächelte er wieder.

Anna wurde warm ums Herz. Sie ließ seine Hände los.

„Gern Lennard. Mit Ben und Anstandswauwau. Aber wir lassen es langsam angehen. Versprochen?"

„Versprochen! Und jetzt mache ich die große Durchsage. Ich wollte es dir unbedingt zuerst sagen."

Er griff zum Mikrofon:

173

„Liebe Kundinnen und Kunden, liebe Mitarbeiterinnen. Wie ich so eben erfahren habe, ist die strikte Ausgangssperre ab morgen aufgehoben. Detaillierte Informationen entnehmen Sie bitte den offiziellen Verlautbarungen.“

Anna hörte die Jubelrufe und das Klatschen bis ins Büro. Sie hob die Hand und winkte Lennard zum Abschied. Beschwingt verließ sie den Raum. Das Leben war schön.

Josefine

Josefine lag auf der Schlafcouch und starrte an die Decke. In den Armen hielt sie Angelinas Teddy. Vor ihrem inneren Auge tauchten Bilder von Angie auf. Winzig klein im Wärmebettchen, lachend auf dem Spielplatz, mit einem Eis in der Hand und verschmierter Schnute. Josie lächelte. Neue Bilder, Angie krampfend auf dem Fußboden im Abstellraum, mit geschlossenen Augen auf der Trage, eine Infusion im Arm. Josie atmete tief ein und kniff die Augen zusammen. Die Bilder blieben.

In der Wohnung war es penibel aufgeräumt. Nachdem die Polizisten und die Rettungskräfte verschwunden waren, hatte sie weiter nach dem Notfallzettel gesucht und sämtlichen Müll in Tüten gepackt. Diese standen jetzt in der Abstellkammer. Sie hatte das Geschirr abgewaschen, den Boden gewischt. Angies Spielsachen hatte sie in der ganzen Wohnung verteilt, Bauklotztürme gebaut, die Puppe ins Puppenbett gelegt und Malsachen auf den Tisch. Sie hatte alle Stifte der Farbe nach geordnet. Daneben hatte sie ein Glas und eine Flasche Saft gestellt, die sie beim Aufräumen gefunden hatte. Sicher hatte Angelina Durst, wenn sie nach Hause kam. Dann hatte sie Angelinas Teddy in den Arm genommen, sich auf den Stuhl ans Fenster gesetzt, auf die Straße geschaut und gewartet. Doch Angie war nicht zurückgekommen.

174

Stattdessen waren die beiden Polizisten wieder aufgetaucht. Sie hatten Josefine angeschrien, sie habe Beweismittel vernichtet, aber das würde ihr vor Gericht nicht helfen. Sie hätten Fotos gemacht und die Rettungskräfte könnten bezeugen, in was für einem Saustall Angelina gelebt hätte. Josie hatte die Beamten irritiert angesehen. Welche Beweismittel? Sie hatte nur nach dem Notfallzettel gesucht, doch der blieb verschwunden. Außerdem hatte sie alles schön gemacht für Angie, wenn sie nach Hause kam. Das machte eine gute Mutter.

Die Polizisten hatten ihr erklärt, dass sie wegen der Seuche nicht mit auf das Polizeirevier musste und nicht in Untersuchungshaft kam, da die Infektionsgefahr zu hoch sei. Man würde sich um ihren Fall kümmern, wenn alles wieder normal lief. Josie hatte ihnen kaum zugehört. Sie fragte in einem fort nach Angie und erhielt keine Antwort. Sie hatte geweint, geschrien, am Ende mit den Fäusten gegen die Brust des älteren Polizeibeamten gehämmert. Er hatte ihre Arme festgehalten und sie geschüttelt. Er hatte ihr wehgetan, aber das war ihr egal. Sie musste wissen, was mit Angie war. Endlich beim Rausgehen hatte die Polizistin erklärt, Angie sei im Krankenhaus. Es würde ihr sehr schlecht gehen. Mit etwas Glück seien sie gerade noch rechtzeitig gekommen. Doch das sei nicht Josefines Verdienst, sondern der ihrer aufmerksamen Freundin. Josie hatte nicht mehr zugehört. Angie lebte, das war das Wichtigste. Sie hatte das Richtige getan. Sie hatte Cindy angerufen und Cindy hatte wie immer gewusst, was zu tun war. Die Polizistin hatte Recht, es war alles ihre Schuld, ganz allein ihre Schuld.

Die Polizisten sagten ihr nicht, in welchem Krankenhaus Angelina lag. Sie ließen sie nur Berge von Papieren unterschreiben. Josie las sie gar nicht durch, unterschrieb einfach. Dann verschwanden die Polizisten. Sie kamen nicht mehr wieder.

Seitdem lag Josie auf der Schlafcouch mit Angies Teddy im Arm und starrte an die Decke. Manchmal stand sie auf, um etwas zu essen und zu trinken, anschließend legte sie sich wieder hin, so erschöpft war sie.

Einmal klingelte es an der Wohnungstür. Sie ignorierte es. Sie war müde. Sie hatte die Hoffnung aufgegeben, dass Angie wieder nach Hause kam. Es klingelte weiter, immer weiter. Der Lärm tat ihr in den Ohren weh. Schließlich raffte sie sich auf. Sie schlurfte barfuß zur Tür. Ihr Herz raste. Vielleicht war es doch Angie? Sie öffnete. Vor der Tür stand ein bärtiger Mann, kaum älter als sie. Er hielt eine Kiste mit Lebensmitteln in den Händen. Sie fragte nach Angie. Er zuckte mit den Schultern. Sein Mund bewegte sich, doch sie hörte nicht mehr hin. Er wusste nichts über Angie, also war egal, was er sagt. Sie schloss die Tür, ohne ihn weiter zu beachten. Sie sank auf den Fußboden. Es klingelte wieder und wieder. Es hörte einfach nicht auf. Sie öffnete die Tür, sie wollte den Kerl anschreien, er solle endlich Ruhe geben. Der Mann reichte ihr wortlos die Kiste mit den Lebensmitteln, drehte sich um und ging. Josie trug die Sachen in die Wohnung. Sie wusste nicht, wer er war, warum er ihr Lebensmittel brachte. Es interessierte sie nicht.

Jeden Tag wischte sie den Tisch ab und sortierte Angies Spielsachen. Ansonsten lag sie auf der Schlafcouch und träumte mit offenen und geschlossenen Augen von ihrer Tochter. Manchmal schlief sie kurz ein, schreckte aber immer wieder hoch. Die Polizisten tauchten nicht wieder auf. Das war doch ein gutes Zeichen, ein Zeichen, dass Angie noch lebte? Oder hatte die ganze Welt sie vergessen?

Das Klingeln des Handys riss sie aus ihren Gedanken. Das Handy, wo war es nur? Josefine erhob sich mühsam und tappte durch die Wohnung. Es hing noch immer in der Aufladestation im Flur. Als sie es endlich erreicht hatte, verstummte es. Sie drehte sich um und wankte zurück ins Wohnzimmer. Sie war so müde. Das Handy klingelte erneut. Sie schleppte sich zurück und dieses Mal kam sie rechtzeitig. Sie nahm das Gespräch an. Vielleicht endlich eine Nachricht von Angie.

„Hallo Josie, ich bin es, Cindy. Bitte leg nicht auf. Es tut mir so leid. Ich wusste einfach nicht, was ich machen sollte. Du klangst so wirr, da hab ich den Notruf gewählt. Ich konnte doch nicht kommen. Ich wollte dir nicht die Polizei auf den Hals hetzen, das musst du mir glauben."

Die Worte sprudelten aus Cindy hervor. Sie rauschten an Josies Ohren vorbei.

„Weißt du was von Angie, bitte Cindy. Was ist mit Angie?"

Josie brüllte. Cindy Redefluss stoppte. Josie hörte sie hektisch atmen. Nun sprach die Freundin langsam, suchte nach Worten.

„Ich hab nie wieder was von der Polizei gehört. Sie waren am nächsten Tag bei mir, um meine Aussage aufzunehmen. Da haben sie gesagt, Angelina sei im Krankenhaus. Weißt du nicht in welchem?"

„Sie haben mir nichts gesagt. Ich habe ganz viele Zettel unterschrieben. Aber sie haben mir nichts gesagt."

Josie schluchzte.

„Vielleicht ist sie tot und ich bin schuld."

„Unsinn, sie hätten dich bestimmt abgeholt, wenn sie gestorben wäre. Oder Bescheid gesagt. Du bist schließlich ihre Mutter."

Josie war sich da nicht so sicher. Es war doch alles ihre Schuld.

Beide Frauen schwiegen.

„Du, weißt du, warum ich überhaupt angerufen habe? Die Ausgangssperre ist aufgehoben. Wir dürfen die Wohnung wieder verlassen und da dachte ich ... Ich weiß auch nicht, was ich dachte. Ich habe mich die ganze Zeit nicht getraut, dich anzurufen, weil ich dachte, du bist mir böse. Und jetzt bin ich so froh, da habe ich mich halt getraut. Freust du dich?"

Was meinte Cindy? Josie schüttelte den Kopf. Worüber sollte sie sich freuen? Alles um sie herum war schwarz.

„Josie, bist du noch da? Wir können jetzt nach Angie suchen, hörst du? Wenn wir raus dürfen, können wir doch die Krankenhäuser abklappern und sie suchen. Ich helfe dir!"

Angie suchen. Cindy hatte Recht. Sie hätte bloß in den Krankenhäusern nachfragen müssen. Irgendwo musste Angie doch sein. Sie hätte nur anrufen müssen. Stattdessen lag sie den ganzen Tag auf der Couch und tat wieder einmal nichts. Josie schüttelte sich, ihr Körper verkrampfte. Sie war einfach unfähig.

Cindy redete weiter. Sie entwickelte bereits einen Plan. Sie würde eine Liste aller Krankenhäuser aus dem Internet zusammenstellen. Sie würden überall fragen, persönlich war besser als am Telefon. Da wurde man so leicht abgewimmelt. Josie sollte in zwei Stunden unten am Spielplatz warten. Dann hätte Cindy alles fertig.

Cindy war in ihrem Element und voller Tatendrang. Josie war einfach nur müde. Nach dem Telefonat sank sie im Flur auf den Fußboden und hielt sich die Ohren zu.

Zwei Stunden später machte Josefine sich auf den Weg zum Spielplatz.

Als sie ankam, saß Cindy auf der Bank und genoss die Sonne. Kevin spielte mit Eimer und Schaufel in der Sandkiste. Er strahlte über das ganze Gesicht. Josie wurde schlagartig heiß. Alles drehte sich. Vor Sehnsucht nach Angie zog sich ihr Herz zusammen. Selbst ihre Kopfhaut spannte.

„Entschuldigung, ich musste ihn mitnehmen. Ich habe doch niemanden zum Aufpassen und er muss nach acht Wochen unbedingt mal an die Luft. Ich habe eine Liste gemacht." Cindy stand auf und reichte ihr einen Zettel. Vierunddreißig Krankenhäuser in Hamburg. Wie sollten sie das schaffen? Die Busse fuhren noch nicht.

Josie riss der Freundin das Blatt Papier aus der Hand.
„Ich geh dann mal. Falls du sie findest, ruf an."
Sie drehte sich um und stürmte los. Kevin war inzwischen zu seiner Mutter gelaufen und hatte ihr ein Sandeis gebracht. Josie ertrug den Anblick nicht. Sofort tauchten wieder Bilder von Angie auf, krampfend auf dem Fußboden, völlig still auf der Trage.

Die Ernüchterung kam schnell. Das erste Krankenhaus war weiträumig abgesperrt. Das Sicherheitspersonal verweigerte ihr den Zutritt. Sie bettelte, jammerte und schrie. Niemand war bereit, ihr zu helfen, niemand gab ihr eine Antwort. Die gleiche Erfahrung machte sie bei der nächsten Klinik. Es war aussichtslos. Sie rief Cindy an. Die Freundin hatte ebenfalls vor verschlossenen Türen gestanden und war bereits resigniert nach Hause gefahren. Selbst Cindy wusste keinen Rat mehr.

Josefine sank schluchzend auf die Bank an einer Bushaltestelle. Keine Hilfe, nirgends.

Jana

Jana saß im Pausenraum der Intensivstation. Sie hatte den Kopf auf den Tisch gelegt und schlief. Neben ihr lag ein angebissenes Brötchen. Die Salami wellte sich.

Dr. Prill betrat leise den Raum. Er blieb in der Tür stehen, warf einen Blick auf die Schlafende und drehte sich wieder um. Jana schreckte hoch, rieb sich die Augen und stöhnte. Ihr Rücken brannte.

„Entschuldigung, ich wollte Sie nicht wecken."

Der Chefarzt blieb unschlüssig in der Tür stehen.

„Wir versammeln uns alle in der Cafeteria. Es sind gestern wieder zwei Kolleginnen gestorben. Ich dachte, Sie möchten dabei sein."

„Ja, natürlich. Danke."

179

Jana erhob sich und rieb ihren schmerzenden Rücken. Sie fuhr sich mit den Händen durch die Haare. Keine Zeit mehr, sich frisch zu machen. Sie folgte ihrem Chef langsam.

„Wie geht es Ruben?"

Dr. Prill wartete im Flur auf sie. Er ergriff ihren Arm. „Wenn Sie frei haben wollen. Ich gucke gerne, ob ich Ihre Dienste anders besetzen kann."

Jana schüttelte seine Hand ab. „Es geht schon. Ruben kommt allein zurecht. Wenn was ist, kann er ja anrufen."

Janas Nerven lagen blank. Die mitleidigen Blicke und besorgten Nachfragen der Kolleginnen und Ärzte waren gut gemeint. Sie erinnerten sie jedoch ständig an die Gefahr, in der sich Ruben befand. Er wollte sich nicht von ihr ,betüddeln' lassen, wie er es nannte, und überredete sie jeden Tag aufs Neue, zum Dienst zu gehen. Sie war jetzt vierundzwanzig Stunden täglich von der Krankheit umgeben, fand nie Zeit zum Abschalten. Dazu kam die Sorge, selbst infiziert zu sein. Ständig horchte sie in sich hinein. Noch immer gab es keine regelmäßigen kostenlosen Tests für das Pflegepersonal. Sie konnten sich jederzeit freiwillig testen lassen, mussten das aber selbst bezahlen. Jana überlegte dauernd, ob sie sich testen lassen sollte. Doch was würde ein erneuter Abstrich bringen? War sie positiv, musste sie weiterarbeiten, da sie keine eindeutigen Symptome zeigte. Müdigkeit und Erschöpfung waren nicht Folgen des Virus. War der Test negativ, konnte sie sich bereits Minuten nach der Probe infiziert haben. Für Pflegekräfte gab es keine Sicherheit, obwohl die Ausstattung mit Schutzkleidung und Masken inzwischen verlässlich geregelt war.

Sie hatten die Cafeteria erreicht. Ein lautes Gemurmel zahlreicher Stimmen ertönte. Dr. Prill stoppte und schaute Jana fragend an. Sie hatten bisher fünf Gedenkveranstaltungen für verstorbene Kolleginnen und Kollegen abgehalten. Die

Stimmung war stets bedrückt und ernst. Es wurde kaum gesprochen. Jana schüttelte den Kopf. Sie konnte sich die Aufregung nicht erklären.

Der Chefarzt straffte die Schultern und betrat den Raum. Er hielt jedes Mal eine persönliche Rede, dankte seinen Mitarbeiterinnen und sprach ihnen Mut und Kraft zu. Jana folgte ihm und stellte sich in eine hintere Ecke. Sie ertrug diese Gedenkfeiern kaum. Sicher gab es Kolleginnen, die diesen gemeinsamen Abschied brauchten. Vielleicht war es ihre Pflicht, zusammen den Verstorbenen zu gedenken. Jana spürte in solchen Momenten ihre Angst stärker als sonst. Deshalb blieb sie im Hintergrund. Außerdem wollte sie sich an die Wand lehnen. Das Stehen fiel ihr von Tag zu Tag schwerer. Es fühlte sich an, als würde jemand mit einem Messer in ihre Wirbelsäule stechen.

„Dr. Prill, haben Sie schon gehört? Die Ausgangssperre ist ab morgen aufgehoben."

Mehrere Kolleginnen platzten gleichzeitig mit der Neuigkeit heraus.

Dr. Prill hob die Arme.

„Das hat Zeit. Wir reden nachher darüber. Wir sind aus einem anderen Grund hier."

Die Stimme des Chefarztes klang schneidend. Alle schwiegen betroffen. Jana atmete tief ein. Sie betrachtet Dr. Prill von der Seite. Hatte er es bereits gewusst? Warum hatte er nichts gesagt? Sie hörte in sich hinein. Freute sie sich über die Nachricht? Widersprüchliche Empfindungen tobten in ihr. Sie hatten die Erkrankungen inzwischen ganz gut im Griff. Die Infektionszahlen sanken täglich, es lagen keine Patienten mehr auf den Fluren, die Beatmungskapazitäten reichten aus. Wenn es jetzt weniger Einschränkungen gab, wenn die Menschen sich wieder trafen, würden die Zahlen vermutlich ansteigen. Hoffentlich nicht zu stark. Sie brauchten dringend eine Verschnaufpause.

Jana sehnte sich nach frischer Luft, nach einem Spaziergang an der Elbe oder am Meer zusammen mit Ruben. Ob er es schon wusste? Frische Luft würde ihm guttun, aber als Infizierter durfte er die Wohnung wahrscheinlich nicht verlassen. Oder schied er das Virus nicht mehr aus? Das Fieber war weg und er hustete kaum noch. Die Quarantäne dauerte nur zwei Wochen. Er bekam immer noch schlecht Luft und war schnell erschöpft. Am schlimmsten war für ihn, der gerne kochte und leckeres Essen liebte, dass sowohl sein Geschmackssinn als auch sein Geruchssinn verschwunden waren.

Jana schaute sich um. Alle Kolleginnen und Kollegen hatten den Blick gesenkt und schwiegen. Sie war so sehr in ihren Gedanken gefangen, dass sie Dr. Prills Rede nicht mitbekommen hatte. Sie senkte ebenfalls den Blick und sprach ein stilles Gebet:

„Bitte lieber Gott, wenn es dich denn gibt. Bitte mach, dass Ruben wieder ganz gesund wird und dass wir nie wieder hier stehen müssen, um uns von Kolleginnen und Kollegen zu verabschieden. Bitte mach, dass es endlich vorbei ist."

„So", durchbrach Dr. Prill die Stille. „Und nun zur Nachricht des Tages. Die strikte Ausgangssperre ist aufgehoben. Für unsere Arbeit ändert sich dadurch nichts, höchstens, dass wir uns auf einen erneuten Anstieg der Fallzahlen einstellen müssen. Das Krankenhaus bleibt weiterhin für alle, die hier nicht arbeiten, geschlossen. Keine Besuche. Auch nicht bei Sterbenden oder Gebärenden oder bei was weiß ich für Notfällen. Alle Hygienevorschriften behalten Gültigkeit. Ich erwarte von Ihnen, dass Sie sich in Ihrer Freizeit von anderen Menschen fernhalten. Keine sozialen Kontakte außerhalb Ihrer Familien. Schützen Sie Ihre Mitmenschen und schützen Sie sich selbst. Ich danke Ihnen."

Dr. Prill wandte sich ab und stürmte ohne ein weiteres Wort aus der Cafeteria. Alle schauten ihm sprachlos hinterher. In kleinen Grüppchen verließen sie ebenfalls den Raum. Jana blieb noch einen Moment an die Wand gelehnt stehen. Was hatte Dr. Prill nur? Freute er sich gar nicht? Jana konnte ihn nicht mehr fragen. Zurück auf Station musste sie sich um eine ältere Frau kümmern, die aus einem Pflegeheim eingeliefert worden war. Die Patientin musste dringend beatmet werden. Zum Glück gab es einen freien Beatmungsplatz.

Als sie endlich Feierabend hatte, verließ Jana beschwingt das Krankenhaus. Die Luft draußen war warm, die Vögel zwitscherten. Das Leben ging endlich weiter.

Jana öffnete die Wohnungstür. Es war still. Meistens hörte Ruben Musik, während sie im Krankenhaus war. Oder er sah sich eine der zahlreichen Sondersendungen im Fernsehen an. Es roch muffig. Kein leckerer Duft nach frisch zubereitetem Essen.

„Ruben?!"

Jana schloss die Tür. War er etwa schon spazieren gegangen? Auf dem Weg von der Klinik nach Hause waren ihr viele Menschen begegnet. Alle hatten ihre Wohnungen verlassen und spazierten allein, zu zweit oder mit ihren Kindern ziellos durch die Straßen, obwohl die Ausgangssperre offiziell noch bis Mitternacht galt. Die Menschen waren blass, die Gesichter sorgenvoll. Nur die Kinder strahlten, tobten ausgelassen herum und genossen die Sonne.

„Ruben?!"

Jana eilte von der Küche ins Wohnzimmer, klopfte an die Badezimmertür. Kein Ruben. Panik ergriff sie. Wo war er? Schließlich öffnete sie die Tür zum Schlafzimmer.

Ruben lag im Bett. Neben ihm stand die Sauerstoffflasche. Die dazugehörige Maske lag nutzlos auf dem Kissen. Kein Laut war zu hören. Jana stürzte zu ihm, nahm die Maske und legte sie ihm über Mund und Nase. Sie regelte die Sauerstoffzufuhr, rüttelte an seiner Schulter.

„Ruben, aufwachen. Du musst atmen, hörst du. Atmen! Ein, aus!"

Eine seltsame Ruhe überkam sie. Sie sah nicht das blasse Gesicht ihres Mannes, seine blau angelaufenen Lippen, seine verkrampften Hände. Vor ihr lag ein namenloser Patient. Endlich hob und senkte sich sein Brustkorb gleichmäßig. Jana sackte neben ihm auf das Bett. Sie zitterte am ganzen Körper. Die Anspannung fiel ab.

„Ich rufe den Krankenwagen. Du musst in die Klinik. Mein Handy ist noch in der Tasche im Flur. Kann ich dich kurz allein lassen? Atmen nicht vergessen."

Ruben griff nach ihrer Hand und hielt sie zurück.

„Engelchen, nicht ins Krankenhaus, bitte. Mir geht es wieder gut. Ich habe nur vorhin vergessen, rechtzeitig Sauerstoff zu nehmen. Die Ausgangssperre ist aufgehoben. Ich habe mich so gefreut. Ich bin ein wenig spazieren gegangen und habe dabei die Zeit vergessen. Das war zu viel. Ich bin vor Erschöpfung eingeschlafen. Es tut mir leid."

Zwischen den Sätzen machte er kurze Pausen, um tief einzuatmen. Langsam bekam sein Gesicht wieder Farbe.

„Ruben, das kannst du nicht machen. Du weißt, wie tückisch die Krankheit ist. Außerdem gilt die Ausgangssperre heute noch. Ich rufe den Krankenwagen. Wenn ich mich nicht auf dich verlassen kann, dann geht es nicht anders."

Jana entzog ihm ihre Hand. Ruben setzte sich auf.

„Du hast ja recht, aber die nehmen mich gar nicht auf, glaub mir. Ich habe die Krankheit überstanden. Was ich brauche, ist eine vernünftige Reha, aber die gibt es nicht. Die

184

Reha-Kliniken sind noch geschlossen. Ich bin kein Fall mehr für die Klinik."

Er griff wieder nach ihrer Hand. Jana schüttelte den Kopf und atmete tief durch. Ruben hatte Recht. Aber wie konnte er nur so unvernünftig sein? Sie drehte sich um und verließ das Schlafzimmer.

„Jana, komm zurück, bitte."

Sie reagierte nicht. Sie holte sich eine Flasche Wein aus dem Kühlschrank und trug sie zusammen mit einem Glas und einer Familienpackung Eiscreme ins Wohnzimmer. Sie knallte die Tür hinter sich zu und drehte den Schlüssel um. Sie goss sich Wein ein und aß die Hälfte des Carameleises. Dabei starrte sie einfach vor sich hin. Sie hatte sich total auf den Abend mit Ruben gefreut. Nun war ihr die Freude verdorben.

Es klopfte an der Tür.

„Engelchen, lass uns reden."

Sie reagierte nicht. Sie konnte nicht mehr. Es hatte alles keinen Sinn. Sie kuschelte sich mit der Decke auf der Couch zusammen und weinte sich in den Schlaf.

Zwei Wochen später

Charlotte

Charlotte saß mit geschlossenen Augen in der Sonne. Der leichte Ostseewind wehte ihr die Haare ins Gesicht. Zwei Möwen stritten sich an der Wasserkante um einen fetten Krebs. Ihr Geschrei durchschnitt die Stille. Emilie, Mia und Jakob bauten unten am Strand an einer Sandburg.

Seit vierzehn Tagen lebte sie mit den Kindern im Ferienhaus ihrer Eltern an der Ostsee. Die erste Zeit war schwierig gewesen. Hier in der Ruhe hatte sie gemerkt, wie viel Kraft die letzten Wochen gekostet hatten. Sie war ständig müde, wollte am liebsten im Bett bleiben oder ein Buch lesen. Die Kinder dagegen waren voller Energie und Tatendrang. Es hatte häufig Streit gegeben. Inzwischen hatten sie sich jedoch alle an den gleichmäßigen, ruhigen Tagesablauf gewöhnt.

Ihr Smartphone hatte sie ausgeschaltet, nachdem sie ihrer Freundin Martina und Leon eine beruhigende SMS geschickt hatte. Seitdem lebte sie ohne Kontakt zur Außenwelt. Sie versuchte, sich auf die Kinder zu konzentrieren und bemerkte komplett neue Seiten an ihnen. Die Entschleunigung tat allen gut.

Für Emilie war es anfangs besonders schwer gewesen. Sie vermisste ihren Vater und verlangte nach ihren Schulaufgaben. Charlotte hatte ein schlechtes Gewissen, wenn sie daran dachte. Sie hatte nicht genug Energie, die Aufgaben aus der Schule herunterzuladen oder den Wissensdurst ihrer Tochter zu stillen. Den Laptop hatte sie in ihrer Wohnung zurückgelassen. Vermutlich war es strafbar, was sie tat. Sie hinderte Emilie daran, am Homeschooling teilzunehmen. Sie entzog Leon die Kinder. Es wurde Zeit, dass sie sich der Situation stellte. Die selbstgewährte Schonzeit war vorbei.

Sie atmete tief ein und zog das Smartphone aus der Tasche. Sie hatte es heute Morgen frisch aufgeladen, den Zeitpunkt für den Kontakt mit der Außenwelt jedoch ständig wieder verschoben. Die Stille an der Ostsee war so wohltuend.

Sie warf einen Blick auf die Kinder. Emilie holte Wasser, um den Burggraben zu fluten. Jakob und Mia sammelten Muscheln und Steine, um die Burg zu verzieren. In den letzten Tagen waren die drei zur Ruhe gekommen. Das Fehlen anderer Spielfreunde hatte sie zusammengeschweißt.

Charlotte atmete tief durch und gab die PIN ein. Es piepte in einem fort. Unzählige Nachrichten waren eingegangen. Charlotte rieb sich die Augen und strich sich die Haare aus dem Gesicht. Wie sollte sie vorgehen? Die aktuellsten zuerst oder alles chronologisch? Am liebsten hätte sie ihr Smartphone im Meer versenkt.

Sie öffnete die letzte Nachricht von Leon. Sie stammte von heute Morgen:

„Charlotte, melde dich. Ich will die Kinder sehen, sofort, sonst schicke ich die Polizei ins Ferienhaus. Anwalt ist eingeschaltet. Ich will die Scheidung und das Sorgerecht für die Kinder. P.S. Ich wohne im Hotel."

Charlotte schnappte nach Luft. Ihr Herz raste und ihre Knie zitterten unkontrolliert. Die Kopfschmerzen waren wieder da. Angst schnürte ihr die Kehle zu. Wie hatte sie so unüberlegt handeln können? Sie hatte die Konsequenzen ihrer Handlungen überhaupt nicht bedacht, sie, die sonst jeden Schritt in ihrem Leben gründlich überlegt hatte. Sollte sie Leon anrufen? Einem Gespräch mit ihm fühlte sie sich nicht gewachsen. Und wie stellte er sich das vor? Er hatte sich die ganze Zeit nicht um die

Kinder gekümmert. Er wollte das Sorgerecht nicht wegen der Kinder, sondern um sie zu verletzen. Da war sie sich sicher. Langsam zählte sie bis zehn und atmete gleichmäßig ein und aus. Dann tippte sie:

„Hallo, ich komme übermorgen zurück nach Hamburg. Natürlich kannst du die Kinder sehen oder heute Abend mit ihnen telefonieren. Im Moment spielen sie. Gruß Charlotte."

Sie las den Text mehrmals durch und ersetzte ‚oder' durch ‚und'. Anschließend drückte sie auf ‚Senden', bevor sie es sich anders überlegte. Vierundachtzig Nachrichten hatte Leon in den letzten Tagen geschickt. Sie zögerte. Alle lesen oder alle löschen? Gedankenverloren blickte sie über die Ostsee. Am Horizont zogen dunkle Wolken auf. Hoffentlich kein schlechtes Omen. Sie atmete tief ein. Die Kinder spielten weiterhin am Strand. Jakob wedelte mit der Schaufel durch die Luft. Sie hob die Hand und winkte ihm zu. Sie würde die Nachrichten nicht löschen. Vielleicht waren sie bei der anstehenden Auseinandersetzung wichtig. Aber sie konnte sie jetzt unmöglich lesen. Dafür fehlte ihr die Kraft. Sie brauchte auf jeden Fall eine Anwältin. Sie würde um die Kinder kämpfen.

Von Martina waren lediglich drei Sprachnachrichten eingegangen. Die Freundin berichtete ihr von wutentbrannten Anrufen von Leon und riet ihr dringend, eine Anwältin einzuschalten. Charlotte tippte eilig eine Nachricht:

„Hallo Martina, hier ist alles gut, aber du hast Recht. Leon will Krieg. Kennst du eine kompetente Anwältin? Komme übermorgen zurück nach Hamburg. Liebe Grüße Charlotte."

Ohne zu zögern, schickte sie diese SMS ab.

Wieder warf sie einen Blick auf ihren Posteingang. Von Herrn Schmidt-Hansen gab es eine einzige Nachricht.

„Sehr geehrte Frau von Mülensiefen,
hiermit bestätige ich Ihre fristlose Kündigung. Ein Arbeitszeugnis erhalten Sie per Post.
Mit freundlichen Grüßen
M. Schmidt-Hansen"

Charlotte wusste nicht, ob sie lachen oder weinen sollte. Tränen schossen ihr in die Augen, gleichzeitig fing sie an zu kichern. Direkt nach dem Studium hatte sie im Betrieb angefangen, hatte sich voll der Arbeit gewidmet. Und jetzt das. Das Virus hatte ihr Leben geschrottet. Nach nicht einmal drei Monaten stand sie vor einem Scherbenhaufen. Mann weg, Job weg, im schlimmsten Fall Kinder weg. Sie schaltete ihr Smartphone wieder aus. Sie hatte genug gelesen. Ihr Blick fiel auf Emilie, Mia und Jakob, die am Strand spielten und nicht bemerkt hatten, welche Veränderungen bevorstanden. Der Job war ihr egal, Leon war ihr egal, um die Kinder würde sie kämpfen.

Vier Stunden später räumte sie zusammen mit den Mädchen den Abendbrottisch ab. Die Kinder hatten nach dem Strandausflug geduscht und waren im Schlafanzug.

„So Mäuse. Setzt euch doch bitte mal alle an den Tisch. Wir müssen etwas besprechen."

Charlotte lächelte angestrengt.

„Will spielen."

Jakob schob weiter sein Auto über den Fußboden. Charlotte dachte kurz nach. Er war noch so klein. Er würde sowieso nicht verstehen, was sie den Kindern erklären musste.

„Okay, spiel weiter. Dann halten wir drei jetzt Frauenrat."

Sie legte die Arme um ihre Töchter und zog sie an sich. Emilie machte sich los. Ihr Blick war düster.

„Ich bin keine Frau. Ich bin ein Mädchen!"

Natürlich wieder Emilie. In den letzten Tagen war ihr Verhältnis besser geworden. Trotzdem drang sie nicht zu ihrer ältesten Tochter durch und verstand sie häufig nicht. Emilie war ihr fremd. Sie lebten in verschiedenen Welten.

„Ist doch egal. Setzt euch einfach hin."

Charlotte verkrampfte sich. Sie hatte sich alles gut überlegt, doch jetzt fehlten ihr die Worte. Es lief anders, als sie es sich vorgestellt hatte. Also noch mal von vorne. Sie holte tief Luft und sah den Mädchen nacheinander in die Augen.

„Wir sind jetzt seit zwei Wochen hier und es war sehr schön mit euch. Trotzdem denke ich, es wird Zeit, dass wir wieder nach Hamburg zurückfahren."

Emilie sprang auf und tanzte durch die Wohnung. So fröhlich hatte Charlotte sie seit Beginn der Ausgangssperre nicht mehr erlebt.

„Wieder zu Papa, wieder zur Schule, wieder zu Papa, wieder zur Schule!", sang sie.

Mias Mundwinkel zuckten. Sie saß einfach still da. Charlotte hatte keine Ahnung, was in ihrem Kopf vorging. Jedenfalls ließ sie sich von der Freude ihrer Schwester nicht anstecken. Im Gegensatz zu Jakob, der mit seinem Auto in der Hand hinter Emilie her tanzte.

„Wieder Schule", trällerte er.

„Emilie, nun setz dich hin. Die Schule ist immer noch geschlossen. Außerdem muss ich euch noch etwas Wichtiges sagen."

Charlotte merkte, wie angespannt und streng sie klang. Sie verzog den Mund zu einem Lächeln.

Emilie setzte sich wieder an den Tisch und zog einen Flunsch. Mia riss die Augen auf und atmete hektisch. Nur Jakob tanzte weiter mit seinem Auto durch das Zimmer. Charlotte schluckte. Nun kam der schwierige Teil.

„Papa und ich, wir wollen nicht mehr zusammenwohnen. Das ist manchmal so bei Erwachsenen, dass sie sich ganz doll streiten und sich nicht wieder richtig vertragen können. Wir haben euch beide sehr lieb. Jakob natürlich auch. Ihr könnt Papa so oft besuchen, wie ihr wollt, aber wir werden nicht mehr in einer Wohnung leben. Papa ist ausgezogen."

Sie legte den Arm um Mias Schulter. Emilie war wieder aufgesprungen.

„Du bist gemein. Ich hasse dich. Ich will bei Papa wohnen. Wenn du dich scheiden willst, ist mir egal."

Sie rannte aus dem Zimmer. Die Tür knallte ins Schloss. Jakob sah seiner Schwester hinterher und verzog den Mund. Mia kuschelte sich enger an Charlotte. Ihre Schultern bebten.

Charlotte rannen die Tränen über das Gesicht. Ihre Augen brannten, ihr Herz stolperte unruhig. So schwer hatte sie sich das nicht vorgestellt. Emilies Reaktion erschütterte sie. Wie hatte es so weit kommen können?

Jakob kletterte auf ihren Schoß und schlang seine Arme um ihren Hals.

„Mama lieb", flüsterte er.

Sie schloss ihre beiden Kleinen in die Arme. Eine ganze Weile saßen sie eng aneinander gekuschelt da.

„Möchtest du Papa anrufen?", fragte sie Mia schließlich.

Mia schüttelte den Kopf und schmiegte sich enger an sie. Charlotte strich ihr über den Rücken. Nachdem sie sich ein wenig beruhigt hatten, löste sie sich von den beiden Kleinen. Sie musste dringend mit Emilie sprechen.

Emilie lag auf ihrem Bett und hatte das Gesicht in ihrem Kissen vergraben. Ihre Schultern bebten, sie hämmerte mit den Fäusten auf die Matratze.

Charlotte setzte sich auf die Bettkante und streichelte ihr über den Kopf.

„Mäuschen, möchtest du Papa anrufen?"

Emilie richtete sich auf. Ihr Gesicht war tränennass, ihr Mund zu einer Grimasse verzogen. Ihre Augen funkelten. Sie riss Charlotte das Smartphone aus der Hand.

„Aber du gehst raus", bestimmte sie.

Charlotte erhob sich schwerfällig. Sie streckte die Hand nach Emilie aus, um ihr über die Haare streicheln. Emilie zuckte zurück, als hätte Charlotte sie geschlagen. Charlotte atmete tief ein.

„Bitte Emilie, mach es mir nicht so schwer. Bringst du mir das Smartphone, wenn du fertig telefoniert hast? Wir müssen reden."

Emilie warf ihr einen hasserfüllten Blick zu.

Charlotte verließ mit hängenden Schultern das Zimmer.

„Raus!", schrie Emilie ihr nach.

Eine halbe Stunde später knallte sie das Smartphone auf den Wohnzimmertisch und verschwand wortlos in ihrem Zimmer.

Charlotte schlug die Hände vor ihr Gesicht. Die Katastrophe war noch nicht vorbei. Sie begann erst.

Karin

Karin schob den Kinderwagen durch den Park. Die Sonne schien ihr ins Gesicht. Ein leichter Wind kühlte ihre nackten Arme. Sofia nuckelte im Schlaf. Der Schnuller bewegte sich gleichmäßig zwischen ihren Lippen. Noch immer durfte sie Birte nicht in ihrer Wohnung besuchen. Sie trafen sich draußen und regelmäßig übernahm sie den Wagen mit der Kleinen für zwei Stunden, damit ihre Tochter sich ausruhen konnte. Die Normalität kehrte Stück für Stück zurück. Zwar waren Restaurants und Cafés geschlossen, doch Karin genoss die Spaziergänge an der frischen Sommerluft und den Anblick ihrer schlafenden Enkelin.

Ihr Smartphone klingelte. Sicher Rolf, der sie bitten wollte, Kuchen mitzubringen. Er hatte weiterhin Angst vor dem Virus und verließ kaum das Haus. Sie hatte den Verdacht, die Ausgangssperre habe bei ihm zu einer dauerhaften Bequemlichkeit geführt.

„Ja!", meldete sie sich.

„Frau Schrader?"

Eine Frauenstimme.

„Ja, Schrader hier. Entschuldigung, ich dachte, es wäre mein Mann."

„Schwester Birgit vom Seniorenheim. Ich möchte Sie bitten, den Nachlass Ihrer Mutter abzuholen. Es ist ja nicht viel. Wir dürfen wieder neue Bewohner aufnehmen. Das Zimmer Ihrer Mutter ist seit gestern neu vermietet."

Karin schluckte. Die Beerdigung hatte vor einer Woche stattgefunden. Nur Rolf und sie waren dabei gewesen. Birte war nicht gekommen. Sie war sehr vorsichtig und hatte Angst, dass Sofia sich infizieren könnte. Deshalb traf Karin sich bisher auch nicht mit ihren Freundinnen und mied, wenn möglich, alle Kontakte. Das Heim hatte einen überdimensionierten, kitschigen Kranz geschickt. Frieda war anonym auf einer Rasenfläche beigesetzt worden. Irgendwie erschien es Karin nicht richtig, sie neben dem Vater zu bestatten, und ein weiteres Grab wollte sie nicht pflegen. Frieda hatte kaum Geld hinterlassen. Die Heimkosten hatten die Ersparnisse aufgebraucht. Es war eine kurze, emotionslose Feier. Nach einer Viertelstunde war alles vorbei und Karin erleichtert.

„Frau Schrader, sind Sie noch da?"

Die Stimme der Altenpflegerin klang drängend.

„Ja, Entschuldigung. Ich komme dann nächste Woche vorbei."

„Tut mir leid, Frau Schrader. Das geht nicht. Ihre Mutter ist ja schon vor vierzehn Tagen gestorben. In normalen Zeiten müssen die Zimmer innerhalb von drei Tagen geräumt werden.

Sie müssten heute noch kommen. Am besten gleich. Passt das?"

Unbewusst hatte Karin die Luft angehalten. Mit einem Schlag lag wieder dieses Riesengewicht auf ihren Schultern und drückte sie nieder. Vor wenigen Minuten noch hatte sie den ruhigen Spaziergang mit Sofia in der Sonne genossen, war im Einklang mit sich und ihrer Umwelt gewesen. Wie so oft zerstörte Frieda einen schönen Moment in ihrem Leben. Sie atmete aus und straffte die Schultern.

„Gleich geht nicht. Ich passe gerade auf meine Enkelin auf. Vielleicht um drei?"

„Okay, um drei Uhr. Ich stelle die Sachen Ihrer Mutter vor die Tür. Sie dürfen das Heim aufgrund des Infektionsrisikos nicht betreten. Den Brief, den Ihre Mutter Ihnen geschrieben hat, habe ich oben auf den Koffer gelegt. Und Frau Schrader, es tut mir leid, dass niemand von uns zur Beerdigung gekommen ist, aber wir müssen jede Ansteckung vermeiden. Viele Bewohner sind sehr geschwächt."

Schwester Birgit schwieg. Karin atmete tief ein.

„Alles klar. Ich hole die Sachen um drei ab."

Sie drückte das Gespräch weg. Zum Glück waren die Sachen bereits gepackt. Am besten würde sie alles gleich zur Entsorgungsstation fahren. Ihr Körper war weiterhin angespannt, doch eine Hoffnung blieb: Nachdem sie ihren Nachlass abgeholt hatte, wäre das Kapitel „Frieda" in ihrem Leben endgültig vorbei.

Sofia war aufgewacht und verzog das Gesicht. Sie mochte es nicht, wenn der Kinderwagen stillstand. Karin ruckelte am Griff und schob den Wagen weiter. Hoffentlich schlief die Kleine wieder ein. Birte brauchte die Zeit für sich.

Karin wuchtete den Koffer die Treppe zur Wohnung empor. Die Entsorgungsstation hatte geschlossen. Sie hatte vor verschlossener Tür gestanden und wurde Friedas Sachen nicht los. Im Auto waren noch eine Reisetasche und ein kleiner Nachtschrank. Wie wenig von einem Leben blieb.

Sie konnte das Zeug unmöglich im Wagen lassen, sonst hatte sie keinen Platz mehr für ihre Einkäufe. Außerdem, wie sah das aus? Kurz hatte sie überlegt, alles einfach im nahe gelegenen Park zu entsorgen. Doch bei ihrem Pech würde man die Sachen zu ihr zurückverfolgen.

Sie öffnete die Wohnungstür und rief nach Rolf.

„Kommst du mal. Ich habe Friedas Sachen im Auto. Die Müllverwertung hat noch zu und der Nachtschrank ist mir zu schwer. Beim Heim hat mir auch keiner geholfen. Mein Rücken tut jetzt schon weh."

Keine Antwort. Wie ständig in den letzten Wochen saß Rolf vor dem Fernseher und guckte sich eine Spielshow an. Er wurde jeden Tag fauler und behäbiger. Er hatte seit Beginn der Pandemie mindestens zehn Kilo zugenommen.

„Später. Ich will das erst zu Ende gucken", brummte er.

Karin stöhnte, trug den Reisekoffer ins Schlafzimmer und setzte sich auf das Bett. Sie schloss die Augen. Frieda hatte ihr einen Brief geschrieben, hatte Schwester Birgit gesagt. Sollte sie ihn lesen oder zusammen mit dem anderen Krempel entsorgen? Warum alte Wunden aufreißen? Schließlich siegte die Neugier.

Sie wuchtet den Koffer auf das Bett und öffnete ihn. Obenauf lag ein edler Briefumschlag mit ihrem Namen, darunter sorgfältig zusammengelegt Friedas Kleidung. Sie zögerte. Der Umschlag war zugeklebt. Ihre Hände zitterten, als sie vorsichtig den Zeigefinger in den Spalt schob, um ihn zu öffnen. Sie schnitt sich an dem scharfen Papier und Blut tropfte auf das oberste der drei gefalteten Blätter. Ein schlechtes Omen. Sie steckte den Finger in den Mund. Sie sollte den Brief einfach zurück in den Koffer legen und alles zusammen entsorgen. Ihr Blick fiel auf die erste Zeile.

„Meine geliebte Tochter, liebe Karin,
es tut mir so leid, dass ich dir nie zeigen konnte, wie sehr
ich dich lieb habe. Du bist neben Thea der einzige Mensch, den
ich je geliebt habe."

Karin ließ das Blatt Papier sinken. Wer war Thea? Hatte sie eine Schwester, von der sie nichts wusste? Was hatte Frieda ihr verheimlicht? Sie erinnerte sich an eine Szene aus ihrer Kindheit. Sie war noch ein junges Mädchen, etwa zwölf, dreizehn Jahre alt. Sie trug ein geblümtes Sommerkleid und brachte ihrer Mutter einen Strauß selbstgepflückter Blumen. Sie konnte sich nicht mehr an den Anlass erinnern. Es war einer der wenigen unbeschwerten Tage gewesen. Frieda strahlte sie an, umarmte sie und nannte sie Thea. Dann zuckte sie zurück und betrachtet sie, als wäre sie ein widerliches Insekt. Den Strauß warf sie in den Mülleimer. Karin war davongelaufen und hatte bitterlich geweint.

Bei der Erinnerung stiegen Karin Tränen in die Augen. Sie ballte die Hände zu Fäusten. Sie fühlte sich klein und unwichtig. Sie zerknüllte den Briefbogen und pfefferte ihn zurück in den Koffer. Sie atmete tief ein und wollte schon den Deckel schließen. Doch wieder siegte die Neugier. Sie ergriff erneut den Bogen, strich ihn glatt und las weiter. Thea war nicht ihre Schwester, sondern die beste Freundin ihrer Mutter. Frieda schilderte die Liebe zu dieser Frau, ihr herzloses Elternhaus, die Vergewaltigung durch Karl, die Hölle ihrer Ehe. Karins Herz verkrampfte sich, Tränen strömten über ihre Wangen. Sie war die Tochter eines Vergewaltigers. Sie vergrub ihr Gesicht im Kissen und weinte, wie sie noch nie in ihrem Leben geweint hatte. Sie weinte um ihre Mutter, ihr vergeudetes Leben und um die verpassten Chancen, sich auszusprechen. Viele Ereignisse, viele Äußerungen konnte sie jetzt besser verstehen. Gleichzeitig ließ Frieda sie mit unzähligen Fragen zurück.

Als die Tränen endlich versiegten, las sie den Nachtrag.

„Liebe Karin, ich merke, wie mein Leben langsam zu Ende geht. Und das ist gut, die Zeit ist gekommen. Aber ich habe noch drei Wünsche, bevor ich diese Welt verlasse. Ich möchte dich noch einmal in meine Arme schließen, wie damals, als du ein Baby warst und unsere Liebe so rein. Ich möchte meine Urenkelin sehen und ich möchte Thea erklären, was damals geschehen ist. Bitte hilf mir, sie zu finden. Ich hab dich lieb mein Kind."

Karin schluckte. Wieder traten ihr Tränen in die Augen. Es war zu spät. Frieda war gestorben, ohne ihre Urenkelin kennenzulernen, ohne Karin noch einmal zu umarmen. Die beiden Freundinnen würden sich nie wiedersehen, selbst wenn diese Frau noch lebte. Warum hatte die Mutter nicht früher mit ihr gesprochen? Nach dem Tod des Vergewaltigers wäre das doch möglich gewesen. Die Scham war wohl zu jener Zeit noch zu groß.

Wie sehr musste die Mutter gelitten haben, gefesselt an den Mann, der ihr Gewalt angetan hatte? Sie verstand Frieda jetzt besser, aber entschuldigte das ihr Verhalten, die ganze Ablehnung, die sie ihr Leben lang gespürt hatte? War der Brief nur der Erguss einer desorientierten, einsamen alten Frau oder eine ernstzunehmende Entschuldigung?

Karin setzte sich auf und atmete tief ein. Sie würde Thea suchen. Das war ihre einzige Chance zu erfahren, wie ihre Mutter wirklich gewesen war.

Anna

Anna lachte. Ben und Lennard spurteten mit dem neuen Ball über den Bolzplatz. Bella tobte bellend um die beiden herum,

197

unschlüssig, ob das ein herrliches Spiel oder eine wilde Jagd war und sie Ben verteidigen musste. Anna saß auf der Bank und hielt ihr Gesicht in die strahlende Sonne. Neben ihr stand ein großer Picknickkorb. Es war Sonntag und sie hatte frei. Lennard hatte Ben und sie zu einem Picknick am Bolzplatz eingeladen, und ihr Sohn hatte zu ihrer Überraschung nach langer Diskussion eingewilligt. Das Verhältnis der beiden war angespannt. Anfangs lief alles super. Ben hatte über das HSV-Trikot gejubelt. Er fand es toll, dass sie jetzt mittags zu Hause war und am Wochenende wenigstens einen freien Tag hatte. Sie hatte ihm mehrmals erklärt, dass sie das Lennard zu verdanken hatten. Wahrscheinlich hatte sie ihn zu viel gelobt. Jedenfalls reagierte Ben immer empfindlicher. Seit Lennard fast täglich vor der Tür stand, um sie zu einem Spaziergang abzuholen, machte er völlig dicht, wenn er nur den Namen hörte. Er verzog das Gesicht, stöhnte und machte blöde Sprüche. Konnte es sein, dass er eifersüchtig war? Anna seufzte. Bisher hatte es keinen Mann in ihrem Leben gegeben, und Ben war es nicht gewohnt, sie zu teilen. Ben war das Wichtigste in ihrem Leben und würde es immer bleiben, trotzdem dachte sie oft an Lennard und ihr Herz hatte heute vor Aufregung schneller geschlagen. Als sie Ben von der heutigen Einladung erzählt hatte, hatte er gestöhnt und die Augen verdreht. Erst nachdem sie ihm klar gemacht hatte, dass sie auf jeden Fall gehen würde, egal wie er sich entschied, hatte er eingelenkt. Auf dem Weg zum Bolzplatz hatte er Lennard konsequent ignoriert, aber das Fußballspielen verband die beiden Männer. Bisher verlief dieser Nachmittag problemlos.

„Toooor!"

Ben riss die Arme in die Höhe. Lennard klatschte ihn ab.

„Du bist wirklich klasse. Du hast einen präzisen Schuss und den richtigen Drive. So gut war ich in deinem Alter nicht."

Ben errötete vor Freude. Lennard hatte ihm vorhin erzählt, dass er in seiner Jugend bei den HSV-Amateuren gespielt hatte. Seitdem war er in Bens Ansehen deutlich gestiegen.

Beide kamen auf Anna zu. Lennard setzte sich neben sie auf die Bank und legte einen Arm um ihre Schulter. Ben fiel mit Bella ins Gras. Junge und Hündin kugelten übereinander. Ben verbrachte weiterhin die meiste Zeit in der Wohnung. Die Schulen waren noch geschlossen, Fußballtraining fand nicht statt. Kinder und Jugendliche durften sich nur in Begleitung eines Erwachsenen draußen aufhalten. Ben hatte überschüssige Kräfte und wusste nicht, wohin mit seiner Energie. Vielleicht war er deshalb immer so gereizt?

Lennard strich Anna eine Locke aus der Stirn.

„Einen Taler für deine Gedanken", flüsterte er ihr zu. „Danke für diesen wunderschönen Tag. Klappt doch alles super. Ich habe mir immer eine Familie gewünscht. Aber meine Ex-Frau wollte keine Kinder."

Inzwischen wusste Anna, dass Lennard geschieden und kinderlos war. Er lebte gemeinsam mit seiner Schwester, deren Mann und Sohn in einem Zweifamilienhaus am Hamburger Stadtrand. Es war sein Elternhaus. Nach seiner Scheidung war er dort wieder eingezogen. Platz gab es wohl genug. Seine Mutter war bereits vor einigen Jahren gestorben. Es war ein altes Haus mit einem verwilderten Garten. Anna hatte es bisher nur auf Fotos gesehen. Es war noch nicht erlaubt, sich außerhalb der Familie in geschlossenen Räumen zu treffen. Trotzdem würde Lennard heute Abend mit zu ihr kommen. Immer weniger Menschen hielten sich an die strikten Verbote, und es gab bereits erste Demonstrationen gegen die strengen Auflagen.

Anna spürte Lennards Arm um ihre Schulter. Sie schloss die Augen. In ihrem Bauch kribbelte es zart. Waren das die oft beschriebenen Schmetterlinge? Sie lächelte. Wer wusste schon, was der Abend noch brachte? Sie wollten zusammen kochen.

Bisher hatte sie noch nie mit einem Mann gemeinsam gekocht. In ihren Träumen erschien es ihr verbindend und vertraut. „Mama, träumst du? Wann gibt es endlich was zu essen? Und Durst habe ich auch."

Anna öffnete die Augen. Die Schmetterlinge flogen davon. Ben stand vor ihr und starrte sie entrüstet an. Lennard nahm den Arm von ihrer Schulter. Sie fühlte sich plötzlich seltsam verlassen.

„Okay, okay. Für das Picknick ist Lennard verantwortlich. Ich koche heute Abend."

Sie bückte sich und reichte Lennard den Korb.

„Na dann, Sportskamerad, dann wollen wir mal aufdecken. Deine Mutter hat recht: Picknick ist Männersache."

Lennard erhob sich, zwinkerte Anna zu und drückte dem verdutzten Ben den Korb in die Hand.

„Da hinten stehen Tisch und Bänke. Wir bauen alles auf und wenn wir fertig sind, rufen wir deine Mutter. Sie darf sich heute mal an den gedeckten Tisch setzen."

Gemeinsam mit Bella verschwanden die beiden auf der anderen Seite des Bolzplatzes. Anna schloss die Augen und lehnte sich entspannt zurück. Lennard gab sich wirklich Mühe. Die Schmetterlinge kehrten zurück.

Anna reichte Lennard ein Glas Weißwein und setzte sich ihm gegenüber in einen Sessel. Das Picknick war unbeschwert verlaufen, aber nachdem sie gemeinsam in der Wohnung waren, hatte sich die Stimmung verändert. Sie merkte, wie sie sich verkrampfte und alles mit fremden Augen betrachtete. Den ungepflegten Hausflur, die engen kleinen Räume, die abgenutzten Möbel. Was würde Lennard von ihr denken? Ben hatte sich unmöglich benommen. Wegen jeder Kleinigkeit hatte er gemotzt und sich lange geweigert, ins Bett zu gehen. Selbst die sonst so friedliche Bella hatte Lennard angeknurrt, als er sich ihrem Platz näherte.

Anna war eine gute Köchin, doch heute waren ihr die Zwiebeln angebrannt und irgendwie schmeckte alles fad. Beim Essen herrschte beklemmendes Schweigen und ihre Versuche, ein Gespräch in Gang zu bringen, scheiterten an Bens blöden Sprüchen und der Schweigsamkeit von Lennard. Sie aß hastig. Den Nachtisch bot sie gar nicht mehr an. Sie flüchtete in die Küche, um das Geschirr abzuwaschen. Lennard folgte ihr nicht.

Endlich war Ben in seinem Zimmer. Lennard saß ihr gegenüber und ihr fehlten die Worte. Auf ihren Spaziergängen war alles leicht und selbstverständlich gewesen. Sie hatten unkompliziert geplaudert, über dies und jenes gesprochen, gemeinsam gelacht und geschwiegen. Jetzt war die Stille bedrückend.

Anna räusperte sich.

„Tut mir leid, dass Ben vorhin so nervig war. Es war ein schöner Tag und du hast dir viel Mühe gegeben."

Sie merkte, wie gekünstelt ihre Worte klangen. Sie griff nach ihrem Glas und umklammerte es wie einen Rettungsanker.

„Ist schon gut. Es ist ja für ihn eine ganze neue Situation. Oder?"

Lennard grinste. Das Lächeln erreichte seine Augen nicht. Seine Stimme klang gepresst.

„Natürlich. Denkst du etwa, ich bringe ständig fremde Männer mit nach Hause?", blaffte Anna.

Lennard stand auf.

„Ach so, ich bin ein fremder Mann", echote er. „Dann ist es wohl besser, wenn ich gehe."

Anna erhob sich ebenfalls. Sie standen sich gegenüber und musterten sich schweigend. Anna seufzte und legte ihre Hand auf seinen Arm.

„Tut mir leid. Vielleicht ist wirklich alles zu früh. Die Zeiten sind sowieso schwierig. Ben ist immer noch viel zu viel allein und vermisst seine Freunde. Ich weiß einfach nicht, wie das alles weiter gehen soll."

Eine einzelne Träne lief über ihre Wange. Lennard zog sie in seine Arme.

„Nicht weinen. Ich verstehe dich ja und Ben auch. Anna, du bedeutest mir sehr viel. Ich wünsche mir, dass es mit uns beiden klappt. Nach der Scheidung habe ich mich noch mit keiner Frau so wohl gefühlt wie mit dir."

Anna lehnte sich an ihn und legte den Zeigefinger auf seine Lippen.

„Ich muss nachdenken. Du bist mein Chef, dass macht es nicht leichter. Ich glaube, ich muss mein ganzes Leben ändern. Ich bin erst zweiunddreißig. Ben wird noch lange nicht normal betreut werden. Ich muss auf seine Gefühle Rücksicht nehmen. Er braucht mich. Mich gibt es nur im Doppelpack."

Sie lächelte.

„Naja, sogar nur im Dreierpack. Bella gehört ja auch zu unserer kleinen Familie. Da muss alles passen. Ich mag dich, Lennard, und ich fühle mich wohl in deiner Nähe. Das ist schon viel. Der Rest wird sich zeigen."

Sie gab ihm einen leichten Kuss auf die Wange.

„Danke für den schönen Tag. Wir sehen uns morgen auf jeden Fall im Laden. Bitte nicht böse sein."

Lennard sah ihr tief in die Augen.

„Danke für den schönen Tag und ich bin dir nicht böse. Ich gebe dir alle Zeit, die du brauchst."

Er küsste sie auf die Stirn und zog sie in seine Arme. Anna atmete ein. Er roch herrlich nach frischen Äpfeln und Männlichkeit. Kurz zögerte sie, dann schob sie ihn sanft weg. Es war wirklich besser, wenn er jetzt ging.

Nachdem Lennard aufgebrochen war, räumte Anna die Küche auf. Anschließend setzte sie sich mit einem Glas Wein ins Wohnzimmer.

„Ich muss mein ganzes Leben ändern", hatte sie zu Lennard gesagt und in diesem Moment war es ihr Ernst damit. Doch sie hatte überhaupt keinen Plan für die Zukunft. Nachdenklich leerte sie ihr Glas.

Josefine

Josefine zog zum hundertsten Mal ihre Jeans hoch und überprüfte, ob alle Knöpfe ihrer Bluse geschlossen waren. Bernd würde gleich kommen und sie abholen. Bernd, ihr Retter in der Not, ihr hilfreicher Engel.

Inzwischen kannte sie seinen Namen. Als er das erste Mal mit Lebensmitteln vor ihrer Tür stand, hatte sie ihn kaum beachtet, weil auch er ihr nicht sagen konnte, wo Angie war. Mittlerweile erwartete sie ihn sehnsüchtig. Ihr Leben bestand nur noch aus dem Warten auf Bernd. Er kam jeden zweiten Tag und brachte ihr Lebensmittel. Jeans und Bluse hatte er gekauft. Das wichtigste war, er versorgte sie mit Neuigkeiten über Angelina.

Bernd war nicht Angelinas Erziehungsbeistand, er war Josies Betreuer beim Allgemeinen Sozialdienst. Er war für sie da. Er hörte ihr zu, tröstete sie und half ihr im Alltag. Das Familiengericht hatte ihn organisiert.

Von Bernd wusste Josie, dass Angie inzwischen in einem Kinderheim lebte. Sie hatte alles gut überstanden. Sie war nach einer Woche aus dem Krankenhaus entlassen worden. Bleibende Schäden gab es keine. Als Bernd es ihr erzählte, weinte Josie vor Glück. Nachdem sie angefangen hatte, konnte sie überhaupt nicht wieder aufhören. Sie weinte um Angie, um ihr Leben, um ihre Hoffnungen. Bernd hatte sie in die Arme genommen und wie ein kleines Kind geschaukelt. Noch nie hatte sie sich so geborgen gefühlt.

Von da an ging es aufwärts. Sie aß regelmäßig und träumte nicht mehr jede Nacht so schrecklich. Nur manchmal tauchten völlig unerwartet wieder die Bilder von Angelina in der Abstellkammer auf.

Heute war der große Tag. Bernd würde sie gleich abholen und sie durfte Angie sehen, das erste Mal seit damals. Sie vermisste ihre Tochter so sehr, dass ihr das Herz wehtat. Es kam Josie vor wie eine Ewigkeit, wie ein halbes Leben. Dabei waren es nur zwei Wochen. Josie warf einen Blick in den Spiegel. Sie war dünn geworden. Die Fältchen um den Mund und die Augen waren neu. Sie war doch erst neunzehn. Woher kamen da die Falten? Hoffentlich erkannte Angie sie überhaupt. Ob die Kleine gewachsen war? Sie hoffte, dass Angie im Heim genug zu essen und zu trinken bekam und man sich gut um sie kümmerte. Sie war noch so klein.

Bernd hatte ihr erklärt, dass sie Angie nur besuchen durfte. Angelina konnte nicht wieder bei ihr wohnen. Josefines Herz klopft vor Aufregung. Sie hatte die ganze Nacht nicht geschlafen. Bernd würde bei ihr bleiben, und sie durfte Angie nicht berühren, es sei denn, die Kleine kam von allein auf sie zu. Es wären noch andere Personen vom Jugendamt mit im Raum und wenn Angie sie nicht sehen wollte oder Angst hatte, mussten sie sofort gehen. Josie hatte zu allem genickt, was Bernd sagte, aber sie verstand es nicht. In ihren Träumen rannte Angie auf sie zu, schmiegte sich in ihre Arme und dann gingen sie gemeinsam nach Hause. So würde es nicht werden. Bernd hatte es ihr wieder und wieder erklärt. Sie hatte genickt. Doch sie hatte den Tisch für Angie gedeckt, ihr Bett neu bezogen und die Spielsachen sortiert. Man konnte ja nie wissen.

Es klingelte. Josie stürmte zur Tür und öffnete.

„Hallo Josefine!"

Bernd, endlich. Er nannte sie Josefine, denn sie war eine erwachsene Frau und Mutter und keine kleine Josie mehr. Das hatte er ihr erklärt. Sie musste Verantwortung übernehmen, für sich, ihr Verhalten und das Kind. In der Hand hielt Bernd ein liebevoll eingewickeltes Päckchen.

„Für mich?"

Josie strahlte.

„Nein, für Angelina. Ich dachte, du möchtest ihr etwas mitbringen."

Josie errötete. Das war wieder typisch. Daran hatte sie nicht gedacht. Sie dachte immer nur an sich. Was war sie bloß für eine schlechte Mutter?

Sie rannte ins Wohnzimmer und schnappte den abgegriffenen Teddy von der Schlafcouch. Kurz zögerte sie. Er würde ihr fehlen, aber sicherlich fehlte er Angie mehr. Die Kleine hatte jede Nacht mit dem Teddy im Arm geschlafen und ihn tagsüber überall mit hingeschleppt, sogar in den Kindergarten. Jedenfalls wenn Josie ihn nicht wieder mal verlegt hatte und ihn nicht finden konnte.

Sie hielt Bernd den Teddy hin.

„Den nehme ich mit! Der gehört Angelina."

„Das ist gut. Dann können wir gehen."

Bernd packte den Teddy ein und griff nach Josefines Arm.

Während der Autofahrt redeten sie wenig. Bernd erklärte ihr noch einmal, wie alles ablaufen würde. Josie nickte und versuchte, die schrecklichen Bilder von Angie in der Abstellkammer zu verdrängen und sich auf die schönen Erinnerungen zu konzentrieren. Ihr Herz klopfte bis zum Hals, und ihre Hände waren schweißnass. Bernd musterte sie immer wieder von der Seite, sagte aber nichts.

Sie trafen Angelina in einem Büro im Jugendamt. Schon das Gebäude schüchterte Josie ein. Endlose Gänge, graue Menschen mit verkniffenen Gesichtern. Am liebsten wäre sie davongerannt. Sie durfte nicht wissen, wo Angie untergebracht war. Außerhalb von Hamburg, das hatte Bernd ihr verraten. Josie verstand das alles nicht.

Vor einer Bürotür blieben sie stehen. Josie hatte das Gefühl, keinen Schritt mehr weiter zu können. Die Tür vor ihr war ein unüberwindbares Hindernis. Sie ballte die Hände zu Fäusten und knirschte mit den Zähnen. Drinnen hörte sie die Stimmen von zwei Frauen, von Angie hörte sie nichts. War sie nicht gekommen? Hatte sie sich geweigert, ihre Mutter zu sehen?

„Du schaffst das!"

Bernd griff nach ihrem Arm und öffnete die Tür.

Zwei Frauen saßen an einem Besprechungstisch. Angie hockte ganz hinten im Raum in einer Spielecke und stapelte Bauklötze übereinander. Sie schaute nicht auf, als Josefine und Bernd das Zimmer betraten. Josie wollte auf sie zu stürzen, doch Bernd umklammerte ihren Arm fester und dirigierte sie zum Tisch. Eine Frau erhob sich und trat auf sie zu. Nun konnte sie Angie nicht mehr sehen. Josie verdrehte den ganzen Körper und stellte sich auf Zehenspitzen. Bernd hielt sie fest.

„Hallo Frau Wern, nehmen Sie doch Platz."

Die Frau deutete auf einen freien Stuhl.

„Frau Willomeit kennen Sie ja bereits. Ich bin Frau Schüler, die zuständige Mitarbeiterin des Jugendamtes."

Josie zitterte. Frau Willomeit, die ihr nicht zugehört hatte. Frau Willomeit, die nicht geholfen hatte. Wut umklammerte ihr Herz mit eisiger Faust. Ein Schrei stieg ihre Kehle empor.

Bernd drückte sie auf den Stuhl und ließ die Hände auf ihren Schultern liegen.

„Angie", flüsterte Josie.

Sie durfte nicht schreien. Bernd hatte ihr erklärt, dass die Mitarbeiterin vom Jugendamt das Treffen jederzeit beenden konnte. Sie hatte die absolute Macht. Josie hatte nichts zu sagen, denn es war alles ihre Schuld. Nach spätestens einer halben Stunde würde Angie gehen.

„Frau Wern, möchten Sie ein Glas Wasser? Ich weiß, das ist heute schwer für Sie. Doch für Ihre Tochter ist es noch viel schwerer. Angelina spielt jetzt, und das ist gut. Sie spielt fast nie. Und sie spricht nicht. War das früher auch schon so?" Frau Schüler wandte sich an Frau Willomeit. Bernd drückte Josefines Schulter. Sie verstand. „Angelina spricht wenig und undeutlich. Ich war mit ihr beim Arzt. Wir waren auch bei einem Logopäden." Josie stolperte über das fremde Wort. „Aber ich verstehe sie. Wenn andere dabei sind, redet sie kaum. Das war schon immer so. Sie spielt am liebsten mit ihrem Teddy."

Beim Wort „Teddy" hob Angie den Kopf, sah zu den Erwachsenen hinüber. Ihr Blick schweifte ins Leere. Sie stutzte kurz und vertiefte sich wieder in ihr Spiel.

Bernd holte den Bären aus dem Baumwollbeutel, in den er ihn zusammen mit dem Geschenk gepackt hatte.

„Frau Wern hat Angelina den Teddy mitgebracht."

Er sprach laut und deutlich und schaute dabei in Angies Richtung. Er reichte Josefine das Kuscheltier. Die Hand legte er schnell zurück auf ihre Schulter.

Angie blickte erneut hoch. Sie stand auf und näherte sich den vier Erwachsenen auf Zehenspitzen. Dabei hielt sie die Augen gesenkt.

„Teddy haben, bitte", sagte sie und griff nach dem Spielzeug.

Josie wollte den Bären festhalten, um die Tochter in ihre Nähe zu zwingen. Bernd drückte schmerzhaft ihre Schulter. Sie ließ den Teddy los. Angie drehte sich blitzschnell um und verschwand wieder in der Spielecke. Sie nahm das Kuscheltier in ihre Arme und steckte den Daumen in den Mund. Sie nuckelte heftig. Gleichmäßig wiegte sie sich hin und her. Die vier Erwachsenen beachtete sie nicht.

Frau Schüler lächelte Josefine aufmunternd zu. Sie stellte ihr ein paar belanglose Fragen, die Josie mechanisch beantwortete. Sie konnte sich hinterher überhaupt nicht mehr an das Gespräch erinnern. Sie hatte nur Augen für ihre Tochter. Angie sah so klein und verletzlich aus. Einige Male war Josie kurz davor, aufzuspringen und zu ihr zu laufen. Sie wollte ihre Tochter in den Arm nehmen, ihren kleinen Körper fühlen, sie trösten, ihr alles erklären. Bernd schien es jedes Mal zu ahnen und verstärkte den Druck auf ihre Schultern.

„Ich denke, das bringt nichts. Ich bringe Angelina nach Hause."

Die Stimme von Frau Willomeit holte Josefine zurück in die Wirklichkeit. Ihr Herz jubelte. „Nach Hause". Sie wollte aufstehen, doch Bernd drückte fester.

„Sie meint ins Kinderheim", raunte er ihr ins Ohr.

„Nein, bitte noch einen kleinen Moment", schluchzte Josie. All die aufgestauten Gefühle brachen aus ihr hervor. Tränen strömten über ihr Gesicht und ihre Schultern bebten unter Bernds Händen.

Frau Willomeit war bereits in der Spielecke und hob Angelina samt Teddy auf den Arm.

„Es ist gut, Frau Wern. Frau Willomeit hat Recht. Für Angelina ist das alles sehr anstrengend. Sie ist noch nicht ganz gesund. Und wir wollen uns doch auch noch unterhalten."

Frau Schüler sah Josie mitfühlend an. Bernd strich ihr mit einer Hand über den Rücken. Mit der anderen drückte er sie fest auf den Stuhl. Frau Willomeit hatte schon fast die Tür erreicht, als Angie anfing zu zappeln.

„Runter!" Angie machte sich steif.

„Setzen Sie die Kleine ruhig noch mal ab", bestimmte Frau Schüler, als Frau Willomeit die Tür öffnete. „So viel Zeit haben wir noch."

Frau Willomeit setzte Angie ab. Sie warf Josie einen eisigen Blick zu, sagte aber nichts. Überhaupt hatte sie die meiste Zeit geschwiegen. Angie tapste auf Josefine zu und legte ihr die kleine Hand auf das Knie. Sie blickte sie nicht an.

„Nicht weinen, Mama!"

Dann drehte sie sich blitzschnell um, rannte zu Frau Willomeit und verbarg ihr Gesicht an deren Bein. Diese hob sie hoch.

„Ich hab dich lieb, Angie. Mama hat dich ganz doll lieb. Es tut mir leid, hörst du!"

Josie konnte den Schrei nicht mehr zurückhalten. Doch da hatte sich die Tür bereits hinter Frau Willomeit und Angie geschlossen. Sie legte schluchzend den Kopf auf den Tisch und spürte die ganze Zeit Bernds Hände beruhigend auf ihrem Rücken.

Auf der Fahrt nach Hause erklärte Bernd ihr, dass alles gut gelaufen sei. Sie dürfe Angelina jetzt regelmäßig alle zwei Wochen sehen. Erst einmal nur in Anwesenheit von Frau Willomeit im Kinderhaus in der Nähe. Er würde sie jedes Mal begleiten. Später dürfe Angelina sie vielleicht auch mal in der Wohnung besuchen, aber natürlich nicht allein.

Josefine nickte zu allem, was er sagte. Ihre Schuld, es war ihre Schuld.

Am Ende fragte sie Bernd, was sie tun müsse, damit Angelina wieder bei ihr wohnen könnte, sie wieder eine Familie wären.

Bernd ergriff ihre Hand und drückte sie. Seine Stimme klang belegt.

„Das braucht seine Zeit, Josefine. Bis dahin muss noch viel geschehen. Aber du darfst die Hoffnung nicht aufgeben. Ich helfe dir."

Josefine drückte Bernds Hand. Sie atmete tief ein. Was immer auch geschah, sie würde alles tun, damit Angelina zurückkam. Und Bernd würde ihr dabei helfen.

Jana

Jana und Ruben saßen am Frühstückstisch. Jana rührte in ihrer Kaffeetasse, was völlig sinnlos war, denn sie trank ihren Kaffee schwarz, ohne Milch und Zucker. Ruben griff nach ihrer Hand und drückte sie sanft. „Na, hast du es dir noch mal überlegt? Ich habe gemerkt, dass du kaum geschlafen hast."

Jana zuckte zusammen und atmete hörbar aus. „Nein, ich mach' das heute. Aber mir graut es vor dem Gespräch mit Dr. Prill."

„Er wird dich verstehen, glaub mir." Rubens Finger strichen zärtlich über ihre Hand.

„Wahrscheinlich. Aber der Zeitpunkt ist denkbar schlecht. Wir haben sowieso viel zu wenig Personal. Die infizierten Kolleginnen können noch nicht wieder arbeiten. Das merkst du ja selber."

Ruben ging es deutlich besser. Von seinem Rückfall vor zwei Wochen hatte er sich erstaunlich schnell erholt. Trotzdem fielen ihm viele Dinge des Alltags schwer und er war schnell erschöpft. Zum Glück waren Geschmacks- und Geruchssinn wieder in Ordnung. Er kochte zu Janas Freude wieder regelmäßig. Sie gingen jeden Tag spazieren, doch er ermüdete nach kurzer Zeit.

„Ich muss los!"

Jana gab sich einen Ruck und stand auf. Ihr Müsli hatte sie nicht angerührt. Sie hatte keinen Appetit. In ihrem Hals saß ein dicker Kloß. Sie schluckte mehrmals, doch er verschwand nicht. Ruben erhob sich und zog sie in seine Arme.

„Es ist die richtige Entscheidung. Wir haben das lang und breit besprochen. Glaub mir."

„Jaja, ich weiß. Nur der Zeitpunkt ist blöd. Wer weiß, wann du wieder arbeiten kannst. Wenn du nur noch Krankengeld bekommst, wird es finanziell knapp."

„Ach was, wir schaffen das. Im Moment können wir kaum Geld ausgeben. Shoppen mit Maske macht dir keinen Spaß, Essen gehen brauchen wir nicht. Oder koche ich so schlecht?"

Ruben grinste.

„Und Urlaub fällt sowieso flach. Nächstes Jahr sieht alles anders aus. Dann bin ich Stationsleitung."

Da war er wieder. Rubens Optimismus. Er hatte ihr gefehlt.

Jana klopfte an die Tür zu Dr. Prills Büro. Sie hatte ihre Schicht normal gearbeitet, das Gespräch ständig aufgeschoben. Es gab weiterhin viele Patienten, die beatmet werden mussten, aber auch Personen mit Schlaganfall und Herzinfarkt. Es gab wieder mehr Unfälle. Das Leben normalisierte sich.

„Herein!"

Jana atmete tief ein und öffnete die Tür.

„Hallo, Dr. Prill. Haben Sie kurz Zeit für mich?"

„Ist es wichtig? Ich muss noch einen Bericht schreiben."

Jana zögerte. War das ein Wink des Schicksals? Sollte sie eine weitere Nacht darüber schlafen? Die letzte Chance für einen Rückzieher. Sie straffte die Schultern.

„Es ist wichtig."

„Na, dann nehmen Sie Platz."

Jana hatte sich intensiv auf dieses Gespräch vorbereitet. Sie hatte sich alle Argumente zurechtgelegt, Gegenargumente entkräftet, mit sich selbst und mit Ruben lange diskutiert. Sie hatte eine kurze Ansprache aufgeschrieben und auswendig gelernt. Doch jetzt platzte es einfach aus ihr heraus:

„Ich kündige!"

Das Blut schoss ihr in den Kopf und sie umklammerte die Tischkante.

„Ich meine…", ihre Stimme zitterte.

„Na, was Sie meinen ist doch eindeutig, Jana. Sie wollen Ihr Arbeitsverhältnis hier beenden. Zu wann?"

Dr. Prill klang sachlich, nüchtern. Doch gerade das verriet Jana, wie sehr sie ihn getroffen hatte. Sie schluckte. Dann hob sie den Kopf und sah Dr. Prill in die Augen.

„Am liebsten sofort. Ich habe noch Resturlaub vom letzten Jahr. Dieses Jahr hatte ich gar keinen Urlaub und ich habe unzählige Überstunden. Laut Vertrag habe ich eine Kündigungsfrist von vier Wochen. Das wollte die Klinikleitung damals so. Ich habe mir das ausgerechnet. Ich brauche ab morgen nicht mehr zu kommen.“

Ihre Stimme klang in ihren Ohren wie die eines trotzigen Kindes. Was Dr. Prill wohl von ihr dachte? So hatte sie das Gespräch nicht geplant. Trotzdem fiel eine riesige Last von ihren Schultern.

Dr. Prill sah sie aufmerksam an.

„Warum? Ist etwas mit Ruben? Haben Sie Angst, sich zu infizieren? Brauchen Sie eine Auszeit? Ich kann Ihnen Urlaub geben. Die Zeiten sind ja jetzt ruhiger.“

Jana holte tief Luft.

„Nein, danke. Ruben geht es gut. Ich habe keine Angst, jedenfalls nicht mehr als meine Kolleginnen, nehme ich an. Natürlich bin ich erschöpft, aber das sind wir alle. Nein, es ist grundsätzlicher. Erinnern Sie sich an die junge Mutter, die wir beatmet haben, obwohl andere Patienten vorrangig hätten behandelt werden müssen?“

Dr. Prill nickte.

„Seitdem habe ich mir immer und immer wieder die Frage gestellt, was wir hier tun. Verstehen Sie mich nicht falsch. Ihre Entscheidung war richtig. Davon bin ich überzeugt. Aber ich will das nicht mehr. Ich möchte nicht mehr über Leben und Tod entscheiden. Ich kann das einfach nicht mehr. Vielleicht bin ich ausgebrannt. Ich weiß es nicht. Ich weiß nur, dass ich nicht mehr als Krankenschwester arbeiten will.“

Es sprudelte aus ihr heraus. Dr. Prill schwieg und schaute sie nachdenklich an. Sie sah zu Boden. Sie hatte alles gesagt.

„Ich bedaure Ihre Entscheidung, aber ich verstehe Sie. Ich denke, jeder von uns macht sich in kritischen oder stressigen Situationen ähnliche Gedanken. Aber das vergeht. Wollen Sie nicht noch einmal darüber schlafen?"

Jana schüttelte den Kopf.

„Ich habe es mir gründlich überlegt, glauben Sie mir. Und es liegt nicht an Ihnen. Ich habe gerne mit Ihnen zusammengearbeitet, schon in Mali und gerade auch in den letzten Wochen."

Sie holte den Umschlag mit ihrer Kündigung aus der Tasche und reichte ihn Dr. Prill. Er zögerte etwas, nahm ihn dann aber doch.

„Was wollen Sie jetzt machen?"

„Ehrlich, ich weiß es nicht. Ich will auf jeden Fall weiter mit Menschen arbeiten, ihnen helfen. Aber nicht mehr in einem Krankenhaus und nicht mehr in der Pflege. Ruben meint, ich soll studieren. Soziale Arbeit oder Psychologie. Das wollte ich bereits nach dem Abitur. Die Krankenpflegeausbildung diente nur der Überbrückung. Doch der Beruf hat mir sehr viel Spaß gemacht, und so bin ich dabei geblieben."

Dr. Prill stand auf und kramte eine bunte Broschüre hervor.

„Das kann ich mir gut vorstellen, obwohl ich hoffe, Sie kommen zurück. Sie sind eine hervorragende Krankenschwester. Ich habe gerne mit Ihnen zusammengearbeitet."

Er kam um den Schreibtisch herum.

„Ich wünsche Ihnen für die Zukunft alles Gute. Kommen Sie noch einmal herein oder verlassen Sie uns heute schon endgültig?"

„Ich werde noch meinen Ausstand geben. Sie sind herzlich eingeladen."

„Ich reiche Ihnen nicht die Hand. Das ist eine der Veränderungen, die uns wohl erhalten bleiben. Nehmen Sie diese Broschüre. Lesen Sie sie aufmerksam durch. Vielleicht hilft sie Ihnen ja. Wir sehen uns bei Ihrem Abschied. Ich komme gern."

Die beiden verabschiedeten sich. Jana verließ erleichtert das Büro. Die Broschüre steckte sie ungelesen in ihre Tasche. Das hatte Zeit.

Als Jana die Wohnungstür öffnete, duftete es lecker nach gebratenen Zwiebeln. Ruben nahm ihr die Tasche ab und zog sie in seine Arme.

„Na, wie war's? Du kommst spät."

„Puh, ich hatte mir alles so gut überlegt. Völlig umsonst. Ich bin einfach so damit herausgeplatzt wie ein Elefant im Porzellanladen. Dr. Prill war wohl ziemlich geschockt. Er hat mir am Ende eine Broschüre in die Hand gedrückt. Wahrscheinlich denkt er, ich habe ein Burnout. Aber das ist es nicht."

Sie kuschelte sich an Rubens Brust.

„Ich war anschließend noch mal auf Station, mich verabschieden. Das war schwerer als das Gespräch mit Dr. Prill. Aber jetzt ist es vorbei und es geht mir gut damit."

Während Jana duschte, briet Ruben zwei Lammfilets. Das Zwiebelgemüse und die Rosmarinkartoffeln hatte er bereits vorbereitet.

Beim Essen schwiegen sie. Sie hatten in den letzten Tagen viel miteinander geredet. Es war alles gesagt.

Erst als sie gemütlich auf dem Sofa saßen, fiel Jana die Broschüre wieder ein, die Dr. Prill ihr gegeben hatte. Sie ging in den Flur und holte sie aus ihrer Tasche.

„Guck mal Ruben. Es geht gar nicht um Burnout. Die Klinik hat Mittel für eine Selbsthilfegruppe erhalten. Die Stadt will Frauengruppen fördern, da Frauen in den letzten Wochen die Hauptlast getragen haben. Das Krankenhaus sucht Ehrenamtliche, die diese Gruppen leiten. Es gibt eine kleine Aufwandsentschädigung und eine Schulung vorab."

„Das wäre doch genau das Richtige für dich."

„Meinst du wirklich?"

„Na klar, da kannst du schon mal Erfahrungen sammeln und feststellen, ob dir diese Art von Arbeit liegt. Und im Herbst fängst du mit dem Studium an. Oder wir machen etwas ganz anderes."

Ruben zog sie zärtlich auf seinen Schoß.

„Was ganz anderes? Habe ich etwas verpasst?"

Jana schmiegte sich an ihn und knabberte an seinem Ohrläppchen. Er lachte.

„Tja, ich habe mir in der letzten Zeit auch viele Gedanken gemacht. Ich möchte gerne Kinder mit dir. Ich denke, jetzt ist genau der richtige Zeitpunkt. Studieren sollst du natürlich trotzdem. Das geht auch mit Kind. Ich passe dann auf die Kleine auf", fügte er hinzu.

Er sah Jana erwartungsvoll an. Sie küsste ihn lange. Die Idee gefiel ihr, obwohl sie überrascht war. Kinder waren bisher kein Thema zwischen ihnen gewesen. Eng umschlungen verschwanden sie im Schlafzimmer.

In der Nacht träumte sie von Babys und von vielen unterschiedlichen Frauen, die die Krise gemeistert hatten.

Ein Jahr später

Charlotte

Charlotte schloss die Wohnungstür und atmete tief durch. Die plötzliche Stille war ungewohnt. Leon hatte alle drei Kinder abgeholt. Sie würden heute bei ihm übernachten. Mia hatte sich zum Abschied lange an sie gedrückt, Jakob hatte fröhlich gewunken, und Emilie hatte ihr einen triumphierenden Blick zugeworfen. Im Flur standen die gepackten Umzugskartons. In einer Woche würde sie mit den Kindern in die neue Wohnung ziehen. Die Scheidung war amtlich, dass Sorgerecht hatten sie sich geteilt. Alles in allem war die Trennung reibungslos verlaufen. Mia und Jakob würden bei ihr leben. Emilie wollte bei Leon wohnen. Anfangs hatte Leon sie in ihrem Streben unterstützt und auch versucht, die beiden anderen gegen Charlotte zu beeinflussen. Er hatte den Kindern jeden Wunsch erfüllt und den Super-Papa gespielt. In der Zwischenzeit hatte er gemerkt, was es bedeutete, neben dem Beruf für eine Elfjährige verantwortlich zu sein. Vielleicht sogar noch für zwei weitere Kinder. Im Moment probierten sie das Wechselmodell. Eine Woche lebte Emilie bei ihr, eine Woche bei ihrem Vater. Immer häufiger klingelte ihr Smartphone und Leon bat sie, Emilie irgendwo abzuholen. Charlotte machte das gern. Sie wünschte sich sehr, dass Emilie dauerhaft bei ihr bleiben würde. Der ständige Wechsel zog und zerrte sowohl an ihrer Tochter als auch an ihr. Beide kamen sie nicht zur Ruhe. Mia und Jakob litten unter dem Kuddelmuddel. Mia fraß alles still in sich hinein. Im Sommer war sie in die Schule gekommen. Es fand noch kein regulärer Unterricht statt. Eine Woche gingen die Kinder in die Schule, eine Woche hatten sie Homeschooling. Jakob besuchte inzwischen Mias alte Kita. Beide Kinder vermissten ihren Vater. Nun sollten sie sich zusätzlich an eine neue Umgebung gewöhnen. Besonders Emilie tat ihr leid. Sie war furchtbar von ihrem Vater enttäuscht, ließ ihren Frust jedoch an Charlotte aus. Vielleicht war es schon der Beginn der Pubertät, der sie oft launisch und mürrisch machte. Auf jeden Fall fand sie den Umgang mit ihr schrecklich anstrengend.

Wie auf Befehl klingelte ihr Smartphone. Hatte Leon etwas vergessen? Oder hatte er es sich anders überlegt? Schon einmal hatte er ihr die Kinder nach einer Stunde zurückgebracht, weil angeblich ein wichtiger beruflicher Termin dazwischen gekommen war. Heute war kein regulärer Papa-Tag. Charlotte wollte am Abend zum Abschlusstreffen ihrer Selbsthilfegruppe gehen. Im Anschluss wollten sie zum Italiener, und Charlotte freute sich bereits seit Tagen auf die kinderfreie Zeit. Ihr war im letzten Jahr wenig Raum für sich geblieben. Die Trennung und die Sorgen um die Kinder hatten sie ihre ganze Kraft gekostet. Nach langem Bitten hatte Leon außer der Reihe alle drei Kinder für einen Übernachtungsbesuch abgeholt.

„Ja", melde sie sich kurz angebunden. Leon musste die drei heute einfach nehmen. Sie würde nicht nachgeben.

„Hallo Charlotte", ertönte die Stimme ihrer Freundin Martina. „Ich wollte nur mal hören, ob Leon wirklich die Kinder geholt hat. Sonst komme ich zum Einhüten. Ich weiß ja, wie wichtig dir das Treffen heute Abend ist."

Martina war ihr in den letzten Monaten eine große Hilfe gewesen. Moralisch und in ganz praktischen Dingen. Sie hatte ihr bei der Suche nach einer Anwältin geholfen, mit ihr die neue Wohnung gesucht und immer, wenn Charlotte einen Termin hatte, auf die Kinder aufgepasst. Vor einem Vierteljahr hatten die beiden Freundinnen beschlossen, den Schritt in die

Selbständigkeit zu wagen und zusammen eine Werbefirma gegründet. Davor hatte Charlotte unzählige Bewerbungen geschrieben. Durch die Pandemie war die Arbeitslosigkeit gestiegen und freie Stellen waren knapp. Als alleinerziehende Mutter von drei kleinen Kindern war sie trotz ihrer Berufserfahrung und des hervorragenden Arbeitszeugnisses chancenlos gewesen. In der gemeinsamen Firma war Martina für die Kundenakquise zuständig, Charlotte für den kreativen Part. Die erste Zeit würde finanziell ganz schön knapp werden, besonders weil Leon erbittert darum kämpfte, möglichst geringen Unterhalt zu zahlen. Aus seiner Sicht hatte Charlotte mutwillig einen gut bezahlten Job gekündigt. Wie sie mit drei Kindern weiter Vollzeit arbeiten sollte, wo Schule und Kindergarten noch immer häufig geschlossen hatten, sagte er nicht. Unterstützung kam von ihm kaum. Seiner Firma waren durch den Virus Aufträge weggebrochen. Dadurch verdiente er weniger, hatte jedoch mehr Zeit. Seit einigen Wochen hatte er eine jüngere Freundin, die hohe Ansprüche an ihn stellte. Sie waren bereits zweimal über ein Wochenende verreist. Sie hing wie eine Klette an ihm und beanspruchte seine gesamte Aufmerksamkeit. Da war Emilie im Weg. Das war sicher der Grund, warum Leon plötzlich nicht mehr wollte, dass seine Tochter vollständig bei ihm einzog. Charlotte schüttelte den Kopf. Aus der Vorzeigefamilie aus der Werbung war ein Albtraum-Klischee geworden.

„Bist du noch da?“ Martinas Stimme klang drängend.

„Alles in Ordnung. Mir ging nur auf einmal so viel durch den Kopf. Wir sollen nachher unsere Entwicklung im letzten halben Jahr zusammenfassen und unsere Hoffnungen für die nächsten sechs Monate. Ich bin noch gar nicht dazu gekommen, mir darüber Gedanken zu machen.“

Charlotte seufzte.

„Mit Emilie war es wieder total anstrengend. Ich glaube fast, sie möchte die ganze Zeit bei mir leben, traut sich aber nicht, es zu sagen. Ich höre sie nachts im Bett weinen. Wenn ich zu ihr ins Zimmer gehe, tut sie so, als würde sie schlafen. Was soll ich bloß machen? Ich möchte ihr so gerne helfen."

Charlotte spürte einen Kloß in ihrer Kehle und Tränen stiegen ihr in die Augen. So viel wie in den letzten Monaten hatte sie in ihrem ganzen bisherigen Leben nicht geweint.

„Soll ich mal mit ihr reden? Ich glaube, ich habe einen ganz guten Draht zu ihr. Wir hatten sowieso verabredet, gemeinsam zu shoppen. Anschließend gehen wir eine Kleinigkeit essen. Dann rede ich mit ihr."

„Okay, du kannst es ja versuchen. Schlimmer kann es jedenfalls nicht mehr werden."

Charlotte merkte, wie biestig sie klang. Sie seufzte leise. Martina hatte eine viel bessere Beziehung zu Emilie als sie. Warum war sie im Umgang mit ihrer großen Tochter so verkrampft?

„Hast du auch noch eine Lösung für meine Abendaufgabe?"

Charlotte schluckte. Das war gemein. Sie wusste, dass sie ungerecht war. Martina meinte es gut, aber manchmal war sie regelrecht eifersüchtig auf die Freundin.

„Entschuldige, Leon hat mich heute echt wieder geschafft. Nur blöde Sprüche. Und das alles vor den Kindern. Er wollte mir ein schlechtes Gewissen machen, bloß weil ich einmal was vorhabe. Bestimmt war er sauer, weil er wegen der Kinder heute nicht zu seiner Tussi kann."

„Schon okay. Für heute Abend fällt dir selbst etwas ein. Und wenn nicht, ich denke, ihr seid eine lockere Runde. Die werden verstehen, wenn du noch nicht so weit bist."

Martina verabschiedete sich und Charlotte ging ins Bad. Auf der einen Seite hatte sie im letzten Jahr viel erreicht. Schließlich hatte sie ihr ganzes Leben auf den Kopf gestellt. Und sie hatte Pläne für die Zukunft, die sie teilweise bereits umgesetzt hatte. Trotzdem sah sie an manchen Tagen nur schwarz, wenn sie sich umschaute. Heute war wieder so ein Tag. Deshalb war es ihr wichtig, die anderen Frauen zu treffen. Die Gespräche halfen ihr gerade an den dunklen Tagen. Martina sah immer alles rosig und konnte als attraktive Singlefrau ihre Sorgen oft nicht nachvollziehen.

Schon wieder hatte sie die Zeit vergessen. Sie musste noch duschen. Dann würde sie Anna abholen. Mit ihr hatte sie sich in den letzten Monaten angefreundet. Anna war seit Jahren alleinerziehend. Von ihr bekam sie praktische Tipps, zum Beispiel für den Umgang mit den Behörden. Auch ihre Sorgen um Emilie konnte sie mit ihr teilen. Anna hatte ein großes Herz und stets ein offenes Ohr für ihre Nöte. Charlotte lächelte. Der heutige Abend war ein Silberstreifen am Horizont.

Anna

Anna schaute auf die Uhr. Lennard hatte vor einem Moment angerufen. Er würde jetzt losfahren und wäre in zwanzig Minuten da. Das passte gut. In einer halben Stunde kam Charlotte, um sie abzuholen. Heute war das letzte Treffen der Selbsthilfegruppe und anschließend wollten sie gemeinsam zum Italiener. Anna spürte ein Kribbeln im Bauch. Was die anderen zu ihrer Entscheidung sagen würden?

Lennard würde bei Ben bleiben. Eigentlich war das nicht notwendig. Ben war so oft allein, wenn sie arbeitete. Er hätte den Abend ohne Aufpasser verbringen können. Seit Bella bei ihnen lebte, hatte Anna weniger Angst um Ben. Die Hündin leistete Ben nicht nur Gesellschaft, sie würde ihn im Zweifelsfall verteidigen. Außerdem war Ben im letzten Jahr selbständiger und vernünftiger geworden.

Lennard hatte sich aufgedrängt. Er hatte zufällig gehört, wie sie mit Julia über das Treffen der Selbsthilfegruppe gesprochen hatte. Gleich hatte er angeboten, auf Ben aufzupassen. Naja, so hatte er es nicht formuliert. Er wusste, darauf wäre sie nicht eingegangen. Ben brauchte keinen Babysitter. Er hatte gesagt, das sei doch eine gute Gelegenheit für einen Männerabend. Den habe er Ben schon lange versprochen. Ben genoss inzwischen das Zusammensein mit Lennard. Die beiden teilten ihre Begeisterung für den HSV und gingen gemeinsam ins Stadion. Sie verbrachten viel Zeit zusammen und chatteten regelmäßig. Manchmal hatte sie das Gefühl, Lennard war mehr an Ben interessiert als an ihr. Andererseits wich sie ihm zunehmend aus. Wahrscheinlich versuchte er, ihr über Ben wieder näher zu kommen.

Anna seufzte. Sicher würde Lennard sie heute Abend aufs Neue drängen, zu ihm zu ziehen. Er hatte Ben bereits auf seine Seite gezogen. Ein Garten für Bella und zum Bolzen. Das reichte, um ein Jungenherz zu erobern.

Anna schüttelt den Kopf. Eigentlich war alles zu schön, um wahr zu sein. Julia hatte Recht. Das Angebot von Lennard war toll, und er bemühte sich intensiv um Ben, um Bella und vor allem um sie. Doch Anna spürte keine Schmetterlinge mehr im Bauch, wenn sie ihn ansah. Er war ein zärtlicher, aufmerksamer Liebhaber, dennoch war sie sich inzwischen sicher: Sie liebte Lennard nicht und wollte den Rest ihres Lebens nicht mit ihm verbringen. Sie wollte das Leben nicht, das er ihr bot. Das Haus am Stadtrand, das zweite Kind. Das war Lennards Traum, nicht ihrer. Heute Abend, wenn sie von der Selbsthilfegruppe zurückkam, würde sie es ihm sagen. Sie würde ihm erzählen, was sie für die nächsten Jahre geplant hatte. Ein weiteres Kind kam in ihren Plänen nicht vor. Wenn sie ehrlich zu sich war, träumte sie nicht mehr von einem Leben mit Lennard. Langfristig wünschte sie sich einen Mann an ihrer Seite, doch der biedere, langweilige Lennard war es nicht. Sie musste ihre Pläne unbedingt den anderen Frauen erzählen. Anna war sich sicher, die Freundinnen würden sie verstehen und unterstützen. Sie hatte Angst, Lennard würde versuchen, ihr den Plan auszureden, ihre Ängste verstärken. Die Mädels jedoch wären bestimmt begeistert.

Als Jana ihnen die Aufgabe gestellt hatte, ihr Leben in den nächsten Monaten zu planen, konnte Anna abends lange nicht einschlafen. Sie dachte zurück an den Abend vor über einem Jahr, als sie zu Lennard gesagt hatte: „Ich muss mein ganzes Leben ändern." Damals war ihr bewusst geworden, wie unglücklich sie war und was sie sich als junges Mädchen vom Leben erträumt hatte. Trotz dieser Erkenntnis hatte sie weitergelebt wie zuvor. Sie hatte ihre Arbeitszeit ein wenig reduziert, um mehr Zeit für Ben zu haben, doch sonst war alles beim Alten geblieben.

Nach drei schlaflosen Nächten hatte sie ihren ganzen Mut zusammengenommen und bei der Berufsfachschule für Sozialpädagogik angerufen. Die Mitarbeiterin dort war sehr freundlich gewesen, und sie hatte sofort einen Beratungstermin bekommen. Ihre Lehre zur Verkäuferin und die Berufstätigkeit wurden anerkannt. Sie konnte die Ausbildung zur Sozialpädagogischen Assistentin beginnen und in einer Kindertagesstätte arbeiten. Damit hatte Anna nicht gerechnet. Plötzlich konnte ihr langer, geheimer Traum Wirklichkeit werden. Inzwischen gab es sogar eine Vergütung während der Ausbildung, und zusätzlich konnte sie Berufsausbildungsbeihilfe beantragen. Es würde finanziell nicht einfach werden, doch sie hatte alles genau durchgerechnet. Wenn sie sparsam lebten, würde es klappen. Kurzentschlossen hatte sie sich an der Schule angemeldet. Die Zusage war gestern per Post gekommen. Eine Kindertagesstätte für die praktische Ausbildung hatte sie auch bereits gefunden. In drei Monaten ging es los.

Annas Herz klopfte stürmisch, aber nicht vor Aufregung, sondern vor Freude. Seit der Nachricht schwebte sie auf Wolke sieben und sie spürte, dass sie die ganze Zeit mit einem Grinsen im Gesicht durch die Gegend lief. Lennard hatte sie heute im Geschäft dauernd fragend angesehen, und Julia hatte vermutet, Lennard habe ihr einen Heiratsantrag gemacht. Anna hatte mit dem Kopf geschüttelt und gelacht. Erzählt hatte sie Julia nichts von ihren Plänen. Die Freundin tratschte gerne. Nur Ben hatte scheinbar nichts gemerkt. Er war heute mal wieder besonders muffig. Sie hatte ihm nichts gesagt, weil sie befürchtete, er würde es gleich Lennard weitersagen. Für Ben würde sich sowieso nicht viel ändern. Sie hätte wahrscheinlich sogar mehr Zeit für ihn.

Als Erstes würde sie es den Frauen erzählen, anschließend mit Lennard sprechen und bei Aldi kündigen. Sie wollte neben der Ausbildung nicht zusätzlich arbeiten. Dann blieb wieder zu wenig Zeit für Ben. Außerdem hatte sie ein bisschen Angst, in der Schule nicht mitzukommen. Sie hatte schon so lange nichts Neues mehr gelernt. Wie es mit ihrer Beziehung zu Lennard weitergehen sollte, wusste sie nicht. Ben hatte sich sehr an ihn gewöhnt. Vielleicht würde alles einfacher werden, wenn sie sich nicht mehr jeden Tag sahen? Vielleicht kam sogar das Kribbeln zurück?

„Wann kommt Lennard denn endlich? Ich habe Hunger und er wollte Hamburger mitbringen!"

Anna schreckte hoch. Ben stand in der Wohnzimmertür. Bella saß neben ihm. Ben klang muffelig, wie oft in der letzten Zeit. Er kam in die Pubertät, die ersten Haare sprossen an seinem Kinn. Zu seinem Leidwesen auch zahlreiche Pickel. Seine Stimme überschlug sich, sobald er sich aufregte und sein Körperbau veränderte sich.

„Er müsste gleich da sein. Wir haben doch schon Abendbrot gegessen. Warum bringt Lennard dann noch Hamburger mit?"

Das war wieder typisch für Lennard. Er versuchte sich bei Ben beliebt zu machen.

Bevor Ben antworten konnte, klingelte es an der Haustür. Ben sauste los, betätigte den Summer und öffnete die

Wohnungstür. Kurz darauf erschien Lennard. In der Hand hielt er eine Tüte, aus der der typische Duft von Pommes und Imbiss aufstieg. Er zog Anna in seine Arme, doch sie schob ihn weg.

„Du riechst wie eine ganze Frittenbude. Ich will gleich los."

Es klingelte erneut. Erleichtert griff Anna nach ihrer Jacke. „Ich muss los. Das ist Charlotte. Tut mir leid, Lennard. Wir reden nachher. Tschüss Ben, einen schönen Abend euch."

Anna verließ die Wohnung, ohne sich noch einmal umzusehen. Wie ein junges Mädchen hüpfte sie die Treppenstufen hinunter. Sie musste mit Lennard reden – und mit Ben. Doch jetzt waren die Mädels dran. Sie war gespannt, was die anderen zu berichten hatten. Ob Karin Thea gefunden hatte?

Karin

Karins Finger verharrten zitternd über der Tastatur ihres Smartphones. Sie atmete tief ein und legte es zurück auf den Tisch. Sie würde sich erst einmal einen Kaffee kochen.

Sie ging in die Küche, setzte eine Kanne Kaffee auf und fiel seufzend auf den Stuhl am Küchentisch. Rolf hatte einen Termin beim Arzt. Noch immer war er total verunsichert und rannte bei jedem Schnupfen zu ihrem Hausarzt. Überhaupt war er im letzten Jahr deutlich gealtert. Karin fragte sich oft, was sie weiterhin mit diesem Mann verband.

Sie hatte viel über ihr Leben nachgedacht. Die Gespräche mit den anderen Frauen der Selbsthilfegruppe hatten ihr sehr geholfen. Heute war das letzte Treffen, und sie sollten zusammenfassen, was in den letzten Monaten passiert war und was sie für die nächsten Monate planten. Genau hier begann Karins Problem.

Die ganze Nacht hatte sie sich schlaflos im Bett gewälzt. Beim Treffen vor vierzehn Tagen hatte sie den anderen erzählt, dass es ihr endlich gelungen war, Thea ausfindig zu machen. Fast ein Jahr hatte die Suche gedauert. Karin hatte ihre gesamte Energie, viel Zeit und eine Menge Geld investiert. Rolf und Birte hatten erst liebevoll gespottet, sie dann immer stärker kritisiert. Sie hatten kein Verständnis für ihren Wunsch, Thea zu finden und mehr über ihre Mutter zu erfahren. Karin hatte am Ende sogar eine Privatdetektivin eingeschaltet. Mit Erfolg. Sie bekam eine Adresse und eine Telefonnummer. Thea lebte in Berlin in einer Seniorenwohnanlage und nach den Informationen der Detektivin ging es ihr gut. Begeistert hatte Karin den anderen von ihrer Entdeckung berichtet.

Charlotte hatte sie umarmt und selbst die schüchterne Anna hatte ihr gratuliert. Sie hatten lange darüber diskutiert, ob Karin Thea einen Brief schreiben oder lieber anrufen sollte. Schließlich hatten alle gemeint, sie solle Thea anrufen. Das sei persönlicher. Beschwingt war sie von dem Treffen nach Hause gegangen, fest entschlossen, am folgenden Tag die unbekannte Frau anzurufen. Am nächsten Morgen hatte sie Rolf von ihrem Entschluss erzählt. Er hatte hinter seiner Zeitung gebrummt und ihr einen Vogel gezeigt. Birte hatte sie es gar nicht erst gesagt. Die Tochter interessierte sich schon lange nicht mehr für sie. Birte hatte sich gut in die Mutterrolle eingefunden und lebte wieder ihr eigenes Leben. Sie rief nur noch an, wenn sie Unterstützung brauchte, einen kostenlosen Babysitter, einen Einkaufsservice oder einen Fahrdienst.

Karin wischte sich die aufsteigenden Tränen aus den Augen. Nun waren zwei Wochen vergangen. Sie hatte mehrmals die Nummer der Unbekannten in ihr Smartphone eingegeben, aber gleich wieder aufgelegt. Sie hatte etwa ein Dutzend Briefe an Thea geschrieben, jedoch keinen einzigen abgeschickt. Heute Abend war das Treffen und sie konnte auf keinen Fall zugeben, dass sie wieder mal versagt hatte.

Kaffeeduft erfüllte die Küche. Karin stand auf und goss sich eine Tasse ein. Doch auch der Kaffee konnte sie nicht aufmuntern. Seit die Privatdetektivin Thea für sie gefunden hatte, hatte ihr Leben plötzlich keinen Sinn mehr. Sie fühlte sich leer und antriebslos. Karin seufzte.

Alle Frauen hatten sich in den letzten Monaten verändert, hatten aus ihren Schicksalsschlägen gelernt und ihr Leben in die eigene Hand genommen. Selbst Josefine. Nur sie, Karin, hatte in diesem Jahr nichts erreicht. Sie saß noch immer mit Rolf in dieser alten vermieften Wohnung, obwohl sie bereits vor Monaten erkannt hatte, dass sie nichts mehr mit ihrem Mann verband. Die Ehe mit Rolf war eher eine Flucht vor ihrer Mutter gewesen als eine Liebesheirat.

Ihre Tätigkeit im Finanzamt verlief eintönig, in ewig gleichen Routinen. Inzwischen strömten die Tränen über Karins Gesicht. Sie spürte es nicht, saß einfach da und starrte vor sich hin.

Ihr einziges Ziel in den letzten Monaten war die Suche nach Thea gewesen. Nun hatte sie die Frau gefunden und wusste nicht mehr, was sie sich von einem Gespräch mit dieser Thea versprochen hatte. Frieda, ihre Mutter, war tot. Ihr eigenes Leben war so gut wie vorbei. Was sollte ein Gespräch mit einer ihr völlig fremden Frau da noch bewirken? Andererseits konnte sie heute nicht zu dem Treffen gehen, ohne etwas zu berichten zu haben.

Die Kaffeetasse war leer. In einer Stunde musste sie los. Mühsam erhob Karin sich und schleppte sich ins Wohnzimmer. Sie straffte die Schultern, holte tief Luft und rieb sich die letzten Tränen aus den Augen. Es gab zwei Möglichkeiten: Entweder sie rief Jana an und entschuldigte sich für heute Abend. Ein Magen-Darm-Infekt oder besser ein wichtiger Termin mit Birte und Sofia. Oder sie sprang über ihren eigenen Schatten und rief die Unbekannte in Berlin an. Vielleicht ging sie ja nicht ans Telefon. Karin atmete tief ein und begann zu tippen.

Josefine

Josefine griff nach der Mappe, die vor ihr auf dem Tisch lag. Sie straffte ihre Schultern, ihre Lippen verzogen sich zu einem Lächeln. Sie würde den Ordner heute mit zum Treffen nehmen. Er enthielt ihre Erfolge der letzten Monate und ihre Pläne für die Zukunft. Die anderen würden staunen. Sie schlug den Aktendeckel auf. Sie hatte lange nach genau dieser Mappe gesucht, stabile Pappe, kein Plastik, nicht zu dick und nicht zu dünn. Es sollte genug hineinpassen, die Mappe aber auch mit ein paar Blättern nicht leer aussehen. Besonders die Farbe war ihr wichtig. Möglichst bunt sollte sie sein, wie ihr zukünftiges Leben. Am Ende hatte sie einen Ordner in Regenbogenfarben gefunden. Er würde Angelina gefallen.

Als oberstes war eine Kinderzeichnung abgeheftet. Eigentlich war es kein richtiges Bild. Es war lediglich Krickelkrakel in leuchtenden Farben. Josies Finger glitten federleicht über das Blatt. War nicht ein Regenbogen zu erkennen? Die Zeichnung war ihr größter Schatz. Angie hatte das Bild gemalt, und es ihr beim letzten Treffen feierlich überreicht. Die Pflegemutter hatte erzählt, dass Angie ganz lange vor den Zeichnungen der vergangenen Wochen gestanden hatte, um das schönste für ihre Mama auszusuchen. Josefine hatte unter Tränen gelächelt und Angie in den Arm genommen. Sie war so stolz auf ihre Kleine, die im letzten Jahr große Fortschritte gemacht hatte.

Darunter war ein aktuelles Foto von Angelina. Sie war groß geworden im letzten Jahr. Sie war gewachsen und nicht mehr so dünn. Sie sprach noch immer wenig und undeutlich. Im nächsten Sommer sollte sie zur Schule kommen, ihre Kleine. Ob sie dann wohl bei ihr leben würde? Sie vermisste die Tochter sehr.

Josie schüttelte den Kopf. Ihr Lächeln verschwand. Bernd hatte es ihr doch hundert Mal erklärt. Angie ging es gut in der

Pflegefamilie, und Josefine hatte zwar schon viel erreicht, aber am wichtigsten war Angelina und dass es ihr gut ging.

Josie seufzte. Wenn Bernd ihr alles erklärte, verstand sie, warum Angie nicht bei ihr leben durfte. Aber wenn sie allein war, abends in ihrer Wohnung saß oder Cindy und die anderen Mütter mit ihren Kindern sah, dann stieg eine lodernde Wut in ihr auf, und ihre Hände begannen zu zittern. Die Welt war ungerecht. Sie hatte sich die ganze Zeit bemüht, alles gemacht, was von ihr erwartet wurde, aber es hatte nichts gebracht. Angelina blieb in der Pflegefamilie.

Bernd hatte Josefine einen Platz in der Tagesklinik besorgt und acht Wochen lang war sie morgens früh pünktlich dort gewesen und bis zum späten Nachmittag geblieben. Nur schlafen durfte sie in ihrer Wohnung. Sie hatte alles mitgemacht in der Hoffnung, dass Angie endlich nach Hause kam. Sie hatte mit den ganzen Verrückten im Kreis gesessen und gelabert, hatte gebastelt und gemalt. Sie hatte der Psychotante zugehört, die ihr was erzählte von einem Trauma, von Pflichten und Verantwortung, von Depressionen und Angst. Alles hatte sie getan, damit Angie zu ihr zurückdurfte, aber es hatte mal wieder nicht gereicht. Was sie auch tat, es reichte nie. Noch immer ging sie einmal in der Woche für eine Stunde zur Psychologin. Von ihrer Wut erzählte sie ihr nichts, auch nicht von ihrer Angst und der bleiernen Schwere, die an manchen Tagen über allem lag.

Der Zettel unter Angies Foto war neu. Heute war der Mietvertrag für eine neue Wohnung gekommen. Endlich hatte sie es geschafft. Sie würde umziehen. Da Angelina nicht mehr bei ihr lebte, hatte sie keinen Anspruch auf eine Zweieinhalb-Zimmer-Wohnung. Anderthalb Zimmer hatte sie bekommen, mit getrennter Küche, in die auch ein winziger Tisch passte. Das halbe Zimmer würde sie für Angie einrichten. Wenn alles weiter so gut lief, hatte Bernd ihr erklärt, durfte Angie bald mal am Wochenende bei ihr übernachten. Auch ihm hatte Josie nichts von ihrer Wut gesagt.

Als Erstes würde sie Tapete und Möbel für das Kinderzimmer kaufen. Damit alles gut aussah. Die Mädels würden staunen, wenn sie von der Wohnung berichtete. Vielleicht hatte Charlotte ja noch Sachen von ihren Töchtern. Sie zog gerade in eine kleinere Wohnung. Josie lachte kurz auf. Kleinere Wohnung war gut. Charlotte zog in eine Vier-Zimmer-Wohnung mit Balkon. 90 statt 150 Quadratmeter. Charlotte war nett, bloß so ein bisschen Schickimicki. Bestimmt waren die Sachen, die Charlotte wegschmeißen wollte, noch gut genug für Angie.

Josie griff nach der Zigarettenschachtel und zündete sich eine an. Sie inhalierte tief.

Das letzte Blatt der Mappe machte ihr Angst. Gleichzeitig war sie stolz. Sie hatte sich an der Volkshochschule angemeldet. Sie wollte ihren Hauptschulabschluss machen und dann eine Ausbildung zur Verkäuferin beginnen. Wie Anna. Anna war taff. Sie erzog ihren Sohn alleine und kriegte ihr Leben auf die Reihe. Sie war Josies Vorbild, auch wie sie sich jetzt den reichen Pinkel mit dem Haus geangelt hatte.

Josie drückte die Zigarette im Aschenbecher aus und klappte die Mappe zu. Es wurde Zeit. Die anderen warteten sicher schon. Sie wollten alle gleichzeitig ankommen und Jana die Geschenke überreichen. Etwas für die Kleine und Blumen. Natürlich Charlottes Idee. Sie hatte auch alles besorgt, aber jede musste 10 Euro bezahlen. Josie fand das übertrieben. Jana bekam schließlich Geld dafür, dass sie die Gruppe leitete. So ein bisschen reden war auch keine richtige Arbeit. Aber Josie hatte lieber den Mund gehalten. Die Gruppe war toll und alle waren nett zu ihr. Sie wusste ja, was von ihr erwartet wurde.

Sie zog ihre Jacke über und verließ die Wohnung.

Jana

Jana ließ sich auf den Stuhl fallen und streckte ihre Beine aus. Sie streifte die Sneakers ab. Ihre Füße waren angeschwollen. Die Hitze war unerträglich. Schweißtropfen standen auf ihrer Stirn, und sie spürte wie so oft in den letzten Tagen ein leichtes Ziehen im Unterleib. Übungswehen hatte ihre Frauenärztin heute gesagt. Alles normal. Jana strich zärtlich über ihren Bauch. In sechs Wochen war Stichtag. Sie war am Morgen gemeinsam mit Ruben beim Ultraschalltermin gewesen. Die Kleine war groß und kräftig, das Herz schlug, wie es sollte, und das Köpfchen hatte sich bereits Richtung Becken gesenkt. Alles in bester Ordnung. Von ihr aus konnte die Kleine ruhig ein bisschen früher kommen. Die Schwangerschaft war anstrengender, als sie gedacht hatte und sie war froh, dass heute ihr letzter Arbeitstag war.

Sie hatte sich aufgrund des Flyers für die Leitung der geplanten Selbsthilfegruppe beworben und die Stelle bekommen. Es hatten sich viel mehr Frauen angemeldet, als alle gedacht hatten. Die Nachfrage war riesengroß. Am Ende leitete Jana zehn Selbsthilfegruppen mit jeweils vier Frauen. Größere Gruppen durften sich nicht in geschlossenen Räumen treffen. Jana gefiel das. So konnte sie sich auf die einzelnen Frauen konzentrieren und hatte jeden Tag in der Woche eine Gruppe, da die Sitzungen alle zwei Wochen stattfanden. Dr. Prill hatte dafür gesorgt, dass sie nicht nur eine Aufwandsentschädigung bckam, sondern ordentlich sozialversicherungspflichtig angestellt wurde. Die Arbeit machte ihr Spaß und sie war froh, nicht einfach nur zu Hause zu sitzen. Die Schicksale der Frauen beschäftigten sie, und sie hatte viel gelernt.

Die Gruppe heute war besonders anstrengend, aber auch anregend. Die vier Frauen hätten unterschiedlicher nicht sein können: die zielstrebige, kultivierte Charlotte, die praktische, zurückhaltende Anna und die verhärmte, unsichere Karin. Bei allen hatte das Virus das Leben durcheinandergewirbelt. Und Josefine, die Jana nicht richtig einschätzen konnte. Sicherlich waren ihre Erfahrungen am schlimmsten. Sie passte nicht wirklich in die Gruppe. Jana wusste, dass Josefine bereits in einer Tagesklinik gewesen war. Josie war höflich, fast überangepasst und stets bemüht, es allen recht zu machen. Trotz alledem spürte Jana bei ihr eine tiefe Verzweiflung und eine Wut, die von ganz tief drinnen zu kommen schien und knapp unter der Oberfläche brodelte.

Jana schüttelte den Kopf. Es war nicht ihre Aufgabe, Josefine zu analysieren. Sie wusste, dass die junge Frau regelmäßig zu einer Psychologin ging. Sonst hätte sie sie nicht in ihre Selbsthilfegruppe aufgenommen. Josefines Probleme waren zu groß. Das konnte weder die Gruppe noch Jana leisten.

Jana hatte viel darüber nachgedacht, ob sie nach der Elternzeit Soziale Arbeit oder Psychologie studieren wollte, und sich am Ende für Soziale Arbeit entschieden. Die direkt am Leben der Frauen orientierte, praktische Arbeit machte ihr Spaß und sie konnte von ihren Erfahrungen im Krankenhaus profitieren. Sie hatte lange mit Ruben darüber gesprochen. Sich nur mit Menschen wie Josefine zu beschäftigen, wäre auf Dauer zu belastend. Sie hatte ihre Grenzen inzwischen erkannt und akzeptiert. Die Kleine trat mit ganzer Kraft gegen ihre Bauchdecke. Jana zuckte zusammen. Das fühlte sich eindeutig nach Zustimmung an.

Ruben arbeitete seit zwei Monaten wieder Vollzeit. Er hatte einen Platz in einer Reha bekommen. Das hatte ihm gut getan. Doch auch heute war er noch schnell erschöpft. Erst langsam kam er wieder zu Kräften. Die Gefahr durch das Virus war noch lange nicht gebannt. Ärzte und Wissenschaftler wussten zu wenig über die Langzeitfolgen. Bei Ruben konnten keine Antikörper gegen das Virus mehr nachgewiesen werden und Jana spürte, dass er Angst hatte, sich erneut zu infizieren. Die

Zahlen der Infizierten stiegen jetzt nach der Urlaubssaison wieder an. Die Krankheit hatte Ruben verändert. Er war nicht mehr so lebensfroh und optimistisch, dafür verantwortungsbewusster und ernsthafter. Janas Bauchdecke wölbte sich. Die Kleine war munter heute Abend. Jana blickte auf die Uhr. Noch zehn Minuten. Sie schlüpfte in ihre Schuhe und erhob sich mühsam. Sie watschelte mit dem Gang der Hochschwangeren von Stuhl zu Stuhl und legte auf jeden Platz einen kleinen gehäkelten Marienkäfer. Sie sollten den Frauen Glück bringen. Während der Schwangerschaft hatte Jana ihre alte Begeisterung für Handarbeiten wiederentdeckt.

Es klingelte. Jana öffnete die Tür. Das Erste, was sie sah, war ein riesiger Strauß Sonnenblumen. Dahinter drei grinsende Gesichter. Karin fehlte.

Nachwort

Es handelt sich bei diesem Buch um einen Roman. Charlotte, Frieda, Karin, Anna, Josefine und Jana sind frei erfunden. Sie stehen stellvertretend für alle Frauen, die stets am meisten unter den Folgen von Krisen und gesellschaftlichen Versäumnissen gelitten haben. Einen Lockdown wie im Roman hat es in Deutschland (bisher) nicht gegeben. Alle beschriebenen Maßnahmen gab es ungeachtet dessen in anderen Ländern – in Italien, in Frankreich und noch viel härter in China.

Ein Nachwort dient auch immer dazu, „*Danke*" zu sagen, denn ohne Unterstützung geht es nicht:

Danke – an meinen Mann Gerd und meine Töchter Anna-Janina und Svenja für ihre Geduld und ihre ständige Motivation.

Danke – an meine Schreibschwestern Michaela Sander und Catherine Bouvier für Testlesen, ermutigendes Feedback und kreativen Austausch auch bei „Bettkastenmonstern".

Danke – an Siegfried Langer, meinen Studienleiter bei der „Schule des Schreibens" für seine konstruktive Begleitung meiner Schreibbemühungen.

Danke – an Gundula Bacquet von Klartexte.com für Korrektorat und hilfreiche Tipps.

und

Danke

- an Sie, die Sie dieses Buch gekauft und gelesen haben.

Ich freue mich über Rezensionen und konstruktive Kritik.

Folgen Sie mir gerne auf Facebook
https://www.facebook.com/silke.mahrt.3/

oder schreiben Sie mir eine Mail:
Silke.mahrt@web.de

Dort können Sie auch meinen Newsletter abonnieren,

* mit Hintergrundgeschichten rund um Charlotte, Josefine und Co.
* mit Informationen zu weiteren Schreibprojekten
* Neuigkeiten aus dem Autorinnen-Alltag und
* Schreibtipps aus meiner Kreativwerkstatt.

Ich freue mich auf Sie.

Silke Mahrt
Bad Oldesloe, im Oktober 2020

.